眼中星 2

YAN ZHONG XING

蓝淋 著

北京时代华文书局

图书在版编目（CIP）数据

眼中星 . 2 / 蓝淋著 . -- 北京：北京时代华文书局, 2019.4
ISBN 978-7-5699-2979-9

Ⅰ . ①眼… Ⅱ . ①蓝… Ⅲ . ①长篇小说－中国－当代 Ⅳ . ① I247.5

中国版本图书馆 CIP 数据核字（2019）第 056995 号

眼 中 星 · 2
YAN ZHONG XING.2

著　　者｜蓝　淋
出 版 人｜陈　涛
选题策划｜紫　总　派　派
责任编辑｜于　倩
封面设计｜何嘉莹
内文设计｜周艳芳
责任印制｜刘　银

出版发行｜北京时代华文书局 http://www.bjsdsj.com.cn
　　　　　北京市东城区安定门外大街 136 号皇城国际大厦 A 座 8 楼
　　　　　邮编：100011　电话：010-64267955　64267677　57735442
印　　刷｜三河市嘉科万达彩色印刷有限公司　0316-3156777
　　　　　（如发现印装质量问题，请与印刷厂联系调换）

开　　本｜880mm×1230mm　1/32　印　张｜9.5　字　数｜219 千字
版　　次｜2019 年 5 月第 1 版　　　　印　次｜2020 年 6 月第 5 次印刷
书　　号｜ISBN 978-7-5699-2979-9
定　　价｜35.00 元

版权所有，侵权必究

CONTENTS

每个人都有一颗属于自己的星星。

001 Chapter 1 第一章

024 Chapter 2 第二章

042 Chapter 3 第三章

060 Chapter 4 第四章

078 Chapter 5 第五章

100 Chapter 6 第六章

117 Chapter 7 第七章

139 Chapter 8 第八章

157 Chapter 9 第九章

174 Chapter 10 第十章

194 Chapter 11 第十一章

210 Chapter 12 第十二章

231 Chapter 13 第十三章

250 Chapter 14 第十四章

271 Chapter 15 第十五章

296 番外之不懂

第一章

这世界固然不美好,但也不像他想的那般彻底决绝地健忘和无情。

即使暗淡了,也还是有一些人在默默地守着他那点微弱的光。

网络电影的反响之好,对这群只求回本的人而言,可谓幸福来得太突然。穷剧组在经历了最初的蒙头之后,终于想起来该搞点活动了。

于是采访、直播、见面会,都开始排上日程。

按理,粉丝见面会,两男主上就够了,但大家一致认为纪承彦的呼声也挺高的,于是反派也加入了正义的阵容,变成三人行。

再度聚首,简清晨显得很兴奋:"纪哥,好久不见啦!"

李苏则专心对着镜子整他的头发。

在这圈子里多历练了几个月,简清晨看起来没有一开始那么愣头愣脑的青涩了,而眉眼还是那种天然的清纯劲儿。

李苏是一如既往的"高岭之花",帅得十分骄傲,一身"朕不和你们这些凡人为伍"的高冷气息。

一句话:颜值在线。纪承彦觉得粉丝们光冲着这两张脸来,也值回票价了。可以说没他什么事了。

网络上的热度虽然看起来很不错,但线下的转化率如何,纪承彦心里还真没底。不过王文东说见面会的票一出来就售罄了,应该是个

挺好的开端。再看到这俩门面担当,他基本就放下心来了。

不过见面会彩排了两回,纪承彦心里就有点犯嘀咕。

因为这两个门面担当之间的互动,实在太尴尬了。

电影里他们是感情笃深的一对师兄弟,手足情深、相濡以沫,一个为一个出生入死,一个为一个奋不顾身。编剧把他们的兄弟情谊编排得有无限幻想空间,也难怪女粉丝们臆想得飞起。

然而现实里这俩人根本就是不说话,互相看不上眼。

就算一些互动有剧本的,他们在念台词的时候,那眼神交流和表情变化也是让纪承彦头皮发麻。

纪承彦心想他要是粉丝,在台下看着肯定完全笑不出来。

加上主持人水平目测也不是很高,全程尬聊,彩排真有点"车祸"。

不过纪承彦也只能自我安慰,这只是彩排,可能他们都比较随性,不愿意太费力太勉强。就像他自己在表演环节也不会全力去认真唱,都只走走大概流程而已。等正式上了台,效果应该会好很多。

粉丝见面会一开始,灯光下来,台下猛然发出像炸开了锅一样的尖叫,简直是排山倒海之势,把大家给震住了,没见过世面的萌新们在后台顿时有点懵。

那声浪让纪承彦不由地想:这些年轻人真的是很认真很热情地、充满期待地来见自己的偶像啊!

他回头看简清晨,发现简清晨的脸已经僵住了。

纪承彦拍一拍他的肩:"别紧张。"

第一章 Chapter 1

简清晨吞了吞口水:"嗯……"

而后又说:"纪哥,怎么办?我好想去洗手间。"

"……不是刚去过吗?"

简清晨团团转:"我,我紧张啊。"

"……"纪承彦道,"这样吧,我给你演奏个乐器,缓解一下情绪。"

"嗯……"

然后纪承彦吹起了口哨,技巧高超,直达给婴儿把尿的水平。

简清晨:"……"

李苏在旁边笑出声,和纪承彦四目相对,他立刻咳了一下,正色道:"上场了。"

纪承彦本来以为大家的热情是只给李苏和简清晨的,然而他出场的时候,粉丝给予他的尖叫居然也很澎湃,还自带颤音效果,荧光棒之中更有好些个他的名字的灯牌,看起来声势一点都不输人。

不过纪承彦现在对此十分平静,因为他看谁都像黎景桐请来的救兵。

见面会进行了大概十五分钟的时候,纪承彦已经流了一背的汗,全是尴尬出来的,应该称之为"尬汗"。

除了一开始那段录像和刚出场的时候沸腾了一阵子,剩下的基本都是拿棉袄捂着也热不起来的冷场。

李苏是傲,简清晨是呆,两人平常话都不算多。平生第一次面对这种场合,他们对着下边的几百双眼睛,愈发安静如木鸡。

纪承彦觉得自己那"等上了台就会好"的自我安慰,纯粹是想

太多。

比如互动环节，主持人要求李苏和简清晨："你俩对视三十秒，看看谁先笑场。"

正常情况下大家期待的是：近距离对视几秒，其中一人就会先憋不住，另一个随之也跟着羞涩一笑。这是人之常情，但发生在两个高颜值的年轻人之间，就特别赏心悦目、引人浮想。

然而那两人如斗鸡一样互瞪了整整三十秒，真的完全不笑场。

"……"

纪承彦对他们的定力真是佩服。

厉害啊，他想，怎么做到的啊？

这两个家伙面对彼此，到底是有多不想笑！

主持人干笑道："啊，你们都很沉得住气啊。"

纪承彦一脸麻木地想：好了，现在大家都知道你们看着彼此完全笑不出来了。

又比如主持人问："初次见到对方，第一印象是什么呢？"

"……"这个是有剧本的，然而简清晨忘词了。

场上安静了几秒，纪承彦说："他这是陷在回忆里出不来了呢。"

主持人赶紧接过话："看来这回忆很丰富啊。"

"呵呵呵呵……"

李苏历练比较多，跟着公司前辈也出席过一些活动，但在这之前他的身份都不是主角，感受还是大有不同，何况以他那高冷面瘫的人设,哪里愿意去做活跃气氛的人。

至于简清晨,他倒是不高冷,只是已经紧张到不知所措,完全是个废人了。

初次办这种活动,由于缺乏经验的缘故,确实很多安排都不周全,主持人也不是特别靠谱,可怜他没想到两主角比他更不靠谱。

纪承彦看着主持人的脸慢慢变僵,有点心塞。

从某种程度上而言,他们再尴尬,也不关他的事,他把自己的部分做好就行了。

不过这对得起粉丝们的路费、票钱,对得起那些手幅灯牌、荧光棒,还有尖叫声吗?

纪承彦深深觉得他们这样表现不行,可是俗话说得好:"你行你上啊。"

没办法,于是他上了。

见面会结束之后,两主角接受了一个采访,纪承彦一副身体被掏空的样子,坐在休息室喝水。

王文东满头大汗地过来:"哎哟,哥,辛苦你了辛苦你了。"

纪承彦说:"不客气,能把主持费用结一份给我吗?"

王文东谄媚道:"哎哟,哥,您是老前辈嘛,投身综艺界这么多年,谈啥钱啊,钱会降低您的格调!"

纪承彦道:"啥?格调这种没什么所谓、可有可无的东西,我从来都是没有的。"

王文东搓着手:"那要不我以身相许吧?"

"我要报警了啊！！"

他确实是老油条了，当了这么多年综艺咖，即使再没天赋的人，在长时间的摸爬滚打里也会熟能成巧，逗人笑并不是难事。

然而这比让他说一场两小时的单口相声还累啊。他要救场、炒气氛，更要留意别过于抢戏，不能搞成他一个人的秀场，而要多多地抛话题给那几个人，让大家都有得发挥。

他还是相当恪守配角的本分。

毕竟他是这些人里，对"走红"这件事，渴求度最低的人。

纪承彦这一片忧国忧民的苦心，得到的回报除了王文东的试图肉偿之外，是一波热烈的简清晨和他的"配对"话题。

纪承彦："？"

"纪胖和简可爱的互动真暖！"

"对啊，瞎子都看得出来，他在丢话题给简可爱接，满满的都是爱啊。"

"纪胖做人真心厚道。"

"简可爱太紧张了，他只有在对着纪胖的时候才会比较好笑。"

"抱起来的那一下笑死我了。"

"哎呀，我忍不住要萌他俩了。"

"脑补了八万字！"

纪承彦忍不住在心中咆哮：八万字啥？啥玩意啊？可千万别啊！

他们说的是互动环节里，主持人让李苏重现电影里的一个场

第一章 Chapter 1

景——罗铭昏迷不醒，伤痕累累的季少凯一把将他抱起来，冲出枪林弹雨。

这场景拍得很热血，还做成了电影的海报之一。

李苏闻言，淡淡道："这我估计不行，早上扭了手腕，使不上力气。"

场面尴尬了一下，纪承彦立刻说："我来我来，我练过。我早就想体验一下当英雄的感觉……"

他正卷着袖子呢，简清晨一下子就把他给打横抱了起来。

底下又是尖叫又是笑。

简清晨腼腆道："我也想体验一下英雄的感觉。"

吃瓜群众还热心地给纪承彦做了套表情包，就是他被抱起来那一瞬间的表情，配上各种文字。

纪承彦刷微博刷得风中凌乱："我要的不是这个！"

热衷于"拉郎配"的粉丝们不仅图文并茂，还有视频剪辑佐证。

比如，主持人问简清晨："有些人说你是靠脸吃饭，你怎么看？"

简清晨："……"

纪承彦立刻在旁边接话："我也是靠脸吃饭的呀。"

众人："……"

"就是一直吃得不太饱。"

又比如，简清晨卷袖子露出手腕的时候，主持人说："你这个表，是卡地亚蓝气球吗？还带钻的。"

简清晨不自在地缩回手："嗯……"

主持人继续吹捧:"眼尖的粉丝发现你有很多的名牌啊,都说你是高富帅,要从头到脚向大家介绍一下吗?"

简清晨一时面露尴尬,道:"其实我也不太了解……"

有些明星喜欢堆富家少爷人设,这设定在市场上也确实颇受欢迎。但简清晨似乎无法享受这种当众炫富的感觉。

纪承彦说:"我也有很多名牌啊。"

主持人笑道:"假货不算啊!"

"保证真品。大品牌。"

纪承彦让人帮他把放在后台的背包拿来,上书"海尔电器"四个大字,果真知名大品牌。

"……"

底下的评论都是:"纪胖真的超级护着简小鹿的!"

"小鹿一为难,纪胖就来解围!"

"暖爆了!"

"甜甜甜!"

"一百分一百分。"

纪承彦:"……"

好在除了让他不忍目睹的配对话题之外,还是有纯粹围绕他本人进行讨论的一部分吃瓜群众。

有人上传了一段他在见面会上唱歌的视频,转发评论居然很爆炸,还被几个营销号大V转了,估计又是黎景桐花的钱。

见面会大家都有个人表演的环节,那两人都还没出过唱片,纪承彦也就不唱自己的歌,选了一部大热的悲情电视剧的主题曲。

下边的评论清一色赞美。

"我的妈,开口跪啊!"

"我鸡皮疙瘩都起来了。"

"出不去了,已进入循环模式。"

"我在现场听的,纪胖一开始唱,我就惊了,全程揪着我男朋友的领子听完的,差点把我男朋友给勒死了。"

"我听得有点想泪目了耶……当年明月在,曾照彩云归……"

"听了十几遍。刚才前奏一开始,我就流泪了。"

"想到那个剧情真是催泪。"

李苏和简清晨也都准备了自己的曲目,李苏还是挺专业的,能边唱边跳,气息稳定,简清晨的唱腔则和本人一样傻白甜。

但论水平,老实说,和他的确不是一个段位。

"瞬间转假音的那段美哭。"

"最后胸腔共鸣的那段太强了。"

"毕竟他以前出道就是歌手啊。"

"这么多年了,宝刀不老。"

"这个真的厉害,他一开口,别人都跟小学生似的。"

"这是一个被谐星耽误了的歌手。"

"是被胖给耽误了吧。"

纪承彦:"……"

这应该不是黎景桐花钱请的人。

"冲着李高冷和简可爱去的,结果纪胖最给我惊喜啊。"

"在现场的表示,我胖本人是真的帅!"

纪承彦:"我胖是啥?"

为什么李苏简、清晨他们都有不错的昵称,黎景桐是我桐,他始终就跟个"胖"字挂钩?肉都已经甩了几十斤了,这字还能不能甩得掉了啊?

"对,我终于可以毫不勉强地把帅这个字用在他身上了。"

有人放了几张他的现场照片。

"这比起电影里,好像又瘦了一号啊。"

"看他这腿!比我细!都不好意思叫他胖了。"

"抱着我的消夜泣不成声。"

"瘦下来真的不一样啊。"

"对,面目全非。"

纪承彦:"……"不是这么形容的好吗?

"主要是气场完全不同了。"

"是啊,以前纪胖感觉很颓废,很随便,简直就是条咸鱼。"

"一条油腻的咸鱼。"

纪承彦:"……"

好吧,只要别给他"拉郎配",说什么都行。

然而事与愿违。演员粉丝与"配对"的粉丝互掐的热度已经超越电影自身的讨论热度了。

李苏和简清晨之间的不对盘,明眼人还是感觉得出来,虽然一开始这俩人的粉丝很多,但架不住总不发糖,分分钟爬墙叛变。互动不甜,地雷还多,两个又都是差不多类型的年轻男演员,在这一亩三分地

第一章 Chapter 1

也算是竞争对手了。

于是两边的粉丝终于大规模互掐起来。

"自以为了不起,就你最清高!"

"只有一张脸,演戏不带脑!"

两边的粉丝掐得披头散发,纪承彦也中了不少"流弹"。

"我不觉得纪承彦跟简清晨有什么可萌的。"

纪承彦顿时很想点赞,对对对,他也这么认为。

"他就是个局外人。"

纪承彦:"嗯?"

无辜遭殃的是他,然而和黎景桐日常去健身房的时候,黎景桐显得比他还垂头丧气。

黎景桐说:"前辈对简清晨真的很好……"

"没有那回事,"纪承彦说,"我就是无差别救火啊,谁尴尬我就帮谁说两句。"

黎景桐道:"嗯。"

"你看,我明明也帮李苏解围了啊。但粉丝眼里都只看得到他们想看到的东西,其他的就选择性无视了。"

黎景桐喃喃道:"还有李苏啊。"

"……"

黎景桐生无可恋地趴倒在器材上:"我也好想跟前辈成为假想的一对啊……"

纪承彦道:"不好意思我档次太低了,无法和大大你成为一对。"

他也知道黎景桐就是说说而已。

光是李苏和简清晨这俩勉强算刚冒头的年轻演员，微博粉丝连买带刷也才百万呢，配对粉掐起来那战斗力，就已经飞沙走石，刀光剑影，他这种不相干的路人在边上都不知道挨了多少板砖。

真跟黎景桐制造配对新闻，黎景桐的粉丝分分钟能把他掐出演艺圈，掐出地球，掐到退圈，掐到离世。

黎景桐趴着无精打采地嘤嘤了一会儿，说道："前辈，你现在有考虑签公司吗？"

纪承彦："……"

和映星娱乐解约之后，纪承彦就没再签过经纪公司，一开始是因为他属于烫手山芋，没人敢接，到后来他也不需要了。

工作并不多，自己又是老油条，只图有口饭吃而已，一个人随便都能混着，不需要讲究——他这种烂泥还配经纪人，也太搞笑了吧，一饿饿死俩吗？

但要好好发展的话，若没有经纪公司可依靠，只做一匹孤狼，那是不行的。

看看李苏和简清晨就知道了，有东家的艺人就跟有妈的孩子一样，不管是刷话题还是炒热度，大大小小的事情，多少有人能帮着安排打理，和他这种孤家寡人不同。

要不是有黎景桐这个航母级的一人粉丝团，他就是完全的自生自灭了。

第一章 Chapter 1

黎景桐见他沉默不语,又问:"前辈有兴趣签我们公司吗?"

"……"纪承彦道,"你们公司也不是想签就能签啊。"

华信是棵大树,门槛并不低,每年只签那么三四个新人,公司有一套严格的选人测评体系,不是什么破铜烂铁都往回捡。

黎景桐忙说:"前辈你这么有潜力,不会有问题的。"

纪承彦作挖耳朵状:"啥?我有潜力?潜水的能力?"

黎景桐认真道:"这事我跟他们提了,他们也讨论过了,现在就是看前辈你的想法,以你的意愿为主。"

"……"

进入推销模式的黎景桐语速飞快:"签我们公司的话,虽然也不一定就是前辈的最优选择,但各方面资源都会比现在好很多,待遇不敢说是最好,但一定不会委屈前辈的,而且有我在,有什么事情你都可以找我……"

纪承彦打断他:"我回头想想吧。"

黎景桐立刻作小学生乖巧状地说:"嗯!"

其实这有点荒唐,正常而言,按目前形势,想签约华信,应该是他跪着爬过去求收留才对。

人家向他伸出了橄榄枝,他不感激涕零跪下来谢恩就算了,竟然没有马上接住。

这样来看,他的确是迟疑了。

真的要把那些年里打碎的、抛下的东西,一点点重拾回来吗?

照着原有的轨迹,重新轮回一次,真的有意义吗?

他每迈进一步,都带着一丝颤抖的忐忑与不确定。

他们那电影的播放量,在视频平台的网络电影频道依旧高居榜首,简直是把第二名按在水里暴打。热度不退,各种各样的小活动便一直少不了。

这天有个杂志采访,又要把他们三人拉到一起拍照。

一碰面,简清晨就冲着他一脸灿烂:"纪哥!"

很多活动都在T城,简清晨就只能三天两头地往T城跑,舟车劳顿也是够呛,但他的精神和心情看起来都很好。

简清晨的经纪人挺厉害,也捧他,据说已经趁着势头,给他接了个颇具知名度的作品改编的连续剧,演员阵容都是顶尖的。简清晨不是主角,但戏份也很不少,过阵子就要进组了。照这样下去,感觉简清晨会是最快起飞的那个。

简清晨说:"我给你带了点东西,不是什么值钱的,但可好吃了,我妈亲手做的!"

助理——简清晨现在也是有助理的人了——拿着他的Keepall(路易威登旗下品牌)行李袋过来,取出几个包装得很精细的小玻璃瓶。

"这两瓶是秃黄油,这两瓶是干贝蟹肉,不知道你更喜欢哪种,就都给带了点。"

瓶子只有巴掌大,摆在桌面上显得不那么丰富,简清晨有点不好意思:"量不多,主要是秋蟹刚上市,我妈做得也慢,没赶得及。你要是喜欢这味道,回去我让我妈再多做一些。"

纪承彦忙道:"够了够了,真心辛苦伯母了,替我好好谢谢她。"

第一章 Chapter 1

秃黄油这种东西，做起来真是奢侈又费神。得拿活蟹用紫苏黄酒清蒸，再拆出蟹肉、蟹膏、蟹黄，配上蟹壳和猪板油炸制的蟹油。蟹膏、蟹黄用来做秃黄油，蟹肉和瑶柱一起炒制成干贝蟹肉，这四瓶就不知道要用多少只大闸蟹，得亲手拆多久。

素未谋面，让老人家如此费心，他还是很受宠若惊的。

"回去用来拌面、配饭、炒菜，都特别好吃，"简清晨说着就很自豪，"我妈今年又调整了做法，接近完美了！"

纪承彦笑道："看着就香，那我今晚就不节食了，得好好吃一顿。"

正聊着，李苏进来了。

休息室蓦然安静了一瞬。

粉丝掐成那样，正主就算不参与丝毫，面对面也有种说不清道不明的尴尬，何况他们的关系本就谈不上友好。

李苏扫了一眼桌上的东西，从放在一边的包里翻出个充电宝，就又出去了。

"……"

明眼人都能看见简清晨带了礼物，还是双数的，然而只给了其中一个，不给另一个。

虽然李苏肯定不稀罕，但这也真是尴尬得很。

独享了简妈妈爱心礼物的纪承彦不由摸一摸鼻子。

他觉得李苏的个性虽然傲，但其实也算很淡定了。见面会以后李苏被黑得不少，一群人骂他假清高，尤其是声称扭了手腕的那一段，

简直被骂烂了,却也没见李苏对那些过激的言论有什么反应。

简清晨的助理说:"哇,真的是高冷!"

"……"

助理在纪承彦面前也是很放松地吐槽:"干吗要这样啊,这种个性怎么吃得开,像见面会那次,不就是抱一下的事吗,还非要假装扭了手腕,搞得疯狂掉粉。真不知道想什么。"

纪承彦道:"听网络上瞎说什么呢,他就是真的扭了手腕啊。"

话音未落,李苏突然又进来了。

众人:"……"

李苏看了他一眼,从包里翻了条数据线,而后又出去了。

虽然并没有打算交朋友,但纪承彦并不讨厌李苏这个人。彼此之间也没什么过节,非要说的话也就那一个耳光罢了,他压根没放在心上过。

对看遍了娱乐圈众生百态的他而言,李苏的个性再不讨喜,至少耿直。不屑掩饰,不屑撒谎,不屑解释。

很多人都不看好,但其实这圈子,究竟什么样的人才能成功,谁也说不准。

虚与委蛇的未必就能笑到最后,高冷直率的也未必就永不得志。

万事皆有可能,也是这圈子的魅力之一吧。

做完杂志采访,独自回去的路上,纪承彦想起黎景桐在这附近的摄影棚拍广告,便绕路过去,发了个消息给黎景桐,看他方不方便出

第一章 Chapter 1

来一趟。"

黎景桐几乎是立刻就跑出来了，只穿件薄薄的T恤，衣服贴在身上，头发还是湿的，估计是拍到一半中场休息，在这季节稍微显得有些冷。

"没什么事，"纪承彦假装没看见那服帖的T恤之下胸肌的轮廓，从包里掏出一瓶秃黄油和一瓶干贝蟹肉，"别人送我的，分给你一点。今年的第一批秋蟹。"

黎景桐可以说是十分高兴了，立刻双手接过来，道："谢谢前辈！"

"谢什么，"纪承彦说，"纯粹是怕我自己吃得太胖了。拿这个拌饭，我能吃一整锅东北大米，刹不住车。你反正瘦，帮我分担点。"

"嗯嗯！"黎景桐把瓶子抱在怀里，一副欢天喜地的模样。

纪承彦催他："好了，赶紧回去吧，外面挺冷的。"
黎景桐笑容满面地瞧着他，说："没事没事，我不冷。"
"那我也没什么事了啊，你在这杵着干吗？"
黎景桐说，"我就是想，跟前辈在这里再站一会儿。"
"干吗呢？"
黎景桐道："因为，我现在很开心啊。"
"有什么值得这么开心的，"纪承彦道，"这又不贵重，再说我就是转个手，借花献佛。"

黎景桐一副幸福得冒泡的样子，两眼闪闪发光道："这是前辈你，第一次送我东西啊。"

"……"

纪承彦觉得还是不要告诉他这是哪来的了。

他伸手揉了一下青年柔软湿润的黑发:"快回去吧。"

当晚黎景桐的微博上果然出现了那两瓶食物的玉照,背景简直不要太高级太奢华,摆拍得美轮美奂,还用了滤镜,加了特效。

纪承彦:"……"

那几只作为食材的大闸蟹要是知道自己竟能有这种尊贵待遇,估计也会含笑九泉了。

微博底下又是排山倒海的评论,一大堆吃瓜群众纷纷表示"想吃!""口水!"

被身为带货王的黎影帝这么一发,感觉淘宝上的自制秃黄油即将迎来一波销量暴涨呢。

简清晨也看到微博了,给纪承彦发了消息:"纪哥,黎前辈发的那个,是你给的吗?"

"是啊。"

纪承彦也觉得自己这回做得欠考虑。

当下他就是打算给黎景桐尝个鲜,一时之间什么也没多想。然而,哪怕再小的行为,在黎景桐的影响力之下,都会被无限放大。

好在简清晨心思也很简单,在那里兴高采烈道:"天喽,早知道我就给你多带点了!"

"……"

第一章 Chapter 1

"我妈可喜欢他了！回头我给她看微博！她要是知道她做的东西居然能让黎前辈吃上，估计要开心得睡不着了！"简清晨说，"谢谢纪哥！你太好啦！下回有什么好吃的，我都给你带双份！"

"……"

纪承彦总共就送了那两瓶吃的，还是免费得来的，一毛没花。

结果黎景桐不仅为此连发三天微博，各种姿势各种角度地展示秃黄油如何拌饭，蟹肉干贝如何拌面，全方位进行了一波美食推广，大半夜的把粉丝们激动得嗷嗷叫，还热情邀约纪承彦出来吃饭，以表感谢。

"有什么值得谢的？"纪承彦坐在高级餐厅里，咀嚼着抹上现磨山葵的粉色鱼腹肉，不由一阵心虚，"你这也太客气了吧。"

这何止是投之以木瓜，报之以琼琚啊。

照这标准他还不得对简清晨以身相许了？

吃完饭，黎景桐又说："前辈陪我逛逛吧，买点东西。"

"行吧。"

他好多年没正经逛过街了，这行为早已从他的日常词典里剔除。但黎景桐这么兴致勃勃，他也不想扫他的兴。

跟着黎景桐进了Burberry（巴宝莉），面无表情的店员一直盯着他们看，也不知道是因为认出黎景桐了呢，还是因为两个男人一起挑衣服，看起来有那么点怪。

说要买东西的黎景桐自己并不试衣服，倒拿了件风衣在他身上比画："前辈穿这个一定很合适。"

"……"纪承彦道，"一点也不合适。"

"哪里不合适？"

纪承彦答："价格不合适。"

"……"黎景桐道，"不要紧啊，这是我想送给前辈的，你需要添些好点的衣服，以后出门用得上。"

"到时候再说吧。"

他身上这件伴随多年、简直可以当传家宝的风衣，挡风遮雨，黑色耐脏，物美价廉，才是他的灵魂伴侣。

"现在就该准备起来了。"

"为时过早为时过早。"

纪承彦敷衍着想往外溜，黎景桐伸手一把拦住他，纪承彦觉得他的胸膛和力量，就跟劫道的匪徒一般，自己竟然闯不过去。

正拉拉扯扯，突然听得试衣间内有一把磁性的男声在说："帮我拿大一个码的。"

纪承彦瞬间像被毒蛇咬了一口一般，全身僵硬。

过了足有一分钟，他才能勉强开口，低声说："我们出去吧。"

出了店门，又急走了一段路，直到远离那家Burberry，他才摆脱那种窒息的感觉，终于能开始顺畅呼吸。

有个小女孩笑闹着哒哒哒地跑过来，迎面撞上他的小腿，在她仰天跌倒之前纪承彦忙一把捞住她。

第一章 Chapter 1

小女孩一点也不怕生,在他怀里咯咯笑:"叔叔!"

纪承彦应了一声,小女孩长得粉雕玉琢,俏生生的,简直是个无瑕的美人儿。

黎景桐迅速伸手把她接过来:"小心点啊小妹妹。"

她冲着黎景桐甜甜道:"大哥哥!"

纪承彦:"……"

这样称谓分明真的好吗。

不等他开口,有人快步过来,小女孩转头欢快地叫了一声:"妈妈!"

对着那女人的脸,纪承彦知道自己面上已经僵了,过了一刻才能做出一个不过不失的微笑:"贺太太。"

对方看起来年轻貌美,宛如少女,一点也不像当了母亲的人。见了纪承彦,她有些诧异,但还是温婉有礼地笑道:"承彦哥。"

黎景桐说:"原来这是贺先生和殷小姐的女儿,难怪这么漂亮。"

殷婷笑道:"谢谢,这是纱纱。"

都说女儿像父亲,殷婷的小女儿实在是少有的美人胚子。黛首蛾眉,明眸皓齿,从她脸上就看得出她父亲是何等的形容风采。

黎景桐自来熟地领着纱纱去旁边玩了,剩下两位故人面面相觑。

沉默了一刻,殷婷说:"真的好多年没见你了,承彦哥。"

"嗯。"

殷婷道:"那次以后,就没再碰见过你。"

她看着他:"你变了。"

纪承彦淡淡道:"我变不变,其实也没什么差别。"

安静了一会儿,殷婷微笑道:"你知道吗,我一开始喜欢的是你。"

"……"

"但你就像山一般难以撼动。"

纪承彦自嘲道:"喜欢我什么呀。"

"你多好啊,"殷婷说,"大家都喜欢你。"

"……"

"只是你不愿意喜欢别人而已。"

"……"

"如果你没有那么死心眼,一切都会不同的。"

纪承彦没说话。

黎景桐的声音远远传了过来:"贺先生。"

纪承彦立刻脊背僵直。

方才那个男人的声音在说:"是景桐啊,怎么是你带着缈缈,我太太呢?"

"我来这逛逛,刚好遇上,聊了一会儿。贺太太去洗手间,我就先陪一下缈缈。"

男人笑道:"有劳了。"

纪承彦低声说:"我先走了。"

殷婷也没阻挡他,任他仓皇地离开了。

他也不知道走了多久,直到觉得自己走得足够远,才终于在一堵

第一章 Chapter 1

墙面前停下来，对着那窗外的黑暗，一动不动。

黎景桐从他背后赶上来，谨慎地收住脚步。

对着他的背影，黎景桐小心翼翼道："前辈？"

纪承彦默不作声，看着窗外的无边夜色，像是要将身形隐入那暗影之中一般。

过了许久，他才说："我们签约吧。"

第二章

待得一切都商议妥当,纪承彦正式和华信娱乐签约的当日,黎景桐自然也到公司,亲自出面陪同。

纪承彦一看见他,就惊呆了:"你穿成这样干吗?"

黎景桐一身定制的全手工西服,scabal(世家宝)羊绒面料,里面笔挺的Turnbull & Asser(腾博阿瑟)衬衫,严丝合缝,袖口还戴着钻石袖扣。

配上那一脸庄重、严肃、紧绷的神情,仿佛要上台领国际大奖,又像是要去教堂结婚。

纪承彦自己那件黑色风衣刚洗了,身上穿的是去年双十一从淘宝九十九块抢购的连帽衫,不仅因为减了肥的缘故显得过大,那颜色更有种扑朔迷离的,介于老鼠灰和雾霾灰之间的迷蒙之感。

两人站在一起真是不免滑稽。

黎景桐闻言便十分紧张:"我穿得很怪吗?很难看吗?"

"也不是,"纪承彦实事求是,"你这样很帅,就是有点,太隆重了。"

黎景桐说:"今天是前辈的大日子,当然要隆重啊。"

"……"

不知道情况的被这么一说,估计还真以为他今天是要去注册结婚了。

第二章 Chapter 2

到公司，又看了一遍合同，纪承彦在签字的时候，黎景桐那表情就跟奏响了婚礼进行曲似的。

纪承彦和桌子对面的负责人笑道："以后请多关照了。"

黎景桐在边上立刻说："一定的! 以后也请前辈多指教!"

"……"

这指不指教似乎跟他没什么关系吧，而且为什么要说得好像"余生请多指教"一样。

签完合同出来，黎景桐既像是完成了一件大事，心头巨石落地的放松样子，又是一副吃了猫薄荷一般的兴奋状态。

"前辈，我们去吃饭吧，庆祝一下!"

又吃饭，他昨天跑的那几公里都白跑了。

两人又去了日本料理店，黎景桐对着菜单，一口气不带喘地点了一大堆：北海道鳕蟹、鲟鱼籽、北海道马粪海胆、龙虾肉、牡丹虾、金枪鱼鱼腩、金枪鱼泥手卷、橙醋海参、梅子酱秋葵，还有各种贝类刺身。

纪承彦光听着报完菜名，就叹了口气："不得了，这是要我胖成什么样啊。"

黎景桐道："不会不会，点了又不一定要吃啊，前辈你可以挑喜欢的，每种只尝一口都好。"

纪承彦突然正色道："等等，你这话说得不对。"

"嗯?"

纪承彦逗他："我现在是公司新人了，所以是不是该轮到我叫你前辈了啊?"

黎景桐没说话，一瞬间就从脖子刷地红到头顶。

"……"

黎景桐于是把脸埋在胳膊上，羞惭地小声道："不好意思，我需要冷静一下。"

纪承彦只能看到他露出来的通红的耳朵尖："……"

过了一阵，青年才抬起头来，脸色依旧绯红，也因为自己的脸红而觉得丢脸似的，尴尬地咬住一点嘴唇。

纪承彦道："反应有这么大嘛……"

"嗯，"青年道，"因为很开心啊。"

"……"

"真的超开心，"青年说，"这段时间来，发生的一切，都让我觉得，非常非常的幸福呢。"

"……"

纪承彦不说话了，在对面坐着，看着青年那年轻而天真的脸，突然伸出手，冷不防地拧了一下他的鼻子。

黎景桐被这么一拧，呆了一呆："哎……怎么了？"

"没什么，"纪承彦说，"就是，想看看，你鼻梁是不是真的。"

黎景桐有点莫名其妙，说："我鼻子是真的啦。天生的。"

见纪承彦依旧望着他，他又有点不安，说："怎么，看起来很假吗？"

而后黎景桐用两根手指顶住鼻尖，做了个猪鼻子："你看，是原装的，没做过手脚。"

"……"

第二章 Chapter 2

有时候纪承彦觉得,自己要被带得连智商都降低了。

不过,这样其实也挺好。

纪承彦搬了家,住进公司暂租的公寓。

地段和黎景桐的自然不能比,但跟原来的住处比起来真是方便得太多了,更加靠近城市中心,至少不用翻个身就收到隔壁省"XX省移动欢迎你"的短信,终于有种真正生活在T城的感觉了。

纪承彦对居住条件要求不高,但交通便利真的是大大提高生活幸福感的一个因素。

以后黎景桐来载他,也不用横穿大半个T城,费时费油了。

有大公司当靠山,资源果然不一样,纪承彦几乎是立刻就得到了一个剧组的面试机会,而后顺利获得一个不错的角色。

纪承彦对此很满意。他本来心就不野,能有靠谱的戏可演,能安心踏实做事,对他而言很好了。

至于黎景桐的感受,那就比较一言难尽了。

这剧对纪承彦当然是挺好的机遇,可以说短时间里没有更好的选择了。原著粉丝基础深厚,演员阵容强大,剧组临近开机,万事俱备,纪承彦拿到的这个角色又颇有卖点,戏份轻重合宜,拍摄周期也不长。可以说是十全十美了。

唯一的美中不足,这刚好就是简清晨也接了戏的那部连续剧。

得知消息的简清晨简直是开心爆炸,作为一个演技不足的纯新手，他对于进新剧组始终是心慌大于兴奋，听说纪承彦也会进组，立刻以一种小蝌蚪找到妈妈的兴奋，公开表示："有纪哥在，我就放心啦！"

他还在微博上专门提到纪承彦，说："又能和纪哥一起演戏，这真是最近发生的最开心的事了！"

简清晨作为演员虽然还是初出茅庐，但微博热度却是不低的，转发评论不比一些十八线明星来得少，底下很快就有一大堆讨论。

"又要同框啦。"

"吃糖吃糖！"

"请保持这个发糖频率不要停！"

"预感一大波糖在发放的路上～"

"JJ党的春天来了！"

纪承彦："……"

啥是JJ党？还有这个流派？

他和简清晨姓氏的首字母都是J，但这个配对的别称会不会太难听了？他还是支持简清晨和李苏，JL听起来多少好一点，是吧。

剧组在一个风景秀丽的小城市开机，离简清晨的家乡很近，开车也就一两小时的车程，于是简清晨一来就给他带了一大包的亲妈牌礼物。

"这个手撕牛肉干，可好吃了！玫瑰茶也是我妈自己做的，还有这个黄桃罐头……"

"多谢多谢。"

简妈妈的手艺确实好，用料做工都属上乘，吃过一次也有点念念不忘的意思，纪承彦也就不客气了。

"纪哥你都尝尝看，喜欢哪些，我让我妈现做，找个时间再回去给你拿。反正也不远，还新鲜。"

纪承彦拍拍少年的脑袋："有劳啦。"

他跟简清晨的关系算不错，从上次拍完那部网络电影之后，两人便陆陆续续保持着联系。

联系的内容主要是，简清晨发各种新入手的萌宠表情包给他，或者分享些有趣的网络段子和文章给他，或者让他看看自家老妈又做了什么好吃的，或者告诉他自己在上的演技训练班今天又有什么新鲜事。

纪承彦觉得自己不是很会聊天，更懒于主动和人交际。但简清晨个性挺好的，就像个时不时主动端着吃的过来串门问候的邻家小弟似的，有着纯真的热情和友善。

简清晨说："有纪哥你在，我就安心多啦。不然我真怕会被劝退。"

"……"纪承彦道，"你不是说老师夸你进步很大吗？"

简清晨挠挠头："但我也不知道够不够大啊……"

简清晨的戏份一开拍，纪承彦还挺惊讶的。

简清晨虽然演技还是谈不上好，但进步确实明显。

"可以啊，比以前好很多啊。"

简清晨大受鼓舞："真的吗？"

"真的。"

比起一开始那种在镜头前不明所以，不知所云，让人血压飙升的"烂"，现在起码是说得过去的那种"差"。

就算无法过戏，要重拍的情况依旧少不了，但现在好歹是可以容忍的状态。

至少纪承彦是可以容忍的。

当然这剧组比王文东那个剧组的要求高得多，简清晨作为业务能力不行的纯新人还是瑟瑟发抖，时刻都做好了挨骂的准备。

好在他大部分的对手戏都有纪承彦。

纪承彦和他演一对同父异母，却不得不住在同一屋檐下的兄弟。个性迥异，习惯反差，因此经常互怼互喷，互相伤害，而实际上感情深厚。

剧中他俩都喜欢上了女主。在主线剧情上，两人当然是加起来都不敌男主，在男主的高大伟岸光辉形象面前只是渣渣炮灰的存在，但亮点在于兄弟俩的互动日常。

"看吧，在佳彤面前又丢人了吧，丢我们骆家的脸！"纪承彦饰演的哥哥数落着弟弟，"你肚子里就不能有点墨水吗？"

简清晨咀嚼着火锅里捞出来的羊肉片："我又不是墨鱼，肚子里为什么要有墨水？"

"……"

纪承彦是高冷又内心闷骚的兄长，简清晨演呆萌又中二的弟弟，这对于简清晨，基本上算是本色出演了。

"哥我要吃这个无骨鹅掌。"

第二章 Chapter 2

纪承彦立刻说:"这个还没熟,给我放回去。"

"哦……"过了一会儿,简清晨猛然醒悟,"哥,你碗里那不就是鹅掌吗?"

"……"

简清晨悲愤交加:"你居然骗我没熟,然后自己吃独食?"

纪承彦道:"我这不是关心你嘛,所以自己先试试啊。"

"试什么呀,不都被你吃光了吗?!"

"来,这丸子应该好了,给你一个。"

简清晨咬了一口,瞪圆眼睛:"……这个真的没熟!"

"那好,那其他的再煮会儿。"

简清晨捏着筷子,把眼睛瞪得滴溜圆:"哥,你拿我当小白鼠吗?"

简清晨的表情夸张,但很有趣生动,细节动作也颇到位,有纪承彦在的戏,他明显能发挥得更流畅。

导演说:"咔,很好。"

简清晨很是开心:"纪哥,一条过耶!"

纪承彦说:"你怎么不多重拍几次,我还想多吃两口呢。"

简清晨乐颠颠跟在他身后:"回头我请你吃啊纪哥!"

纪承彦说:"等拍完戏再请我,现在不能放开肚子吃,不好发挥我的实力。"

"好呀好呀,我会给你准备这么这么多,"简清晨用力地拿双手比画着,"这——么多!吃到你满意为止!"

"……"

这天拍得特别顺,提早收工,简清晨情绪高涨,充满了斗志,连吃盒饭的时候都在跟纪承彦探讨演技。

"纪哥,我记台词还是不行啊。"

"有点信心,年纪轻轻的,记性没那么差,"纪承彦说,"你不是学霸吗,还怕这点台词?"

"也不知道为什么,就是背得特别费劲,效率低。明明都背熟了,到了演的时候,从嘴里说出来,就不是那么一回事了。"

"你不能像背功课那样背,"纪承彦道,"得有点表演的张力在里面。回头跟我对台词吧,光自己背没什么意思。"

"好啊好啊。"

晚上简清晨就求知若渴地抱着剧本和一堆零食过去了。

纪承彦先给他看了点视频。

简清晨挺认真地看了一遍:"是要我学吗?"

"这是反面教材。"

"……"

"你看,这有些演员吧,就跟背台词的机器一样。对着镜头只知道念台词,没有相应的表情、动作。你可别有这种毛病。这是表演,不是背书。"

"嗯嗯。"

正聊着,手机微信响了。纪承彦拿起来看了看,是黎景桐发来的消息。

第二章 Chapter 2

"前辈今天辛苦啦,忙完了吗?"附带了一个柴犬撒花的表情。

"嗯呐,已经回酒店休息了。"

"那,我能和前辈视频吗?"又加上了一个柴犬星星眼的表情。

纪承彦犹豫了一下,坦诚地回复:"简清晨也在这呢。"

这回对方没有配上表情包,不过纪承彦已经不由自主地帮柴犬脑补了晴天霹雳的背景。

"我们在对戏。"

黎景桐又回了一串感叹号,然后是一串省略号。

纪承彦只得说:"和某些人不正经的戏码不一样,我们的戏很纯洁。"

过了好一阵,黎景桐的消息才又过来了。

"前辈还是和我视频吧,一下就好。"

得知要他跟黎景桐视频通话,简清晨不仅没觉得什么不对,还很激动:"哇,可以和黎前辈视频!"

"……"

一接通,简清晨就在他后面,又兴奋又恭敬地喊:"黎前辈好!"

黎景桐:"……"

不论内心如何波动,手机屏幕上的黎景桐看起来还是十分和蔼可亲的:"你好啊。"

虽然之前碰过一次面,但刚入圈的小新人简清晨,对着金字塔顶端的影帝大大,难免十分紧张:"你好你好!"

"你们在忙什么呢?"

"我在和纪哥对台词!"

黎景桐笑容友善："是吗，什么剧情啊？给我讲讲？"
"……"

纪承彦看着他俩在那谈笑风生，一派和睦友好，心想这不愧是演员的自我修养。

黎景桐亲切道："这样，我不耽误你们工作啊，你们继续对台词吧，我在边上看看热闹就行。"

"真的吗！"简清晨可高兴了，"让黎前辈看我对戏，天那，好紧张……"

纪承彦："……"

于是简清晨把手机用支架撑着摆在一边，在黎景桐的监督下，两人花了一晚上，实事求是地对完了戏。

简清晨还特别好学，完了跑到手机前问："黎前辈有什么指导意见吗？"

黎景桐真的一本正经地对他的表现进行了一些评价和建议，简清晨犹如听见金玉良言一般，恨不得拿小本本记下来。

"多谢黎前辈！"

纪承彦："……"

瞎忙半天，总算等到简清晨开开心心回房去了，纪承彦的手机也快嗝屁了。

纪承彦一把拿起手机，将视频通话切断："不跟你聊了，手机太烫手，都能做铁板烧了。"

第二章 Chapter 2

黎景桐忙发消息过来:"别啊!我还没跟前辈单独聊天呢……"

纪承彦道:"就我这手机,你忍心这么折腾它一晚上?它还是个孩子,才16G!"

"我想多看看前辈……"

"刚还没看够吗?"

"刚才不是一回事啊……"

"没电了,充着电呢,开视频要爆炸了。"

黎景桐这才不再坚持,过了一会儿,发了个消息:"简清晨这个角色,真好。"

"是啊,角色的设定挺讨喜的,又很适合他。到时候播了,估计能吸不少粉。"

"不是这个,"黎景桐道,"我是指,他这个角色,可以和前辈有那么多对手戏。"

"……"

"什么时候,我才能跟前辈有这样的对手戏啊。"

"那是不太可能了,"纪承彦无情地告诉他,"你太红了。"

黎景桐感觉很是悲伤,为自己的红而伤心欲绝。

过了一刻,黎景桐问:"前辈好像有点不开心。"

"没有。"

黎景桐立刻说:"那就是有喽?"

"这小子情商还不低。"

"是因为,我这样盯着,让前辈不开心了吗?"黎景桐道,"我自

己也知道,这样管得太多太紧,是有点烦人,只是一时控制不住。是我不好,下次我不会了。"

"……"

"太在意你了,就会把握不好分寸。"

纪承彦道:"……去睡吧。"

那两个年轻人在那一团和气、十分融洽、欢声笑语、其乐融融,一副打得火热的样子,看着看着,自己反而像是多余的存在。

虽然心知是怎么一回事,但那点不愉快的感觉,是超出人类的理智之外的。

他有点心烦,和警惕于自己这种莫名的不良情绪。

过两天纪承彦就收到个快递,打开是最新款的IPHONE(苹果手机)和IPAD(苹果平板电脑)各一台,还把保护壳和支架都配好了。

纪承彦不用想也知道是谁寄的。

他拍了个实物照片发给黎景桐:"给我寄这些东西干吗?我又没时间跟你视频。"

黎景桐忙道:"不用不用,我不耽误前辈的时间,就是想你用着方便一点。"

而后又说:"当然,如果前辈方便的时候,能随手开个摄像头,就更好啦!不用理我都行,能让我看一眼前辈就好了!"配上星星眼的柴犬表情。

纪承彦:"……"

这天收工以后,纪承彦就在酒店房间里,一边吃着迟来的晚饭,

第二章 Chapter 2

一边用IPAD直播吃饭给黎景桐看,一边架着IPHONE接收黎景桐的表情包。

他不得不佩服黎景桐的考虑周全——计划通啊。

黎景桐在那边心满意足地看他表演一手拿鸡腿啃,一手猛刷表情包。

"前辈你这样超可爱的!"

"……"

是指他吃鸡不吐骨头的技能吗?

"我觉得我这很像那些什么吃播主播啊,"纪承彦边吃边说,"主播不是都有人打赏的吗,土豪观众刷个火箭飞机什么的。"

黎景桐观众立刻捧场:"好啊好啊。"

纪承彦看了一眼手机聊天界面,发现黎景桐观众果然在微信上给他转了笔账。

表演个吃鸡就被打赏五万块,纪承彦不由说:"你这是真的要给我买飞机啊?"

黎景桐遗憾道:"转账有限额。"

"没限额你还想怎么地,无上限操作吗?"

黎景桐说:"但是,我对前辈的爱,本来就是没有限额的啊。"

"……"

纪承彦对此的回应是,立刻伸出手,毫不犹豫地把视频通话给掐断了。

黎景桐瞬间蒙了,在那边慌张道:"前辈!我错了?哎,我错了……"

纪承彦无情地拒绝了对方再次发起视频通话的请求。

他本来对于让黎景桐透过镜头看着自己并没有什么疑虑。

反正他坦荡荡，懒得修饰掩饰。他可以大大方方地当着黎景桐的面张嘴剔牙、擤鼻涕、挖鼻孔。他觉得只要不是在上厕所，那就没有任何需要遮拦的东西。

然而摄像头之下，自己一览无遗的、一时无法控制好的表情，还是让他有遮住黎景桐双眼的冲动。

这么一会儿，感觉黎景桐都要崩溃了，纪承彦于是回复他："没什么，我是突然肚子痛，去了厕所。"

"是吗……"黎景桐迟疑道，"那也，不用关视频啊。"

纪承彦说："我有偶像包袱嘛。"

"……"

忙碌了一阵子，纪承彦在这个剧组的戏份无波无澜地拍完了，他和简清晨同时拍完。

当日，剧组很贴心地给他俩准备了一个精致的大蛋糕，蛋糕上打印了两人剧照的糯米纸，还有Q版翻糖人偶。

简清晨非常开心，喜笑颜开地跟他在蛋糕前合了照，还把合照跟蛋糕的特写放上微博，还专门提到了纪承彦。

于是纪承彦收到了一大波的转发留言。

"天喽，这是要发糖了吗？"

"惊天巨糖！"

第二章 Chapter 2

纪承彦已经不想看粉丝们在聊什么了,这些姑娘们的想象力简直可怕。

"离我家这么近,纪哥顺便去我家玩两天啊,"简清晨盛情邀请,"我妈今早让人留了特别好的黑山羊肉,下午司机来接我,一起走吧?"

"突然上门叨扰,不太好吧。"

"怎么会,我妈总想找机会见见你。要不是她身体不好,晕车晕机,不方便出远门,早就来会会你啦。难得有机会,她不知道多高兴呢。"

纪承彦倒也不是多留恋那黑山羊肉,不过盛情难却,加上他回T城确实也没什么正事,公司还没这么快就给他安排新工作。

黎景桐这几天倒是有两个广告要拍,还要出席各种活动,行程排得满满的,估计也没时间碰面吃饭什么的。

这边他刚答应了简清晨,那边黎景桐的消息就来了。

撒花的柴犬表情:"恭喜前辈!是今天就回T城吗?"

纪承彦如实道:"不,我去简清晨家里玩两天,然后再回去。"

那边又安静了。

虽然对方没说什么,纪承彦还是解释道:"他妈妈挺盼着我去的,难得这么近,刚好又没事,不去一趟也不合适。"

过了一阵,黎景桐回复:"嗯,我明白的。"

"嗯……"

"那,前辈玩得开心。"回应体现出来的情绪正常,配上可爱的表情,好像没什么不对。

下午来了台保时捷Cayenne(卡宴),载上他俩和行李。纪承彦最近挺累的,加上司机开得稳,上车他便稀里糊涂地睡了一觉,直至在轻推中醒来,才意识到已经到了简清晨的家。

纪承彦睡眼朦胧地四下观望了一番,然后就惊呆了。

他知道简妈妈是个全职主妇,家境似乎也比较宽裕,原本在他想象中,他们一家住在宽敞公寓里,闲来无事采购食材,做点美食,享受乐趣的悠闲生活。

结果实际上人家有个偌大的农庄——有山,有湖,有田。

纪承彦目瞪口呆地望着这落日余晖,湖上残荷,散养着的牛和羊悠闲地从他眼前走过。

纪承彦:"……"

他转头看着简清晨:"这都是你家的?"

"对啊。"

"你妈妈怎么料理得过来啊?"

简清晨说:"当然有很多帮工呀。"

"……"

好吧,贫穷限制了他的想象力。

难怪总能有各色最新鲜的当季食材,原来都是自家出产的,这种田园生活,也真是一般人羡慕不来。

"原本我们也不住这儿,"简清晨说,"后来我妈喜欢,我也长大了,就弄了这么一片地方。"

"……"这种轻描淡写的语气让纪承彦无言以对。

"自己种点吃的,养点动物。东西新鲜,空气也好,这样简单的生活也挺好的,对吧?"

"……对。"

第三章

他们这些人,在熙攘纷乱的城市人潮里挣扎谋生,在林立高楼的缝隙中苦寻立足之地,都不免会时不时地向往田园生活,乡野风光。

通常满足这种情怀的方式是——去去农家乐,搞搞乡村游。

简清晨这种所谓的简单生活,那可真是返璞归真的最高境界了。

而后纪承彦终于见到了传说中的简伯母。

然而简清晨的母亲是位面容姣好的女性,比四十出头的实际年龄看起来年轻不少。

算上他和简清晨的年纪差距,实际上他和她岁数相差也不是特别远,四舍五入简直可以约等于同龄人。

以至于当着面,纪承彦那声"伯母"实在叫不出口。

"您实在太年轻了,不介意的话,我还是叫您茹姐吧。"

温竹茹笑道:"呀,你可真会说话。"

简清晨差人把行李送上楼安放,然后就跟回到森林的小兔子一样,欢快地开始四处蹦跶着张罗。纪承彦和温竹茹在楼下的茶厅坐着喝茶。

温竹茹说:"这是清晨第一次带朋友回来呢。"

纪承彦有点意外:"是吗……"

可以说是很荣幸了。

"他老跟我提起你,说你是他的贵人。"

纪承彦:"……"

第三章 Chapter 3

他全身上下哪里贵了？

"清晨其实挺害羞的，也很不自信。对于他进演艺圈这件事，我一直不乐观，"温竹茹道，"幸而他一起步，就遇到你，不然我想他可能没有勇气坚持下来。"

纪承彦不由心道，以简清晨的殷实家境、学霸资质，还有天真无邪的个性，这个圈子他坚持不下去也未必是坏事啊。

温竹茹像是看出他心中所想，笑道："倒也不是非要他坚持在娱乐圈。实际上清晨想做什么都好，只要是用心做他自己喜欢的事就好了。"

"嗯……"

"但是吧，如果他要放弃一件事，那我希望原因纯粹是他自己不喜欢了，而不是因为他被击垮了。"

"无论从事什么行业，我都不希望他以一种挫败的、沮丧的心态离开，"温竹茹说，"所以遇见你是他的运气，你是一位良师益友。"

她说得透彻又恳切，纪承彦很是汗颜："其实我真没做什么，还是清晨他自己够认真够上进。"

温竹茹笑道："哎，难怪他那么喜欢你。"

"……"

无法想象简清晨平时在老妈面前到底把他吹成什么样了。

晚上吃过饭，放松休息一夜，纪承彦在这清新清凉的空气里，甚是好眠。

次日醒来，原本纪承彦还想赖一赖床，然而简清晨经过勘察，发

现第一批草莓差不多可以摘了，便坚持要带他去自家地里"祸害"那些果子。

大棚内的草莓已经熟了一部分——碧绿的叶子，白灿的花，挂满垄沿的俏丽红色果实。

就算不是十分喜欢吃草莓的人，拿着篮子，小心翼翼走在这草莓田里，被一大片草莓包围的感觉，也是非常幸福了。

纪承彦弯腰摘了几颗，这些水滴形的果实秀美精致，无论色泽、形状、香气、味道，全都占了好处，可以算是水果中得天独厚的"果生赢家"了。

令他不由想起了某人。

纪承彦选了一颗在衣服上轻轻擦了，又举在眼前望了一望，而后放进嘴里。

口腔里是迸裂开来的甜美香浓的汁水，纪承彦咀嚼着，转头看着简清晨："连这都要拍？"

简清晨举着手机露出了可爱的笑容："好看嘛。"

"指的这大棚草莓吗？"

纪承彦边吃边说："又要发网上的话，记得帮我修一修图啊。"

简清晨本来就是微博活跃分子，从昨天开始更是已经发了一大堆微博，连他在车上睡得不省人事的样子也发。

他吃饭、喝茶、蹲着、走路，逗简清晨家养的狗，摸路上经过的牛，简直是人生百态都上了简清晨的微博。

纪承彦对此倒是不介意，虽然嘴里总说得给他使劲修图，实际上

第三章 Chapter 3

他哪还差那几张丑照,这几年胖起来的黑历史都能塞爆一个硬盘了。

倒是简清晨的微博底下有不少他的粉丝(天哪,他现在终于有黎景桐之外的活粉了)的转发和留言。

"果然又在这里找到几张我胖。"

"当我胖的粉丝真是心累。"

"是啊,万年不更新微博的选手。谁粉谁心塞。"

"只能在别人的微博里找自家爱豆的影子,情何以堪啊。"

"要不是有简清晨发点微博,我简直都要以为我胖被外星人抓走了。"

纪承彦:"……"

总觉得好像有哪不妙。

两人还有一些合照,纪承彦不拘小节,反正横竖都是很配合的。简清晨把头和手机凑过来,他就淡定地看镜头。至于效果好坏那他都不关心,简清晨说了算,拍完他也不会拿过来检查。

如今在微博上看见,居然还都把他拍得相当英俊。

现在的拍照手机客户端真是不得了啊。

"纪胖的颜真心进步了。"

"对啊,'老腊肉'对'小鲜肉',居然没被比下去?"

"肉还是老的腊啊,经得起考验经得起考验。"

"会不会是简可爱人太好,帮他修图了啊?"

"修人不修己,那是真爱了。"

纪承彦:"……"

不知为何,他心中开始祈祷黎景桐日理万机,最好是看不到这些微博。

玩着手机的简清晨突然很是惊喜:"天呐!刚发现!黎前辈居然关注我了!什么时候的事啊!"

"……"

过了一阵,简清晨看了看手机,又激动起来:"纪、纪哥!这是真的吗?!"

纪承彦吃着草莓问:"啥?"

"你居然邀请黎前辈来我家玩!"简清晨兴奋得语无伦次,"天呀,我没想到!"

"……"

简清晨过来抓住他的双手一阵乱摇:"太感谢你了纪哥!我妈一定超开心的!"

纪承彦反应过来,心中不由疯狂吐槽,嘴里却只得说:"啊,哈哈,因为你家真的很棒啊,就忍不住跟黎景桐提了一下,不好意思我自作主张了,没先问过你的意见。"

"不会不会,怎么会!高兴都来不及呢,超荣幸的!"简清晨在那团团转,"哎呀,要怎么准备好呢?黎前辈下午就要来了,他那种超级巨星,会不会嫌这里太乡下了?在我家会不会住不惯?吃不惯?"

"……"纪承彦说,"没事,黎景桐挺随和的,也不娇气,剧组出去拍戏的时候,什么苦没吃过?再说,你这儿真心够好了,吃住方面没什么可担心的。"

要担心也不是担心那些吧!

第三章 Chapter 3

简家上上下下一同紧张兮兮地忙碌的时候,纪承彦也没能闲着,他被动成为黎景桐的知识百科全书,所有人但凡有疑问就跑来找他,好像他什么都知道似的。

其实仔细想想,他对黎景桐的了解也很有限。

他似乎至今都没有用心去试图了解过这个人,他的注意力都用在了别的地方。

虽然黎景桐是低调前来,但无奈这消息一传十十传百,简家农庄里已然是人尽皆知,连那些猪牛羊鸡估计都知道了,附近的居民也渐有耳闻。

下午简家的司机和简清晨顺利接到了黎景桐。闻风而来的好奇的吃瓜群众就跟恭迎圣驾一般,提早多时就在那候着,一见到车子,立刻呼啦啦过来围观。

车门打开,一伙吃瓜群众立刻由衷地发出了整齐划一的热情尖叫。

黎景桐刚探头出来,就差点被这声浪掀回去,表情明显有点蒙。

好在乡民们甚是纯朴,兴奋归兴奋,还是十分守秩序的,并没有人失控冲上前,而是兴致勃勃地围了一个圈,热心地观望着。

黎景桐定下神来,还是举止优雅地下了车,从容微笑着向大家挥手致意。

下来的竟然就只有简清晨跟黎景桐本人而已,他居然是单枪匹马来的,没带助理。

群众继续尖叫着,然后迅速主动让出一条道来,让他们可以通行。

纪承彦在人群之外看着黎景桐这犹如走红毯又仿佛动物园猴子一般的待遇。黎景桐看起来有点黑眼圈,没睡好的样子,好在人长得帅,就算一脸疲惫,也还是闪闪发光。

和他四目相对,黎景桐轻声说:"前辈。"

纪承彦应了一声,道:"路上挺辛苦吧?好好歇会儿。"简清晨也说:"是啊是啊,机场过来挺远的,黎前辈也累了吧。"

大家若无其事地寒暄着,进了屋。

黎景桐没主动跟他解释这个"受他之邀前来"的事,他也不提。一来这不该由他先开口,二来他也吃不准黎景桐的情绪。

他原本觉得黎景桐应该是怒气冲冲而来的,现在看看青年又似乎情绪十分稳定。

说不定黎景桐真的就是冲着简家的农庄,想来度个假?

纪承彦这点疑问并没有空间进行探讨,因为黎景桐很快就忙得焦头烂额,无暇旁顾。

听说来了个天王巨星,凡是沾得上点边的男女老少都想来要签名,简家的司机、厨房的帮工、负责园艺的王师傅、司机的亲戚、厨师的亲戚、王师傅的亲戚……不用组织就已自觉地大排起了看不见尾的长龙。

温竹茹和简清晨都非常不好意思,但他们一向温和宽厚,和手下雇工都相处得家人一般,摆不出居高临下喝止的架势。加上众人都非常有礼貌有纪律有秩序，真要严厉驱逐制止也未免不忍心。

令乡民们惊讶的是，黎景桐这样的大明星居然十分亲民，还很客气地表示不介意，没关系，但签无妨，简直令人感动。

毕竟外头路边的灯箱广告上还有他的脸呢！

于是黎景桐坐在那苦苦签了半天的名，就跟罚抄一样，等于办了一场小型签名握手会。

纪承彦有点郁结，他觉得黎景桐太鲁莽了，这趟行程安排得就跟愣头青似的。

T城那样的明星聚集地，大家对艺人见惯不惯，不够红的艺人走在路上都没人理，而黎景桐这种年轻帅气的流量演员，外出还是得小心翼翼，人潮聚集的地方都不敢随意抛头露面，以免被围观。

至于W城这种小城市，乡民难得见到活的明星，连他这十八线过气老艺人，人家压根不认识，听说是个演员，都硬是过来乐呵呵地找他要了个签名。

黎景桐突然来这种地方，还单枪匹马的，什么下场自己料不到吗，这不是自投罗网吗？

等最后一个乡民也握了手，心满意足地带着签名离开了，简清晨连连对黎景桐说："真是太不好意思了，太谢谢了。"

黎景桐说："没关系，应该的。"他又说："毕竟是纪前辈热心邀请我来的，我怎么也不能让前辈为难。"

纪承彦："……"

被"榨干"的黎景桐终于回房休息了。

纪承彦看到个小姑娘在外边跳绳，过去跟她要了两块创可贴。

回头他找黎景桐，把那粉里带绿的创可贴给对方贴上。

黎景桐坐在沙发里，伸出手来，看着自己修长的手指被绕了一圈"萌萌哒"的hello kitty（凯蒂猫）创可贴，神色复杂。

纪承彦说："你看，这都磨出水泡了。"

黎景桐安静了一会儿，而后轻声说："前辈还是关心我的。"

"……"纪承彦道，"啥？我什么时候不关心你了？"

黎景桐抬头望着他。

纪承彦又说："我向来都是实力宠粉的嘛。"

黎景桐突然抓紧他正要收回的手，不等他做出反应，一把就用力将他拉了下来。

纪承彦猝不及防，果断扑了个狗吃屎。

当然这样形容很不准确，毕竟就算他是狗，黎景桐也断然不是屎啊。

纪承彦说："你这……"

他本来想说"你这逗我玩呢。"然而青年突然凑了过来。

青年辗转的力度，让他在好几秒里都动弹不得，也失去了抵抗的力量。

青年按住他后脑勺的时候，突然响起了敲门声。

"黎前辈！"

那声音听着就跟凭空在耳边打了个响雷差不多，两人触电一般地分开了。

第三章 Chapter 3

简清晨在外面问:"在休息吗黎前辈?"

纪承彦回过神来,忙站起身,说:"没呢,在聊天,你进来吧。"

简清晨端着盘子推门而入,见了纪承彦还挺高兴的:"纪哥也在这啊,刚好,正在找你呢。"

他的神经粗细不足以捕捉到空气中的微妙异样,只小心翼翼把端来的紫砂煲和碗勺放在茶几上,搓手道:"黎前辈,晚饭还要一阵子才能好,先给你准备了点松茸海参乌鸡汤,你将就着喝一些。"

黎景桐咳了一声,正色道:"多谢了。"

而后又说:"以后你别叫我前辈了,太客气,直呼我名字就行。"

简清晨大惊失色:"那怎么行!"

"或者叫我哥吧。"

简清晨受宠若惊地拉着纪承彦出去:"天呐!以后我真的要么叫吗?黎哥?景桐哥?你觉得哪个比较合适啊?"

纪承彦说:"随便吧。"

"我刚才去你房间没找着你,原来在跟黎前……啊,不,景桐哥叙旧,哎,那个……松茸海参汤,你要喝不?"

"不用。"

纪承彦的客房和简清晨自己的卧室挨着,黎景桐则被特别隆重地安排了一个风景视野特别好的房间,远离他们。

简清晨美滋滋地拉着他下楼去厨房。

"纪哥,你觉得这些菜合适吗?要调整一下不?"

纪承彦:"……"

这敢情是把他当黎景桐专属顾问大臣了，简家未免对他的业务水平太过信任了啊。

纪承彦无心于面前的美食，于是大致胡乱指点了一番，反正黎景桐也不会真的在意菜色。

"排场别太大就好了。家常点，随意点，他就是来放松的嘛，体验一下天然的乡野风味就行了，不用整得太奢华太猎奇。"

于是晚上简家准备了一场家宴，各色时令菌菇果蔬，现宰的散养猪羊鸡鸭，现捞的鱼虾蟹，没有什么稀奇食材，但突出一个鲜字。

黎景桐这会儿似乎心情颇愉快，至少比来的时候强多了，席间有说有笑，吃了不少，现场气氛一片大好。

简清晨十分感恩戴德："纪哥安排的菜果然不会错！"

纪承彦："……"

饭后大家坐着闲聊一阵。近距离和喜欢的明星相处，温竹茹甚是开心，作为一个妈妈粉，她对黎景桐越看越喜欢，从头满意到脚，赞不绝口，简直都要把亲生的简清晨给扔了。

"清晨真是好造化，刚入行就能认识你们，"她看着纪承彦，感慨道，"主要还是得谢谢你，都是托了你的福。"

纪承彦："……"

他在简家的声望莫名地达到了新高。

因为纪承彦是次日下午的航班离开，黎景桐也表示会跟他一起走，这天晚上简家就把给他们的礼物准备好了，简清晨提了一堆东西

第三章 Chapter 3

到黎景桐的房间,进行"分赃"。

"挑点轻的带在身上,回去可以现吃。重的就不让你们带着了,回头我给你们寄过去就行,"简清晨说,"这个,油炸鸡枞,用的是还没开菌伞的黑鸡枞,我妈亲手做的,好吃到炸裂哦!外边卖的大多都是假的。鸡枞今年我家让人收了几十公斤回来,也没能炸多少,剩得不多,就这几瓶了,刚好给你们一人一半。"

纪承彦拿起一瓶,道:"哟,这个好,我好多年都吃不上这东西了,多谢多谢。"

鸡枞菌一年也就那两个月有,产量又低,野外捡不了多少,洗起来还特别头疼,做起来更是费神。不在于价钱如何,拿这个送人的,只能说是真爱了。

黎景桐也笑道:"前辈都这么喜欢,那一定是好东西了。"

简清晨又整理介绍了一波,都是市面上容易被鱼目混珠的特色名产,而后他说:"还有这个秃黄油,之前我妈听说景桐哥喜欢,就赶紧又做了一些,"

"……"

纪承彦一看黎景桐瞬间收敛笑容,心中就暗叫不妙。

虽然他当时就跟黎景桐讲清了,那几瓶秃黄油干贝蟹肉都是借花献佛而已。

但他没明说是简清晨给的。

可能对黎景桐来说,这东西来自其他任何人都好,就是不该来自简清晨。

想起黎景桐那时候多姿势多角度地晒那几个瓶子,美得冒泡的样子,现在的沉默就显得情绪非常复杂了。

待到简清晨离开了,黎景桐依旧没说话。

纪承彦有点不太确定要怎么开口,毕竟他不擅长哄人。他觉得黎景桐可能气炸了。

结果还是黎景桐先出的声:"原来,那些是简清晨送给前辈的。"

"嗯……"

"他真的对你很好呢,应该是很喜欢前辈了。"

纪承彦只得说:"呃……不好意思。"

黎景桐口气平静:"为什么要说不好意思呢?"

"……"他也不知道啊,莫名就是觉得需要道个歉才能把这家伙哄回来,这个气氛难道就不是要他道歉吗?

"有越来越多人喜欢前辈,是好事啊,我也很开心。"

"哦……"

黎景桐说:"我本来就是希望前辈的光芒能被更多人看到。我比任何人,都更希望你能得到肯定。"

纪承彦看他肩膀僵硬,肌肉紧绷,明显忍耐着什么似的,委实有点怕黎景桐突然怒气爆发。

他悄悄地,谨慎地往前探了探,想窥探黎景桐正面的表情。

黎景桐一脸大写的强忍委屈。

"……"

对上他的眼光,黎景桐也绷不住情绪了,自暴自弃道:"但我还是有点难过。"

第三章 Chapter 3

"……"

黎景桐表现得非常委屈："也许我太贪心了，可是我希望我能一直是你的粉丝里，最特别、最与众不同的那一个。"

"……"

安静了片刻，纪承彦无奈道："你的身份还不够特别啊？"

黎景桐紧抿嘴唇十分委屈，闻言便看向他。

纪承彦说："想想你自己做过的那些事！"

"……"

黎景桐的面部表情以肉眼可见的速度迅速灿烂起来，就好像一枚干枯的向阳花苞突然吸满水分并在阳光下面"砰"的一下开出花来一般。

向阳花黎景桐说："我明白了前辈！我会好好调整心态，好好努力的！"

"……"

你明白个啥，努力个啥啊。

纪承彦问："你这两天没工作吗？难道失业了？还能跑这来度假？"

"我把广告拍摄的档期提前，都排在一起了，腾出这几天时间，"黎景桐说，"因为知道前辈要拍完戏了啊。"

纪承彦："……"

纪承彦道："老实说吧，你来的时候，是不是气爆了？"

"是有点生气的，"黎景桐坦白道，"尤其想到你跟别的男人回家，见了别人的家长，还睡在他们家，就越想越气。"

"……"

黎景桐又说:"但是,打开车门,一眼看到前辈的时候,又不知怎么的,就只剩下开心了。"

"……"纪承彦说,"你今晚是猪油吃多了吗?"

黎景桐莫名其妙:"没有啊。"

"还是你把那俩洋槐蜜都偷喝了?"

黎景桐忙连连摆手:"我没有啊!洋槐蜜不是简清晨刚拿来的嘛,还在那放着呢。"

纪承彦冷不防又捏了一下他的鼻梁,黎景桐猛然吃痛,不明所以,只能伸手捂住鼻子:"嗯?"

"早点睡,明天简清晨一大早还要带我们去爬山呢。"

"哦……"

次日简清晨兢兢业业带着他们爬山环湖半日游,唯恐不够尽职,招待不周,于是差点把他俩的腿都给走断了。

回到简家休息,简清晨还汗流浃背气喘吁吁地问:"纪哥,你们尽兴吗?"

纪承彦虚脱道:"尽兴尽兴。"

纪承彦突然想起点事情,问黎景桐:"对了,你回T城的票买了吗?买了什么时候的?"

黎景桐道:"刚买好啦,简清晨跟我说了你的航班号,我就照着买了,买的经济舱呢,到时候就可以跟前辈坐一起了。"

纪承彦说:"我那个是廉航。"

黎景桐:"啥?"

第三章 Chapter 3

这辈子估计连经济舱都没坐过的黎景桐,在纪承彦的带领下,平生第一次体验了廉价航空。

"哎,这个不能用网上值机吗?"

"不能。"

"能用电子登机牌吗?"

"不能。"

"哦……"

"你这俩行李只能带一个上飞机,托运吧。"

"这么小都要托运吗?"

"廉航嘛。"

"哦……"

纪承彦委实替他心疼,买廉航是冲着机票比其他大航空公司折扣大得多,但黎景桐临时买的,压根就没怎么便宜,还没有免费托运行李额度,得额外交钱。

在柜台办理值机手续的时候,工作人员妹子看了他一眼,再看看证件,又看他一眼,还看看证件,而后眼皮抽筋一般地连续看了好几眼。

虽然出于职业操守,妹子已经很克制了,也没多问什么,但她脸上满满地黑体大写着惊叹号:"天呐,黎景桐!那个黎景桐本人!居然坐廉航?"

上了飞机,找好座位,一切都还挺正常,就是空间小了点,黎景桐那双无处安放的大长腿恨不能折叠起来放。

比较糟的是，隔着过道，有对中年夫妻一直盯着他们看。

纪承彦抢先道："哈哈，我兄弟长得很像那个黎景桐是吧？"

两人猛点头。

纪承彦只能庆幸自己不红，人家压根认不出他。

"荣幸荣幸，长了张明星脸，占了不少便宜呢，"纪承彦说，"你们觉得黎景桐可能坐廉航吗？"

两人都笑了。

女的说："也对，其实我觉得那个黎景桐，都没他长得俊。"

男的说："是的，黎景桐要胖一些。"

黎景桐："……"

飞机到了平流层，空姐开始骨碌碌推着小推车来卖吃的了。

黎景桐很是新奇："咦！这要花钱买的啊？！"

"是的。"

有钱人真是没见过世面。

纪承彦刚想说"别买了，不值得"，黎景桐就已经要了一堆饮料、牛肉干。

纪承彦："……"

好吧，在廉航上大买零食，就跟小时候在绿皮火车上买盒饭一样，算是圆了他的童年梦想呢。

客舱灯光调暗了，以方便乘客休息。虽然舱内座位窄小，但调整好姿势，勉强还是能睡的，纪承彦又一次庆幸自己减肥成功。

第三章 Chapter 3

　　两人盖上外套,试图小憩一阵。在整理衣服与安全带和扶手之间纠缠不清的关系的时候,纪承彦的手在外套底下碰到了另一只手。

　　飞机落地,巨大的抖动之后,开始平稳的滑行,乘客纷纷起身拿行李往外挤,舱内开始骚动热闹起来。

　　纪承彦总算能把手抽回来了,都麻了!

　　黎景桐心情很好:"我帮你拿行李!"

　　下了飞机,黎景桐一路都兴高采烈的,走在路上跟跳舞似的,简直要哼起歌儿来了。

　　纪承彦说:"干吗?坐个廉航把你给嘚瑟的。"

　　"不是啊,"黎景桐说,"是我终于达成了和前辈坐在一起手牵手的心愿。"

　　"……"这什么鬼心愿?

　　"以前也有陆续达成了一些,比如和你搭同一班航班,坐你旁边的位置……"

　　"……"纪承彦说,"这些破事有什么好值得记住的啊。"

　　黎景桐说:"这都是很重要的事啊!"

　　"……"

　　"我有很多想跟前辈一起做的事,都记在本子上了,"黎景桐做出一副略为遗憾的表情,"可惜才达成了很小的一部分。"

　　"……"

　　为何听起来有点令人尴尬。

第四章

回到T城,纪承彦歇了两天,突然接到志哥的电话。

"我们要做新节目啦,"志哥说,"筹备得差不多啦,万事俱备,就差你了,来吗?"

纪承彦也不多话:"来啊,干吗不来?"

对于到底是什么节目,什么阵容,纪承彦一句都没问,直接就应承了。

原本经纪人打算安排他上一个挺火的娱乐脱口秀,一看录制时间,和志哥这个节目撞了档期,纪承彦回去交代了一声,很爽快地就推了。

虽然身为刚签进来的新人,但公司对他甚是宽松,不算太大的事,他都能自己拿主意,这当然是他某位头号粉丝的功劳。

接志哥这个节目,纪承彦自然是以一种"老朋友需要我,火坑我也跳"的心态答应的。

结果一看卡司名单,纪承彦不禁立刻感受到了自己的渺小。

厉害了,这敢情是他占上了便宜,抱上了大腿啊。

阵容相当不错,除了他,另外几个都是挺大的咖。

有流量小花,有老牌偶像,有综艺一哥。

还有新晋鲜肉,李苏。

纪承彦看到最后一个名字,不由得笑容渐渐凝固:"李苏上节目?"

母猪能上树?

第四章 Chapter 4

他感觉不是特别乐观，李苏这种高冷孤傲人设，上综艺节目，怕不是得上点那什么XX有约，XX人生吧。

来娱乐节目，真能有娱乐效果吗？搞不好节目组上下都笑不出来吧。

不过李苏的资源和运气都挺好的，在拍完那部网络大电影之后，他就又紧锣密鼓地拍了部古装爱情网络剧，出演男二号。

那部网剧后来播出的时候，出乎所有人毫无意外地成了爆款，播放量在一个月里破了二十亿。

纪承彦也找时间看了，确实很有意思。剧情新奇有趣，轻松明快又大胆脱俗，在已有的一溜古装剧题材中，可以说是相当独辟蹊径了。

和他们那网络大电影一样，剧组把有限的资金都押在剧情和制作上的效果是很明显的。主要演员基本都是新人，最资深的也就拍过三四部半红不紫的剧，报酬不贵，但样貌演技都很不错；画面成本不高，但甚是赏心悦目。

总之成品的效果颇美好，上线的时机也刚好——在他们那部网络电影的口碑爆了之后的两三个月。电影余热未消，新剧又上，还是大热剧，于是李苏又接着爆了一波。

李苏演那种无口面瘫的人设还是挺吸粉的，颜值身材又过硬，又年轻，惹得这阵子网上一群小姑娘狂热地追着叫"老公"。

因而李苏现在确实挺红的，比纪承彦红很多。

简单来说，就是一伙人数他最透明就对了。

习惯性垫底的纪承彦一声长叹,想起要和李苏再度相逢,不由得十分惴惴不安。

开始录制的时候,纪承彦就理解了李苏来参加这种节目的意义。

这样的户外竞技真人秀节目,除了制造笑点保证娱乐性之余,还是需要实力派来保证观赏性的。

李苏虽然始终高冷,但他的体能和反应都非常好。眼疾手快、思维敏锐、判断准确、作风强硬,这样就已经很有看点了,何况他还是这一群人里的颜值担当。

纪承彦作为老油条,他的风格是出了名的猥琐。反正就躲着、缩着、苟且着,一遇见有对手就脚底抹油开溜,跑为上策,平时专门找点没人的地方,悄咪咪地四处找道具、线索什么的。

李苏作为不怕虎的初生牛犊,则是非常强势强悍,一路遇神杀神,遇佛杀佛,硬碰硬,刚正面,完全没有怕的。

纪承彦还在鬼鬼祟祟的时候,就得知李苏已经亲手让两个人出局了。

"这家伙真是,"纪承彦翻完了书架,把东西塞进口袋,对着拍摄他的工作人员说,"可怕!遇见他的也实在运气不好,不像我,我今天真的是挺红的呢……"

然后一开门,他就看见李苏站在外面。

"……"

"……"

第四章 Chapter 4

狭路相逢,李苏也是想不到里面有人,愣了一秒。

纪承彦在他动手之前,立刻大喊:"大佬且慢!"

李苏:"……"

纪承彦这"大腿"也是抱得飞快:"大佬啊,我说,其实我们也不是非得你死我活吧?"

李苏看着他,居然笑了一下:"那不然呢?"

"每个人都有自己的长处,也有自己的短处嘛,"纪承彦说,"虽然你有很长的长处,但我相信我也是可以弥补你的……"

李苏:"你打算怎么弥补我?"

"你也需要我这种、直觉特别敏锐、找线索特别准、捡东西特别快的选手是吧?两个人配合,胜率总是高一点的嘛。俗话说得好,三个臭皮匠,顶个诸葛亮。"

李苏面无表情道::"我不是臭皮匠。"

"……"不管怎么说,肯跟他废话这么久,那说明还是有戏的,纪承彦道,"行行,你是诸葛亮,所以我们加一起就等于一点三个诸葛亮了,是吧,大佬?"

"……"

也不知道他哪一点说动了李苏,李苏居然真的没有把他逼进门内三下两下让他出局,而是瞧着他,没作声。

过了一阵,李苏转身往外走,冷漠道:"给我跟紧点。"

纪承彦十分识相,赶紧寸步不离地尾随其后,工作人员也扛着摄影机追上去。

出了房子,李苏四处看了看,敏锐地发现了目标:"过来,这有辆

摩托车。"

确定是可用的任务道具,绕了一圈,他皱起眉:"可惜,没钥匙,看来用不了这个。"

纪承彦道:"我有钥匙啊。"

李苏:"……"

纪承彦笑脸迎人:"体会到我的用处了吧,大佬?"

李苏从他手里接过钥匙,怒道:"那你不早点拿出来?"

"当然要等你同意跟我合作了才拿出来啊,"纪承彦说,"不然万一你把东西抢了,把我撕了呢?"

李苏长腿驻地,看了看他,戴上头盔前笑了那么一笑,而后一脚发动车子:"你觉得,现在我就不会吗?"

"怎么会呢,"纪承彦立刻说,"我相信你是个正直的人、高尚的人、言而有信的人、脱离了低级趣味的人!"

"……"李苏朝他砸了个头盔,"那还不快点上来?"

靠着这凭借两份智慧才能骑上的摩托车,两人轻松愉快到了下一个任务点。

在这里他们遇见了同样在找任务线索的当红小花和老牌偶像。

四人面面相觑了一刻,也不知是该客套下"这么巧啊""你们也在啊"之类呢还是怎么的,于是李苏先开口了。

他说:"我来对付袁哥吧,你对付悠姐。"

纪承彦:"这么快?我们不需要先寒暄一下吗?好歹先聊聊增进一下感情嘛。"

第四章 Chapter 4

　　李苏："……"

　　袁一骁："……"

　　袁一骁笑道："没关系，也就两分钟的事，不耽误我们等下交流感情。"

　　袁一骁虽然年过四十，但人高马大，身手也敏捷，而李苏反应更快，两人迅速纠缠在一起。

　　这边的两个"弱鸡"继续对视了一阵，然后犹犹豫豫地进行了一番"菜鸡互啄"，表示不分胜负。

　　其实不管怎么说，纪承彦也不至于制服不了常悠这样一个软妹子。

　　然而她楚楚可怜道："哥，哥，放过我嘛……"

　　面对妹子的撒娇，纪承彦平生第一次感受到了为难："这、这，我下不了手啊。"

　　"放我走嘛，承彦哥……"

　　纪承彦："……"

　　这于心何忍啊！

　　那边李苏和袁一骁的胜负已分，李苏成功撕下了袁一骁背后的名牌。

　　这厢还在妹子的撒娇和纪承彦的愣神中磨磨唧唧。李苏沉着脸大步过来，对纪承彦道："闪开！"

　　然后他手起牌落，"嘶啦"一声就把常悠送出了局。

　　目睹这一切的纪承彦不由道："这都下得了手，啧啧啧……"

不仅不尊老敬贤,也一点都不怜香惜玉啊。

李苏转头看了他一眼。

纪承彦立刻鼓掌说:"干得好干得好!"

这眼看离胜利的果实越来越近,一直苟且偷生的纪承彦不禁发出了野望的感慨:"要是这是个双人组队的游戏就好了,我就可以躺赢了啊。"

李苏又笑了一笑:"你想多了。"

"……"

"这要是双人组队游戏,我早就把你干了,再去找程旌组队了,还留着你干吗?"

纪承彦:"……"

程旌是公认的赢面最大的一个了,武术学校出身,打星成名,体能自不必说,脑子也快。李苏虽然强,但跟他硬碰硬也没什么胜算,基本上他可以说是无敌的存在了。

不过游戏就是游戏,就算知道最后结果会是如何,这个过程大家还是要努力表现的。

纪承彦道:"你说,我们俩联手的话,对付他,有胜算吗?"

李苏看他一眼:"怎么,然后你再趁机暗算我吗?"

"哟,大佬,你这话说得!怎么会呢,"纪承彦亲热道,"你是'大腿'啊,我这个人非常讲义气,非常有节操,必定不会暗算你的。"

"……"

第四章 Chapter 4

随着时间过去,"幸存者"最终就只剩下他俩和程旌了。

到这时候,彼此都很清楚三人都在这同一栋楼里,只剩具体的方位问题了。

纪承彦吃完盒饭,琢磨了会儿,说:"这样吧,我去当诱饵,吸引他的注意力,然后你从背后袭击他。"

李苏白了他一眼:"说得好像你知道他在哪似的。"

"我凭直觉嘛。我直觉贼准。"

"算了吧,"李苏说,"就算我脚步够轻,还跟着好几个摄影师呢,他能听不见吗?"

纪承彦立刻对着镜头投去了"你们这些人在我看来都是拖油瓶"的眼神。

"我先去看看呗,也没更好的办法不是嘛,"纪承彦边说边往外走,"这时候被动是不行的,要主动出击。"

"别闹,"李苏一把抓住他后领,"我可信不过你。"

纪承彦转过身,猛然凑近他,和他四目相对。

"你看着我。"

李苏:"……"

"看我的眼神。"

"……"

"真挚、诚恳、踏实、稳重。"

"……"

"大佬,我去了。"

"……"

纪承彦简直佩服自己的直觉。

他刚出去没多久,还没做好心理建设呢,迎面就撞上程旌。

就算直觉很准,也不用这么准吧!

程旌见了他,就跟见了猎物的狮子一样,咧嘴笑道:"纪哥好啊。"

"好好好,"纪承彦说,"那什么,你看起来心情很好啊。"

程旌笑着走向他:"在这里见到纪哥,心情当然好啊。"

纪承彦一边后退,一边嘴里夸道:"哎哟,年纪轻轻的就这么会说话!"

见程旌逐渐逼近,纪承彦突然说:"程旌啊,要不这样,我告诉你李苏在哪儿?你把他打赢了,再打赢我?"

"……"

旁边的摄影师差点笑出声。

程旌笑问:"这样我有什么好处?"

纪承彦认真道:"可以帮你节省点时间呀。"

"也省不了多少时间,"然而程旌并不动摇,"我觉得真想节约时间,还是从纪哥你开始吧。"

纪承彦一被抓住,立刻连连大叫,花式挣扎。

他没什么战斗力,然而特别会求生,简直跟涂了油一般滑腻,像一尾鱼一样按不住。

程旌好一会儿都没能制服他,见他活蹦乱跳,忍不住笑场。

"你能不动吗?"

第四章 Chapter 4

纪承彦嗷嗷大叫,甚是吵闹:"李苏,李苏啊!"

程旌头也不回,笑道:"少来这套。"

"快点啊!"

程旌并不为这蹩脚的演技所迷惑,专心全力对付纪承彦。

等他终于撕下纪承彦的名牌,未来得及起身,却听得背后刷的一声。

"……"

他转过头,见得李苏果真在他背后站着,手里拿着他的名牌。

大家都面面相觑,一副不敢相信的表情,包括李苏自己。

"最后获胜者,李苏!"

"……"

录完这场休息,纪承彦去了趟洗手间,志哥在边上洗着手:"天呐,你居然牺牲自己,成全李苏,这是真爱了吧。"

纪承彦:"?"

"必然是真爱了,我都被感动了。"

纪承彦说:"我可去你的吧,你摸摸你'36D'的良心,我这是为了给你的节目制造效果,你能不知道?"

程旌获胜的话,虽然有一定的精彩,但未免是有点流于平淡了,毕竟意料之中。

他这样一来,虽然赢家不是他,但对节目而言是个有趣的爆点。

在志哥的节目团队里当了这么多年绿叶,他习惯了这样的思维和

自觉。

重点不在于个人如何贪表现，如何抢风头，而在于如何让节目有更多的梗，更好的节奏。

赢的不需要是自己，是节目本身就行了。

志哥唱起来了："我什么也不知道，我只知道，如果这都不算爱，程旌还有什么好悲哀。"

纪承彦说："中年人，你这思路很危险啊。我前头跟程旌打赌了，他要是不赢，就得请我吃饭。加上我帮李苏这一把，李苏怎么也得请我吃个饭吧。赚两顿饭，我不亏啊。"

"不止是吃饭吧，瞧瞧李苏看你那眼神！"

纪承彦说："你这么八卦，你们家罗柠知道吗？"

"他知道啊，"志哥挤眉弄眼，"就是不知道黎景桐回头看不看这节目。"

纪承彦怒道："你别给我瞎剪啊！"

回头在休息室里碰见李苏，纪承彦打了个招呼，李苏突然说："什么时候？"

纪承彦一时摸不着头脑："啊？"

李苏说："不是请你吃饭吗。"

纪承彦："……"

纪承彦说："开玩笑的，都瞎说呢，别往心里去。"

李苏说："哦。"

第四章 Chapter 4

节目在开播之前预备先录三期，于是还得接着录上几天。

一开始大家不是特别熟，一期磨合下来，基本彼此心里都有了点数，也找到了各自的节奏。

李苏这个人，确实不算好相处。他太过认真，较真那就难免钻牛角尖，容易有情绪。话又少，沟通起来费劲。其他人跟他互动并不觉得特别愉快。

纪承彦就是个百搭的谐星，有他插科打诨，及时救场，哪都不会尴尬。

然而不得不说，纪承彦跟李苏虽然个性迥异，私下完全聊不上话，但神奇的是，在这节目里他俩的配合居然最为默契互补，效果比他跟志哥两个段子手凑在一起的时候更好。

这一期程旌跟袁一骁在那半真半假地吵架，纪承彦在边上忧心忡忡地吃瓜："妈呀，他们居然吵起来了。"

李苏听了一会儿，皱眉道："唉，程旌还在吵。"

"对啊。"

李苏说："都半天了，他怎么还不开始打人呢？"

"……"

人跟人在一起是有化学反应的，跟他相处的时候，李苏偶尔居然能说点冷笑话，跟李苏互动的时候，他的梗也会特别多。

"大佬，你说我们是进去，还是不进去呢？"

"想什么呢，"李苏说，"万一已经有人在里面等着了呢？进一个撕一个，进两个撕一双。"

纪承彦跃跃欲试:"可是有道具啊。"

"有道具也不值,换地方。"

"还是让我去看看吧,我掐指一算,里边应该是没人。"

李苏说:"不行。你都掐过几轮了,没一轮对的。"

纪承彦道:"这回我靠直觉!大佬,我的直觉贼准!"

基本上纪承彦是个不听劝的,什么也拦不住他对道具的热忱,说什么都是到最后留下一句"大佬,我去了",就头也不回地蹿出去了。

当然有时候他回得来,有时候回不来。

纪承彦十分感慨:"我真的是用生命在找道具啊。"

李苏道:"这个我们通俗点的说法是'人为财死'。"

"……"

他跟李苏从这第二期开始,差不多算是固定队友,最佳搭档了,两人一起摸爬滚打着又录完了两期,满满的都是梗。志哥对他们的表现十分满意。

"可以可以,想不到你跟李苏这么闷的人都能擦出如此多的火花,"志哥说,"期待以后你们多多摩擦,啊,不,多多合作。"

纪承彦:"……"

纪承彦自己倒也不担心精彩程度,他担心的是后期。

罗柠和志哥做节目基本上算挺有节操的,那种瞎拼瞎剪、移花接木、扭曲事实的事,他们不爱做,但煽风点火那是相当老练了。

第四章 Chapter 4

想想当年黎景桐上他们节目的成片效果吧!

纪承彦虽然做了比较充足的心理准备,但第一期节目播出之后,他在B站看了视频,还是恨不得顺着网线爬过去把志哥掐死。

别的不说了,光是他跟李苏骑摩托车那段,都能被拍得跟泰坦尼克号经典场景重现一般。

当时摄影师从旁边的车里拍他们,镜头里他紧搂李苏的腰,加上不明所以的粉红特效,配上浪漫婉转的音乐。

纪承彦:"……"

弹幕都爆了,厚厚的一层从他眼前飘过。

"这是什么!"

"天啊,搂腰杀!"

"正常不是扶着肩就可以了嘛!"

"纪胖把李高冷夹得好紧!"

"我都要害羞了!"

"……"

纪承彦想说,想太多的各位观众们,安全知识啊!

双腿夹紧是为了避免掣动时头盔发生碰撞造成危险;按着肩会限制骑手对摩托车的操控,增加他的负担;上身保持距离,会让乘客后仰,加速时不仅自己失去重心可能坠车扑街,也会将骑手往后拉,影响他对油门的操控。

所以最安全稳固的坐法,就是和骑手保持同样的前伏姿势,以维持人车重心一体。

综上所述,他趴在李苏的背上"抱紧李苏的腰",用腿夹紧李苏,

只是一个安全驾驶的标准示范!

安全第一啊,他做一个遵纪守法的好公民有错吗!

遵纪守法的好公民坐看大家各种天马行空的浮想联翩,不由风中凌乱。

可怕的是他跟李苏的话题,讨论度还爆了,不知从哪里冒出来一大票站李苏和他这两位配对的吃瓜群众,连JJ党都倒戈了一部分。

因此李苏和简清晨的CP粉简直把他骂烂了。

纪承彦心中未免十分委屈。

"我是跟你们站同一配对的啊,我也坚定地维护李简这一配对,我是友军啊,你们居然骂我?"

黎景桐这阵子忙得焦头烂额,分身乏术。

他自己的两部戏,原本档期是完全错开的,然而先拍的那一部,因为女主角这样那样的缘故,一拖再拖,前阵子才迟迟杀青,而后男二又出了问题,很多地方得换人重拍,现在制片人和导演都十万火急地等着他救火一样回去补拍一些剧情。

而新的一部已经开机了。

因此他需要在两个剧组来回跑,鉴于他的时间非常紧,制片人干脆问他能不能用替身,找几个身型差不多的,拍拍背面,拍拍远镜头,能糊弄的就糊弄一下得了。

黎景桐果断拒绝了这提议,于是只能把档期排到极致,极限赶场。助理小许对着日历和剧组时间绞尽脑汁地给他排日程表,年纪轻轻的,排得头都快秃了。

第四章 Chapter 4

  不过再忙,作为一名尽职的忠粉,黎景桐也是不会错过偶像的最新动态。

  "纪前辈的节目,今晚首播呢。"

  然而开播之时他还在火烧屁股地拍戏。

  黎景桐嘱咐小许:"帮我准备好,回酒店我就要看了。"

  等拍完戏,黎景桐回到酒店休息,小许已经默默把电脑和投影仪设置好,也按他要求备好了茶具。

  黎景桐沐浴更衣,净手沏茶,只差没焚香了,然后开始兴致勃勃地配着一壶上好的清茶观赏节目。

  小许关上门,在外面靠着墙玩着手机等了一会儿。

  专心致志看节目的黎景桐:"……"

  玩了不过三局手游,小许就听得黎景桐在里面叫他。

  "小许,给我拿点酒来!"

  "好嘞。"

  小许就等着这一声呢,立刻把准备好的啤酒拎进去了。

  这个节目才播出一期,无论是收视率还是点击率或是讨论度都显示它爆了。

  节目得道,鸡犬升天,纪承彦发现自己百年不更新的微博一口气涨了六位数的粉,令他觉得自己要从十八线回到前十线了。

  纪承彦都不知道自己运气好呢,还是李苏体质特别好。

毕竟无论李苏个性多不圆滑多不被看好，人家出道以来主要参与的作品，就是来一个旺一个，不服气都不行。

这圈子还是看命啊！

打开微信，纪承彦就看见简清晨发来的消息。

"新节目真的很好看啊纪哥！超期待下一集，"简清晨说，"为你疯狂打CALL（加油）！"

"谢谢啊。"

打CALL是啥玩意儿？给他"打电话"？

"我家上上下下都喜欢看，大家都在问你什么时候能再来玩一趟。"

"有时间一定去，"纪承彦道，"毕竟伯母做的菜实在太好吃了。"

"对啦，我妈又专程给你做了手撕牛肉干和酱牛肉，明天就给你寄顺丰。搁冰箱里的话能放半个月左右，"简清晨说，"也别放太久啊，趁新鲜吃。"

"这对我也太好了吧，"纪承彦受宠若惊，"没给黎景桐寄，光给我寄？敢情我的地位要超越黎景桐了吗？"

"我妈可喜欢你啦！"简清晨说，"看了新节目，她还问我怎么没跟你一起上节目，是不是惹你生气了。"

"那你跟她解释了吗？"

"解释啦，不过……"简清晨发来几张粉丝私信截图。

纪承彦定睛一看，不由得晴天霹雳，天雷滚滚，那电闪雷鸣之中皆是粉丝的鬼哭狼嚎。

"你和纪胖还好吗？"

"纪胖都爬墙了，你不管管吗？"

"纪胖真跟李苏互动更多吗？我不信！"

"新配对我们不吃！"

纪承彦："……"

"好多粉丝都在问我是不是跟纪哥闹僵了，"简清晨说，"这我就不知道怎么回了。"

纪承彦无言以对，唯有发了个满头大汗的柴犬表情，这还是从黎景桐那里收来的。

"我只能跟她们说，再等一段时间就有糖嗑了。"

"糖？"纪承彦问，"啥糖？"

"我们演的那部剧嘛，有很多我俩的互动，对她们来说就是惊天巨"糖"了。"

"……"

他太多年没粉丝了，如今好容易有了点粉，结果完全跟不上粉丝的节奏了。

"不过纪哥你跟李苏的互动真的很有趣，"简清晨说，"我也好想跟纪哥再合作啊，但换成我的话，表现肯定不如李苏了，我运动神经没他好，反应也没他快，不能带纪哥躺赢。"

"……"纪承彦道，"各有各的长处嘛，你的话负责卖萌就行了，我带你躺赢。"

"真的吗！"

"不行就躺输嘛。"

简清晨挺高兴的："好啊好啊。"

第五章

正和简清晨聊着呢，手机屏幕上突然跳出黎景桐的来电。

纪承彦心想这才是打call吗？

"前辈。"

电话那头听起来沙沙的，仿似下雨的声音。

纪承彦问："你那也下雨了吗？"

"嗯呐。"

"那挺冷的吧，小心点。"

"节目我刚看了，"黎景桐说，"很有趣，前辈的表现很精彩，大家的反应都很好，我也很开心。"

"……"听起来好像不是特别开心呢。

"就是不知道前辈和李苏的关系，已经那么好了。"

"都瞎剪的，节目效果嘛，"纪承彦说，"就跟你那时候来上节目一样，都是朝着制造爆点的方向做的后期。"

"我那不是节目效果，"黎景桐说，"我就是真心的啊。"

"……"

纪承彦问："干吗，又委屈了啊？"

黎景桐回答："有一点点。"

"想跟我同框？"

黎景桐老老实实地说："超想的。"

"……"纪承彦说，"那要不你随便给我在剧组里找个配角，跑个龙套什么的，反正都是合作嘛。"

第五章 Chapter 5

他要求极低,又不挑戏份,以黎景桐的公司,往组里塞个把小配角还是很容易的。

黎景桐说:"不,那不行,我要的不是那样的合作。"

"那要什么样的?"

"我想给前辈配戏,想和前辈好好地演对手戏,在我的戏里,前辈你只能是主角。"

"……"这话真是说得惊天动地啊。

"我俩怎么配戏啊?"他是哪个档次的心里没点数吗?

黎景桐说:"会的,我会等你的。"

纪承彦正要说点什么,窗外突然有了疾驰而过的救护车的声音,而他在手机里也听见了同样的动静。

"……"他问黎景桐,"你人在哪?"

青年安静了一刻,而后嗫嚅道:"我在前辈楼下……"

纪承彦去拉开窗帘,果然见得路灯下一个撑着伞的人影。

"你不是在横店拍戏吗?"

"哦,我临时回来一趟。"

"你走得开吗?导演会放人?"

纪承彦深知这种两部戏档期完全嵌在一起的紧迫感。年轻时他也这样疯狂地连轴转过,上厕所都得掐着时间,化妆的时候都能睡着,失去意识的时候感觉像是睡了一个世纪,冗长又复杂的梦境,醒来却发现堪堪只过了五分钟。片刻的空白都是奢侈。

这种时候还能离开片场,出现在另一个城市,那莫不是用了哆啦

A梦的传送门？

青年道："今天没夜戏，就请半天假，明天早上就回去了。"

"你回来干吗？有什么急事吗？"

青年又沉默一下，才惴惴道："就，想看看前辈房间的灯光，听听你的声音，感觉比较安心。"

"……"

纪承彦觉得这脑残粉真是需要好好电一电了。

"你先上来吧。"

外面雨下得大，青年的肩背和衣摆都湿了，头发也沾了水汽，反而显得眉眼洗过一般的明朗清亮。

青年有种学生逃课被老师抓了个现行的不安，脸上表情惴惴的，在纪承彦面前想缩小一些自己的存在感。

无奈他人高马大，手长腿长，站在客厅里就跟个发光体似的。

纪承彦边拿了毛巾给他擦头发，边训他："无故请假，这是不敬业的表现。"

"我知道，但因为我短时间里实在调整不了情绪，"黎景桐说，"很影响发挥。"

纪承彦严肃道："作为一个演员，演戏的时候无法调整自己的情绪，太不专业了吧。"

"是的，"青年老老实实地认了，"但在面对与前辈有关的事情时，我就是这样的。"

"……"纪承彦只得换个话题，"黑眼圈有点重啊你，都快跑到眉

第五章 Chapter 5

毛上了。别为难化妆师了,赶紧多敷敷眼膜。"

"嗯,昨晚拍了通宵,下午回去没赶得及睡。"

"干吗不睡?"

"本来想看了前辈的节目再去睡的,"黎景桐说,"结果就睡不着了。"

"……"

这天真的太难聊了。

纪承彦问:"明天什么时候的飞机?"

"早上七点三十的。"

"……"

也未免太拼了吧年轻人。

虽然他们一口一个"明天",实际上已经过了零点了。掐指一算,就算黎景桐现在立刻倒地睡着,满打满算也只能睡五个小时。

纪承彦催他:"这都十二点半了,快回去吧,早点休息。"

黎景桐说:"哎?可我这会儿还没充好电呢。"

"?"纪承彦一时没能明白,"你在我家充电吗?那把充电器带走呗。"

黎景桐看着他:"把前辈也带走吗?"

"……"

不得了了,现在的年轻人,简直了。

黎景桐又说:"晚上我能在这睡不?明天直接从这去机场,能近一点。"

纪承彦立刻板起脸："只有沙发和地板给你选。"

黎景桐很是高兴："那我可以睡沙发吗？"

然后他就开开心心地去睡沙发了。

夜深人静，纪承彦躺在一片黑暗之中专心研究天花板，突然听得沙发上的黎景桐说："前辈前辈，你睡着了吗？"

"……睡着了。"

青年感慨道："好神奇。"

"嗯？"

"本来有很多的焦躁和郁结，"青年说，"但只要在前辈身边待一会儿，就都好了呢。"

"……"

"前辈你是我的良药。"

"……"

这都从哪学来的啊？

黎景桐悄悄地来了，又悄悄地走了，披星戴月而来，踏霜踩露而去，纪承彦完全坐怀不乱。

让这样一个无数少女的男神白白在沙发上躺了一晚上，他这行为，就跟一个少女放走了主动送上门来的吴彦祖一样。

纪承彦觉得自己的境界真的十分之高，可谓佛性，他给自己打一百分。

沙发上尚有青年的余温，和那发梢风信子的香气。

第五章 Chapter 5

纪承彦摸了一摸。他觉得年轻真好，年轻时候才能有那样近乎傻气愚昧的热忱和冲动。

这种热情就像蝉蜕，在成熟以后就会自然褪去，不复存在了。

志哥那边节目开始接着往下录了，制作组根据播放期间的数据和得到的回馈，对细节进行了一些调整，套路那是愈发成熟，人设也基本立得差不多了。

中间休息的时候，李苏坐在他旁边，突然说："我那天跟冯伯父谈到你。"

纪承彦没明白过来，"啊"了一声。

"他执导了《生而为人》。"

纪承彦忙放下手中的三明治："啊，冯导吗？"

"是的，"李苏说，"冯伯父对你赞赏有加，叫我去看那部剧，还让我多跟你学学。"

"……"纪承彦道，"冯导太过奖了，他总是这么客气。"

"我去看了一遍，"李苏说，"这戏开拍的那个时候你十七岁？怎么演的？"

"……"

这听起来像是向他低头，跟他讨教吗？

他不是科班出身，只在当练习生的时候接受过演技训练，而且作为偶像组合出道，有点唱而优则演的意思，第一次演主角挺不知所措的，就那么青涩地摸索着上了。所以要谈当时的经验、技巧，那他是没有的。

冯奕说他是老天爷赏饭吃，生来就是会演戏的料。但这种话显然

不能由他自己来说啊，太不要脸了吧。

于是他说："就瞎演吧。"

李苏看看他："瞎演？"

"我那时候什么也不懂，"纪承彦说，"边学边演，说实话每天都挺慌的，实在没什么心得，我就不装了。要说挨骂的心得倒是有的，那时天天被冯导骂得啊，我现在脸皮这么厚，就是那时候练的。"

"……"李苏仿佛是没料到他不装，还如此彻底，愣了一愣而后说，"那你挺有天赋。"

纪承彦说："……谢谢。"

那部剧里，他生动地演绎了一个被校园暴力霸凌的贫困资优生，从纯真懦弱到黑化反杀的复仇之路，借此捧回了演技上属于他的第一座大奖，并成了他演艺生涯的一个转折点。

一开始T.O.U这个组合，算是贺佑铭半带着他出道的。他发育得晚，那时候不够高，又瘦巴巴的，有点没长开，样貌在一众练习生里并不算特别出众。

至于贺佑铭那就相当帅了，个子高，肩宽腿长，天生是个衣架子，在当时的那群小男生中，他的颜值要认第二，那没人敢认第一，论音域又比纪承彦更宽广，是飙高音的一把好手，可以说是门面担当兼实力担当。

因此一开始，贺佑铭的人气比他要高出一大截。纪承彦舞技好一些，但没什么用，粉丝大多只觉得他是贺佑铭边上那个小可怜。

而开始演电视剧之后，纪承彦的优势就陡然冒出头来了。

第五章 Chapter 5

他在演技上的天赋过人，令他收获了良好口碑和大量人气，加上模样也日益长开了——比起一些长着长着就歪了的选手，他幸运地属于越长越好的那种——于是他的风头开始压过贺佑铭。

当时对于自己的成长自然满心欣喜，而现在想起来，也不知那究竟算不算好事。

纪承彦勤勤恳恩一通操作，这集节目录到最后，居然只剩下他和李苏两个人。

连纪承彦自己都十分意外，于是他和李苏面面相觑了一刻。

他是相当有觉悟的，坚持到这时候已经不错了，没可能继续了，苟是苟不下去的。

在他准备慷慨就义的时候，却听得李苏说："你来撕我吧。"

"啊？"

"撕啊。"

"让我撕你？"纪承彦两眼迷茫，"为啥啊？"

"你不是没撕过我，总想着撕撕看吗。"

纪承彦立刻说："我没有那种想法的，大佬，真的。"

李苏说："哦，是吗？"

"……"

李苏说："送你一次机会，过期不候。"

纪承彦半信半疑。这里头得是有什么陷阱吧？

不过就算有陷阱，他也没什么可吃亏的，于是纪承彦伸过手去，捏住李苏背上的名牌。

总觉得撕下去的瞬间得有什么反转，出来个什么东西炸他一脸之类的。

然而什么奇怪的事情都没发生，他一把就轻松撕掉了。

纪承彦："……"

"获胜者，纪承彦！"

众人："……"

这个结果宣布已经够让人震撼的了，然而事情还没完呢，李苏突然面无表情地转过来，对他说："生日快乐。"

"……"

按照目前节目录播的节奏，正常流程下，这一集播出的时间，的确会是他生日。

工作人员都哗然起哄，一位女PD(导师)笑得那叫一个花枝乱颤。

纪承彦："……"

看来李苏也不是不开窍的石头啊，几集下来他也不再是愣头青，终于懂得搞搞节目效果了。

纪承彦甚是感动和欣慰，于是上前紧紧抓住他的手，深情凝视之，并感恩戴德地一通乱摇："多谢啊！"

李苏："……"

纪承彦回到家，又用电脑认真收看了他们这一周播一集的节目。

但凡自己参演的作品，他现在都会在播出后重复观看，配合各大视频网站的弹幕食用，风味更佳。

第五章 Chapter 5

这不是自恋，是为了研究学习。毕竟录制当下自己想表达的效果，和实际镜头上呈现出来的效果，以及最终剪辑过的效果，都不是一回事。

在屏幕前看看自己，看看别人，哪里用力过猛，哪里恰到好处，哪里流于平淡，哪里效果爆炸，拿个小本本，随时暂停做笔记，多多比较、揣摩，下一次都能有进步。

这集他身先士卒，被人'撕'出局了。

镜头特写了李苏那有点一言难尽的表情，还配上四个爆裂的黑体大字"悲！痛！欲！绝！"

效果极其爆炸，纪承彦拿着小本子，对着屏幕上那瞬间爆起的厚厚一层子弹都打不穿的弹幕，竟无话可说："……"

后期你们不要这样搞事情啊！

几家欢乐几家愁。李纪的"配对"粉们看完这一集，那是跟过年一样的了，还出了什么"里脊"配对，各种火热，深夜看得他都有点饿。

他这边就未免有点纠结，除了时常委屈兮兮的黎景桐，他还得担心一下李苏的情绪。

李苏是个胡同里跑马一般直来直去的个性，说话做事不带拐弯的。

之前网络大电影热度正高的时候，李苏和简清晨的配对甚是火热，有记者采访的时候笑问了句"觉得这状况怎么样？"，李苏回答："觉得不怎么样。"

所有人都笑容渐渐凝固，留下一脸尴尬。

好容易"李简"这个配对因为残酷的现实，长期无粮可嗑，几乎歇菜，偃旗息鼓了，这又换了个新配对，再炒一轮。不知道李苏内心做何感想，是否要爆炸。

简清晨还好一些，至少在那部网络大电影之后，跟李苏基本没什么合作机会，也就比较无所谓。

而他和李苏因为这档节目，可是得常常碰面的。要是李苏心态炸裂，那就有点尴尬了。配合不起来，节目不好录啊。

有个杂志约了他们的专访，这天拍外景照片，遇上大降温。等待拍摄的时间里，纪承彦在提供的薄薄服装之外裹了他那件与他情同手足的外套，瑟瑟发抖。

李苏看了他一眼："不穿个厚点的大衣？这够吗？"

"够，"纪承彦牙齿打战道，"我……抗冻。"

李苏说："那你抖什么？"

"我是在为等会儿的拍摄，酝……酿情绪。"

"需要这么多酝酿啊，"李苏问，"你的羽绒服呢？"

纪承彦颤抖着说："它……啊……"正巧一股风吹来，他转而哀号道："冻死了！"

他唯一一件能穿得出门，比较像样的羽绒服，前几天下雨的时候穿着淋湿了，本想拿去晒晒就好，哪想得连下几天雨，没晒透，于是隐隐有了股散不去的怪味。

第五章 Chapter 5

想着该去买个新的,无奈心思不在那上面,忙起来老是忘。

李苏说:"嗯?它冻死了,所以你这天气穿成这样,是打算跟它殉情吗?"

纪承彦瞬间停止了抖动,转头看着李苏,震惊道:"等下,你刚才是在说笑话吗?"

"……"

"对不住对不住,"纪承彦说,"我笑慢了,大佬,我错了!这天气,反射弧都冻硬了!"

李苏面无表情道:"所以麻烦你做好保暖工作。"

纪承彦在原地蹦啊蹦地取暖,牙齿咯咯作响道:"没……事,冬……冬天很快就要过去了!"

拍完照片,总算回到温暖的室内,纪承彦去捧了杯热茶回来,就看到记者问李苏:"网上关于你俩交情的讨论十分热烈呢,你对于和纪承彦的合作,有何评价呢?"

纪承彦:"……"

真是怕什么来什么。

意外的是,李苏脸上没什么喜怒,只答道:"挺好的啊。"

纪承彦:"……"

他心下不由大为感慨,不容易啊不容易,李苏都终于不再那么直愣愣地不拐弯了。

娱乐圈果然是能将任何人的棱角打磨掉的地方。这样挺好,适当地圆滑一些,以后的路也能顺一些。

纪承彦的生日在忙碌中到来了。

往年只有志哥他们记得给他留留言，约出来喝个酒吃个饭。今年他居然收到了一大堆祝福和寄到经纪公司的礼物，时隔多年又被这么多人惦记的感觉简直令人不知所措，粉丝们还给他在地铁站的广告牌众筹了几个生日祝福，令他在心疼钱之余，真有种自己快要咸鱼翻身的幻觉。

连李苏和简清晨都给他寄了礼物。简清晨一直是个贴心小可爱，这举动不稀奇，李苏就让他有点意外了。

出于好奇，纪承彦先打开李苏的那个大盒子。包装和大小看着挺像衣服，拆开一看，果然是件羽绒服——Canada goose（加拿大鹅）。穿起来一试，竟很合身，也十分暖和。

李苏这是实实在在把他当朋友了，纪承彦还是挺感动的。

他对李苏一直并无恶感，别说那个耳光真的不值一提，李苏个性他也觉得其实很简单。

李苏就是个崇尚实力的年轻人，遇到靠潜规则上位的，他自然看不起，也毫不掩饰自己的看不起，更不惧于得罪对方，这并没有什么问题。

而一旦算是认可了纪承彦的专业能力，他的态度便迅速恢复寻常，甚至谈得上友善了。

虽然因为个性的缘故，两人相处得还是有点尬，但也算另类的友情吧。

第五章 Chapter 5

纪承彦再把简清晨的礼物拆开,一看就乐了,简清晨送了条burberry羊绒围巾,同样是适合冬季的实用温暖牌。

李简送的东西都是一个类型的,还能搭配得起来,多默契啊这是。所以大家不吃这俩人的配对,来吃他的杂食配对干吗呀。

纪承彦特意把这两人的礼物摆在一起拍了照,发上微博,希望李简CP粉能看得出来这是一口隐藏糖。

从而能少骂他两句是最好的啦。

晚上纪承彦照例和志哥他们一起吃饭庆生,几个老朋友凑一桌,热热闹闹地庆祝他又老了一岁。

"一想到我们六个加起来都超过两百岁了,就觉得十分感慨啊……"

纪承彦说:"那是,尤其你还为这两百岁做了最大的贡献。"

"不不不,你才是。"

"哪里哪里,我只做了一点微小的工作。"

志哥突然问:"黎景桐呢,他不来吗?"

纪承彦道:"这都快吃完了,他来干吗,舔桌子吗?"

"还是有别的事可以做的嘛,比如他可以来结账啊。"

"……"纪承彦道,"就这样他还敢来吗?"

黎景桐今早就给他留了言,说今天有事,晚点才能碰面,他也不便硬邀黎景桐来吃这顿饭。

毕竟来生日饭局的都是那几个多年老友,老男人们的私人聚会,别说带其他朋友了,有家室的连老婆女友都不带来,他带上黎景桐算什么，家属吗？

　　这回的聚会没有续摊，没有像往年一样去KTV喝得烂醉，更没有再接个宵夜，一直闹到天亮。吃过饭纪承彦就告辞了，还打包拎走一块蛋糕。

　　志哥说："哟，这是给谁带的呢？"

　　纪承彦回："我当明天早餐不行啊？"

　　见到黎景桐的时候，纪承彦把手里的蛋糕一递："给你的。"

　　"啊！这么好！本来还有点遗憾吃不上前辈的生日蛋糕！"黎景桐有点微微脸红，"谢谢！我也准备了份礼物给你！"

　　纪承彦笑道："谢了啊。"

　　黎景桐从口袋里掏出个包装得挺华美精致的小盒子："不知道你会不会喜欢。"

　　纪承彦接过来，看着那尺寸，不由犯嘀咕了。

　　这什么？手表吗？

　　要是手表还好，要是别的？比如说戒指？！

　　他正犹豫着要不要解开那丝带，黎景桐突然说："啊，算了，还是先别打开了！"

　　"嗯？"

　　黎景桐说："我现在有点紧张。"

　　"……"

　　纪承彦也有点笑不出来了。手表的话有什么好紧张的？

　　"这样，"黎景桐像是定了定神，说，"等到了再看吧。"

第五章 Chapter 5

黎景桐把他带到了自家的车库。

纪承彦："？"想在这干吗？四处可都是有监控的啊。

黎景桐说："我想送台车子给前辈。"

"送车给我？"纪承彦问，"模型吗？还是要烧给我？"

黎景桐像是接受作业检查的小学生一般立正站好，说："就是这个了。"

纪承彦看着停在面前的这台阿斯顿马丁。

"……"

"我想你能有好一点的代步工具。"

"……"

的确，他以前接的工作五花八门，上山下海，不是处处都可以靠公交和地铁，没有车有时候真心比较尴尬，老等着蹭别人的车，运气不好一等就是几个小时。自己有车肯定是比较方便的。

但这家伙是对"好一点"和"代步工具"有什么误会吗？

这种豪车让他怎么开得出去？

"我不知道合适不合适啦，"黎景桐忙说，"抱歉我这回太自作主张了。但因为我不能直接问你意见，我就想，前辈一直那么喜欢蝙蝠侠电影，应该会喜欢这个，虽然不是一个型号，但情怀是一样的。"

"……"

见他不作声，青年又道："不喜欢的话直接说没关系，可以换你喜欢的。"

"……"

在持续的沉默里，青年脸都要僵了："前辈真的那么不喜欢吗？"

纪承彦开口道:"不是,我得消化消化。晚上出门我还骑的共享单车呢,你现在叫我开阿斯顿马丁?"

待得消化完了从共享单车到豪车的跨度,纪承彦拆开盒子,取出里面那枚颇精致的水晶钥匙。两人一起坐进去,他尝试着发动了车子。

发动机那种声响,含蓄低沉又磁性,简直称得上撩人。

车真是男人的梦想,男人的情人。

上一次坐上黎景桐的车子的时候,他就稍微想过,但也只是想想而已。

没想到那个模糊的念头有一天会这般化为实体。

开出去一段路,纪承彦觉得,这车适合什么样的人开呢?疯狂的绅士吧。

既优雅,又激情难抑。

加速时那狂风暴雨一般的推力,洪亮的金属声,和低沉的排气声,结合起来既是警告也是诱惑。

像是开启了一个不理智的开端,让之后发生的一切皆有可能。

停下来的时候,车子又从狂兽迅速变成温顺的猫咪,屈于他脚下。

纪承彦在位置上安静了一会儿,才开口:"你知道我这么多年没车是因为什么吧?除了穷。"

第五章 Chapter 5

"我知道,"黎景桐说,"所以我真的太自作主张了。但我希望,从今天起,一切能有所不同。"

纪承彦"唔"了一声。

这么多年了,他依旧记得被吊销驾照的那一刻。

记得媒体铺天盖地的报道,指责、辱骂,医院里消毒水的味道,长夜漫漫里滴液的声响。

那之后过了几年,终因现实需要,还是去重考了驾照,但再也没买过车。

穷是真的穷。

他也真的,始终无法面对那一段过往。

纪承彦看着车外,静坐一阵,入定了一般。过了许久,他说:"话说回来,收了这么大的礼,我要怎么回报你?给你签个名吗?"

"啊,"黎景桐道,"除了签名,我还能要点别的吗?"

纪承彦看看他:"行吧。"

收了人家这么一台车,要他献身都可以啊。

黎景桐说:"我想,和前辈一起看场电影。"

"……"

这么俗套?又这么不按常理出牌?

稍微有点不同寻常的是,这电影并非在电影院,而是在黎景桐家里看的。

遮光完美的独立影音室,索尼大法4K投影仪,法国XY斜纹编织

幕，Dynaudio（丹拿）音响。

纪承彦以为这阵仗要看什么震撼人心的大场面4K超高清片源，结果黎景桐掏出部十来年前的老片子。

纪承彦："……"

黎景桐充满期待地："看前辈以前的电影，可以吗？"

"……都行吧，你说了算。"

得到许可的黎景桐一边忙碌调试，一边兴高采烈道："好开心。今天的一切都很圆满呢，虽然为了等提车，没能和前辈一起吃饭，但还是吃到了生日蛋糕。而且我昨晚卡着12点刚过就给你发了生日祝福，应该是第一个祝福前辈的人吧！"

"……"

这不重要好吗。重要的是，犹记得他跟黎景桐一起看黎景桐演的霸道王爷玛丽苏剧，笑得打滚，现在轮到他自己被迫观摩年轻时的作品，公开处刑了。

黎景桐不过是几年前的片子都已经羞得要死，他这还十几年前的呢。

严格来说他当时的表现还是稍显稚嫩，励志的剧情也不算新颖，然而故事流畅，人物立体，细节饱满。

隔了这么多年再看，当年他青春无敌的面孔，不经刻意雕琢的演技，还是泉水一般自然清新，竟一点都不尴尬。即使有些微瑕疵，也掩不住"好看"二字。

电影里那种逼人的青春，燃烧的热情，历经时光的考验，依旧炫彩夺目，还是能看得人心情激荡。

第五章 Chapter 5

影片最后,他饰演的主角韩忍冬,于劣势一记漂亮的反击,拿下扭转局势的得分的时候,场上经历了短暂几秒窒息般的安静,而后音响里爆出如雷的掌声、欢呼声。

韩忍冬爬起来,过去拥抱垂垂老矣的父亲。镜头特写交叠的两张面孔,年轻与衰老,希望与救赎,老泪纵横,汗泪交织。

一时间里纪承彦自己眼角都有些湿润。

影片播放至结束,开始放演职员表了,纪承彦看见身边的青年犹自坐着,犹如做了个美梦的表情。

"真好,"青年说,"小时候,总想着韩忍冬能从屏幕里走出来,坐在我旁边就好了。现在成真了。"

"……"拜托,现在这完全是货不对板吧!

纪承彦问:"你有这么喜欢这部电影吗?我还以为你最喜欢《晚归》和《雁难回》。"

"超喜欢的啊!"黎景桐说,"其实那两部比较沉重,看完我心里难受,会堵很久,所以我重看的次数反而比较少。这部就真的太治愈啦。每逢情绪低落的时候,我都会拿出来再看一遍,看着看着,整个人都变得暖烘烘的,一般情况下,心情都能平复。"

纪承彦说:"一般情况?所以有的时候这招不好使是吗?"

黎景桐老实道:"有时候心情太差,看完一遍还是恢复不了。"

"那怎么办?"

黎景桐说:"那就看两遍啊。"

"……"

"真的太开心了,"黎景桐很不好意思,"前辈生日这天,反而是满足了我的愿望。感觉我有点太贪心了。"

"怎么会。这个过程我也很愉快啊。我自己都喜欢这片子。"

"嗯……"

纪承彦笑道:"毕竟那是我的青春。"

黎景桐看着他,郑重其事道:"前辈,你才是我的青春。"

"……"纪承彦过了半晌,才说,"很荣幸。"

"啊!前辈的节目!差点忘了看,"黎景桐如梦初醒,赶紧找遥控器,切片源,"天啦,都这么晚了,这时间都快播完了!"

"没事没事,"纪承彦说,"其实这集没什么好看的,一点都不精彩。而且看个结尾也没意思,不如改天看,看个完整的嘛,是吧。长时间对着屏幕,影响视力,我们先出门去放松一下眼睛,比如吃个消夜……"

"当然要为你的节目贡献收视率啊,"黎景桐说,"有一点是一点。"

黎景桐手忙脚乱了一会儿,还是调好了。

节目确实快播完了,正好播到李苏说:"你来撕我吧。"

"……"

"你不是没撕过我,总想着撕撕看吗?"

纪承彦真的撕下了他的名牌。

第五章 Chapter 5

"获胜者,纪承彦!"

李苏对他说:"生日快乐。"

后期特效各种喷射的烟火礼炮配上浪漫激扬的背景音乐,十分感人。

黎景桐:"……"

纪承彦:"……"

第六章

黎景桐整个人都蔫了,几乎肉眼可见灵魂的小天使从他头顶上飘了出去。

纪承彦道:"你没事吧?"

黎景桐几分钟经历了人生的大起大落,大喜大悲,从天堂到地狱,已然萎靡不振,只剩一个躯壳了:"呜……"

纪承彦说:"要不,你把刚刚那电影再看两遍呗。"

"呜……"

感觉似乎看个十遍也治愈不了了。

纪承彦无奈道:"节目效果,这也不是我能控制的啊。"

黎景桐十分沉痛:"呜,我知道……"

纪承彦问:"要我怎么安慰你?"

黎景桐蔫了一会儿,说:"前辈能让我抱一抱吗?"

"啊?"纪承彦愣一愣,说,"行……吧?"

他能感受到青年的力量、体温、心跳,还有呼吸。那略微潮湿的气息,带着温度,混着发梢风信子的香气,拂在他颈间的皮肤上。

青年在几分钟静止一般的拥抱之后,总算动了一动。却是松开了他。

"谢谢前辈,"青年微微红着脸,说,"感觉好多了呢。"

第六章 Chapter 6

纪承彦有点意外。

这样就好了？

没了？

这么纯情？

青年已经振作起来了，十分纯洁地看着他："刚才前辈是说想要吃宵夜吗？"

很快志哥他们就知道黎景桐送了他一辆豪车的事了。

猥琐的抠脚大汉群里顿时十分热闹。

"妈呀，这样的粉丝我也想要。"

"后来呢后来呢？"

纪承彦说："看了场电影，吃了顿烧烤，啊啊，不是我说，那个烤羊腿，烤得外酥里嫩，鲜美多汁，贼鸡儿好吃……"

志哥说："少废话，谁特么在意那羊腿？我们只关心一件事，你献身了吗？"

纪承彦道："龌龊！"

"不是龌龊，是礼貌！"

"瞎说，"纪承彦一身正气道，"你当我是什么人？我回个'谢谢'，就已经十分礼尚往来了。"

虽然义正词严地斥责了志哥，其实他自己也暗中琢磨过这件事。

说好的脑残粉呢？

不是超爱他的吗？

当然了，他肯定是对黎景桐没想法的嘛，毕竟他这么正直、自爱、

高洁。

但脑残粉居然对他没想法，那就不对了啊。

不是合格的粉！

纪承彦假装手滑，把跟志哥的聊天记录发给了黎景桐。

过了两分钟的撤回时间，他才装模作样惊诧道："啊，发错了。"

黎景桐那边沉默了良久，而后突然爆发："太过分了吧，怎么能这么说你？"

"……"

"把你当什么人了？一辆车就可以对你为所欲为？"

纪承彦顿时汗颜。

摸着良心说，他觉得不需要那么贵的车就已经可以对他为所欲为了啊。

黎景桐一腔要让对方吃不了兜着走的滔滔怒火："这谁啊，有这么说话的吗？不懂怎么说人话，那我去教他。"

纪承彦赶紧干笑道："熟人之间开玩笑的啦，不用介意。"

幸好他把聊天对象的名字和头像部分都截掉了，保了志哥一命。

黎景桐气过了一阵，又说："这种想法真的很肤浅。"

肤浅的纪承彦回复道："哦……"

"其实以前我也是有点肤浅的。"

嗯？

纪承彦此刻仿佛自己坐在生理卫生兼道德品质课堂上，接受黎

第六章 Chapter 6

老师的再教育。

"前辈那时候把我点醒了。"

"啊?"

"你后来说,我不是普通的朋友,所以不适合那么轻浮的关系,不想对我随便。我是真的非常升心。"

"……"

"谢谢你能这么认真地对待我。"

"……"

"我也会很认真的,我会一直等到前辈你愿意把更宝贵的东西给我的时候为止。"

"……"

纪承彦不由仰天感慨。

他这是典型的卖弄失败案例啊。

做人不要卖弄,一卖弄准遭雷劈。

黎景桐又想起什么似的:"对了,前辈,你这截图,本来是要发给谁的?"

"啊,"纪承彦忙随口圆谎,"发给志哥,找他吐吐槽。"

黎景桐肃然道:"是了,志哥一定看得比我透彻,说得比我好。"

纪承彦:"……"

纪承彦:"你说得没错。"

"前辈,说来,"黎景桐又问,"那个试镜,结果怎么样啦?"

"《逆鳞》吗？"纪承彦道，"还好吧。我觉得他们可能不是很欣赏我吧。"

"怎么会，导演说对你的印象非常好啊。"

"客套话嘛，别当真。"

"不是呀，"脑残粉十分诚挚，"这剧本是真的很适合你。"

"这剧本适合的人那可多了去了，"纪承彦道，"重点是，人家心里，我适不适合这剧本。"

《逆鳞》这部剧，改编自一本口碑爆棚的畅销书，制作公司底气十足，选角迟迟不定，说是不用霸屏面孔，不用流量明星，然而隔三岔五地就有"某某有望出演逆鳞男主"的新闻，已经把近年蹿红的小生们都遛过一遍了。

黎景桐坚定道："没有人能比前辈你更适合了。"

"……"

和黎景桐是无法客观地探讨这问题的。

好的机遇人人都想要，华信现在有心捧他，尽力想为他拿下这角色，但盯着的人甚多，谁都不是软柿子，看看各家水军围绕这部剧的各种唇枪舌战就知道了，所以纪承彦觉得信心并不大。

《逆鳞》那块画出来的大饼，纪承彦并没有很去惦记。这厢综艺节目踏踏实实地边录边播，为他这过气咸鱼带来稳定的曝光量和逐渐上涨的人气；那厢之前和简清晨一同参演的剧也终于播出了。

这部都市言情剧本身会火是意料之中的事。毕竟原著粉丝多，主演粉丝多，流量作者、流量男主、流量女主，凑在一起加上一波大投资高配置打造，没点成绩也太说不过去了。

第六章 Chapter 6

但意外的是,简清晨和他这两个配角的戏份剪辑刷爆了网络。

其实一集里边,他们的戏顶多也就四五分钟,但胜在几乎每集都有,存在感刷得飞起。

他俩饰演的那对兄弟在原作设定上本来就讨喜,充满了互怼段子,是原作里的人气配角。

他们演绎得生动自然又还原,时不时令人莞尔一笑的兄弟俩在这场摧心摧肝的虐恋大戏中,犹如一股清流,很快就收获了大量吃瓜群众的好感。

再加上简清晨经纪公司的一通操作——男主角冯棋轩是一线小生,演技资质自不必说,然而如果单纯论脸,简清晨还真的不会输给他——经纪公司于是发了一堆艳压通稿,买了不少水军,微博首页充斥着盛赞简清晨盛世美颜的各种剪辑。

于是双方的黑们粉们以及大量水军迅速抵达现场。

这边逮着简清晨一通吹:"太可爱了,清纯得跟颗露珠似的。"

"怎么能有这么纯这么好看的男孩子啊。"

"笑容太撩人了!"

"就是爱他这种天然的少年气!"

"本来是冲着冯棋轩入坑的,结果被简清晨圈粉了呢。"

"冯棋轩其实不适合这个角色,一代男神就长这样?不如简清晨。"

那边毫不留情上来一通踩。

"哪里来的野鸡给自己加戏,也配跟我家轩宝比,提鞋都不配。"

"抱走我家棋轩,不约。"

"丑人多作怪。"

"先撩者贱。"

"碰瓷。"

"请原地爆炸。"

两边掐得死去活来,脏话横飞,飞沙走石,天昏地暗。

不知道当事人做何感想,但借着冯棋轩的流量,简清晨的热度确实唰唰地就上去了。

还带着纪承彦一起。

毕竟简清晨参演的两部作品里,对手戏最多的就是他,营销号们大量转发的剪辑里难免有他的身影。纪承彦莫名其妙地跟着蹭了一波热度。

因而在冯粉和简粉的硝烟战场里,也夹杂着普通群众的吃瓜感想。

"说真的,简清晨的相貌是没得黑,但纪承彦在他旁边,居然也没被比下去啊。"

"纪胖现在是挺帅的。"

"不同风格嘛,纪胖是有阅历的成熟男人味。"

"纪胖的眼睛特别特别的撩。"

"纪胖的眼神简直了,他在天台回眸那一下,我立刻就麻了半边。"

"对对对,我也是那时候爬的墙!"

"比起一张白纸,其实我更喜欢这种看起来就有故事的男

第六章 Chapter 6

人啊。"

"加一。"

此外还有配对粉们的狂欢。

"发糖了发糖了!"

"整部戏满满的都是他们的糖,心满意足!"

"在满屏的玻璃碴里捡糖吃的就是我们了。"

"这对兄弟真有爱!"

"好萌他俩哦。"

"我也想要个这样的哥哥啊。"

"简纪向戏份剪辑合辑,时长39分,要的自取。"

纪承彦自从重返影视圈以来,戏还没拍多少,倒是天天被各路"配对"卷着跑,对于这日新月异追不上粉丝脑回路的世道,他的心情很是纳闷:"以前我和别人看上去仿佛是'一对'的感觉。怎么没这么强啊?"

之前他成天跟志哥浩呆他们在一起摸爬滚打,扎在男人堆里,素材那才叫一个多呢,怎么就没有配对粉这东西?

志哥说:"这还用问?因为那时候你胖啊。"

"……"

比起简清晨经纪公司那种咄咄逼人的野心,华信为纪承彦做的营销公关就含蓄聪明得多,因此没给他招来什么黑。

简清晨和冯棋轩两家粉丝互相攻击,也没怎么波及他,连简黑喷简清晨演技烂,"对手戏全靠对手",也等于隔空给他点了赞。

公司买的水军又不失时机地跑出来，得体地吹捧了一通他的演技，于是他微博又瞎涨了好几十万的粉。

种种迹象表明，他的人气和口碑都达到一个新高，华信又一通趁热打铁，连纪承彦一时间都觉得，《逆鳞》那块大饼，搞不好他真能吃得上。

这天纪承彦刚从跑步机上下来，就看到经纪人的未接电话，和发来的信息："有人黑你。你先别回应，公司会处理。"

"哦。好。"

纪承彦对此并不觉得奇怪，不红的时候没人讨论，只要稍微有点讨论度，那肯定是有捧有踩。

现在比之前那段时间火了，被黑一黑是很正常的。

纪承彦打开娱乐八卦论坛，首页飘着的帖子就是："都在吹纪承彦，有谁还记得十年前他开车撞死人的事？"

发帖时间并不长，然而已经破千回帖，热度可见一斑。

纪承彦点进去，手指迅速滑了一滑，粗略一看，下面有咒骂的，有嘲讽的，有求科普的，有煽风点火的，有搬运旧帖的，有编黑料的，有坐小板凳卖瓜子的，有开八当年T.O.U解散内幕的，有盘点那些年有过污点的明星们的，各方人士纷纷进场，热闹非凡。

他又看了下微博，热门果然也有几个关于他这件陈年旧事的头条，还上了热搜。

"这年头当明星门槛这么低了？车祸撞死过人的也能有粉丝？"

第六章 Chapter 6

在各种"恶心""可怕""脱粉了""打扰了""这种货色是要带坏我家简可爱/李苏吗"的一边倒谩骂之后,又就"有案底的人是否还有资格继续当艺人"这个话题掐了几百层,而后话题总算有了新风向。

"话不是这样说,这事当年闹得很大,我有印象,当时伤势并不致死,是骨折吧,那个受伤的老太太是住院治疗期间出现并发症去世的。"

"结果不是一样吗?都是害死人啊。"

很快就有人放出了当年的报道,还图文并茂地对此事做了详细的讲解。

"翻了点当年的资料,理了一下,给你们看看具体情况吧,老太太七十三岁,中度老年痴呆,营养不良,诸多消化道疾病,一堆病史。车祸导致胸部闭合性外伤,左腿股关节断裂,21号进入T城第一医院治疗,23号进行手术,手术成功。28号发生肺部严重感染,双侧胸腔积液,急性消化道出血并失血性贫血,后近一个月持续治疗,次月23号发出病危通知书,24号死亡。"

"老太太有点惨啊。"

"在医院里治疗了一个月,因为并发症去世,我觉得这和一般交通肇事致死,不是一个性质吧。"

"我觉得没什么不同啊。"

于是底下就事故案例分析和手术并发症又进行了一番激烈的讨论和科普,夹杂着不少水军的浑水摸鱼。

后面有自称专业人士的路人出来发言:"说句公道话吧,虽然老太太自身情况不好,车祸只是导致骨折,但要不是车祸,后面的事情显然不会出现。按照因果关系中'即使行为不发生,结果无论如何都

会发生，那么行为就不是结果的事实原因'之必要条件规则，如果纪承彦没有撞伤她，损害结果并不会发生，所以纪承彦肯定是要负全责的，封杀他也不为过。"

纪承彦沉默地看着那些争论。经纪人多虑了，他没有任何回应和辩驳的冲动。

这些言论不值一提，在他心中并没有掀起什么波澜。当年舆论的滔天声势，比这个强烈百倍。

那时候的偶像和现在的明星们不同。今日的明星们随意出轨、劈腿，都不算什么大事。丑闻出来，低调一阵子，卷土重来又是一条好汉，这在当年是想也不敢想的。

那个年代对偶像的限制之严，恋爱新闻就可以终结一个艺人的偶像生涯，未成年偶像喝酒的丑闻会令其被逐出经纪公司，更勿论其他。

偶像犹如造神一般，一个丑闻就是致命性的。有个也算红极一时的组合，就因为向来打好学生人设牌的成员高考失利，没能考上好大学，导致整个组合人气滑坡，一蹶不振。

所以从他的车祸新闻传出，到后来伤者去世，事情从民事赔偿升级到刑事责任，他面临交通肇事罪起诉，那段时间好比天塌地陷，身边的人都灾难片求生似的弃他奔逃而去。他独自站在高高的孤岛上，被劈头而来的如山一般的海啸波浪淹没。

但其实那并不是真正吞噬了他的东西。

纪承彦看到有个小号激烈地回复："你这说的什么废话？纪承彦

第六章 Chapter 6

他难道没负责？他早就负了全责的好吗？当年的旧帖已经有人整理搬运过了，有眼睛的人都看得见吧，我就问你，从头到尾他推卸过责任吗？该赔的他都赔了，取得了家属的谅解，接受了法律的处罚，也承受了舆论的讨伐。那隔了十年还炒这个冷饭干吗？旧事重提有意义吗？是还想再制裁他一次？还封杀呢，有完没完了？！他这是阻着谁的路了，非要他以死谢罪？"

有人赞同道："我也觉得纪承彦没什么问题，总不能一次犯错就百次不容吧。事后态度良好，配合积极，那就没什么可说的。反正我是可以接受的。反倒是他那位搭档，人生赢家天王贺佑铭巨巨，当年撇清关系那叫一个快啊，前脚纪承彦出事他后脚拔腿就跑，啧啧啧，简直是教科书级的卖队友呢。"

纪承彦摁灭了手机屏幕。

他没有被那些舆论所击倒，也未惧于承担责任，在事业略有起色的时候被翻起这陈年旧账，他也不觉得心慌。

毕竟从他承认自己是肇事司机的那一刻起，他就做好了应对这一切的心理准备。

但他这忙碌的充满着嬉笑怒骂的恣意痛快的生活，确实在看到这些帖子，这桩旧事的时候，戛然而止了。

他记起那时候的争吵，那个雪夜里刺骨的寒意，和贺佑铭比冰雪更冷漠的脸。

当时的他还年轻，容易心慌，容易失措，惶惶然追在后面，焦急地叫着贺佑铭的名字，对方却像全然听不见似的。

"你要我怎么样？要我做什么你才能好好听我解释啊？"

"不需要你怎么样，"贺佑铭道，"我哪敢要你解释啊？我只是区区一个刚刚被你截和了角色的过气偶像，我敢说什么呢？"

"我没有抢你角色，"他气喘吁吁地，"我一开始就说了不想接这个戏！"

"喔唷，"贺佑铭笑道，"那我还能说什么呢？我这边想尽办法都演不上，导演那边哭着喊着求你演。你想说这就是我们的差距，是吧？"

他忙说："我没有那个意思！"

贺佑铭不再理会他，径自去开车门。

他忙伸手拦住："你刚喝了酒，就别开车了吧，太危险了。"

贺佑铭看着他："没人跟你说过，你自以为是说教的样子很烦吗？"

"……"他只能低声说，"下雪路上滑，怕你不安全，你想去哪里，我来开车送你，好吗？"

贺佑铭说："奇怪了，为什么你总觉得，你做得到的事，我做不到？"

"……"

"你到底让不让开？"

"……"

贺佑铭不耐烦了，举起手指对着他，冷冷道："我只说一遍。再拦着我，我们就绝交，马上，立刻。"

"……"

他的胸腔剧烈地震动了一下。

第六章 Chapter 6

有那么一刻他真觉得眼前的男人很陌生。绝交？从什么时候开始已经可以这么轻易地把绝交两个字说出口？

这个他想也不敢想的词，贺佑铭可以说得那么轻松随意，仿佛不值一提。

于他是万箭穿心，于贺佑铭则是弹指轻挥。

在他呆怔的片刻里，贺佑铭已经拉开车门坐了进去。他阻挡不及，忙跟着从另一侧上了车。

贺佑铭没有恶言驱赶他下车，但也并不多看他一眼，只一声不吭地发动了车子。

深夜路上两人都安静着，似乎无话可说。这深夜时分，又冷到非常，不见什么行人和车辆，往郊外的路通畅无阻。

车开了一段，饶是路上空旷，他依旧觉得不安，于是问："你想去哪里？要不就停前面吧？"

贺佑铭不说话。

片刻，他又小心道："你开得太快了。"

贺佑铭转头怒道："你烦不烦？"

他突然看见前方出现在马路上的人影，心下一惊，忙大喊："小心！"

剧烈的刹车声，身体随之猛然前冲，瞬间安全带勒得胸口生疼，令他一时说不出话来。

车内窒息似的安静了那么几秒，直到他终于缓过气，咳了一声，贺佑铭才回过神来一般，带着些许不知所措的茫然，说："撞、撞到什

么了?"

　　他赶紧解开安全带,开了车门下去,见得离车数米之外的地方果然躺着一个人。他心跳加速,手脚发软,疾步过去跪下来查看伤势,发现昏迷的伤者是个老妇人,这天气居然穿得颇为单薄,破旧的外套之下,佝偻的身形显得愈发枯瘦。

　　"还有呼吸,"他说,揪紧了的心口略微放松了一些,忙脱了外套给老人盖上,而后抬起头,却见得贺佑铭还在车里发呆。他心急大喊:"快下来帮忙啊,记得打双闪!"

　　贺佑铭过了一刻,才终于下车,然而迟疑地站在车边上,并不过来。

　　"这有监控吗?好像没有?"贺佑铭问,"有人看到我们了吗?"

　　他有些吃惊地看着贺佑铭:"你在想什么?"

　　"哦,没什么,"贺佑铭像是回过神来,道,"你刚才说,人还有呼吸是吧?"

　　"是的,"他说,"我看看她情况,看我们现在能做点什么。"

　　贺佑铭看着他:"然后……怎么办?"

　　他拿起手机,不假思索:"当然是报警,叫救护车啊。"

　　贺佑铭震动了一下,立刻扣住他的手腕,大声道:"不能报警!"

　　"……"

　　"我不能这样被抓,"贺佑铭那张一贯傲然自信的脸上,难得地现出了慌乱和退缩,"不行的,我喝了酒,撞了人。"

　　"……"

　　"警察来了我就死定了。"

第六章 Chapter 6

"……"

老人醒过来了,发出几不可闻的含糊呻吟:"疼、疼啊……疼……"听起来悲惨又困苦,足以让最铁石心肠的人也不忍卒闻。

他微微有些颤抖,但决然说:"我一定要叫救护车的,别浪费时间了。"

贺佑铭沉默了。

除非溜之大吉,完美逃逸,否则只要叫了救护车,置身于事内,那是否主动报警都没差别了,一切都免不了的,以他们的身份,这事必然会连每一个毛孔般大小的细节都被公开于大众眼光之下。

贺佑铭突然把他拉到一边,抓紧他的双手,低声说:"承彦,承彦。"

"……"

"我拜托你,你就说是你开的车,好不好?"

"……"

他从未见过贺佑铭如此低声下气的模样,令他心头顿时为之一紧,而后生疼。

他是这么的仰慕这个人,这些年来从未改变过,以至于连看他慌张,看他哀求,都不舍得。

贺佑铭十分无措、焦灼:"你的话只是伤人,应该不严重的,赔钱就行了。我不一样啊,我酒驾,我不能被抓的,我整个都会被这个事情毁了的!"

"……"

贺佑铭英俊的面容显出一副濒临崩溃的模样:"我不能这样的,不行的啊。帮帮我,承彦……"

他看着贺佑铭,看着这个和他一起磕磕绊绊走过这么多年,经历过种种坎坷风雨,初从少年长为青年的年轻男人。他有许许多多的不舍得和不忍心。

他轻声说:"好。"

第七章

手机铃声猛然响起，纪承彦震了一震，他的魂魄犹如从那个十年前的雪夜里瞬间回到眼前，一时间胸口憋闷至极，他深吸了一口气，才低头看屏幕。

是志哥打来的。纪承彦接起来，打了招呼，志哥问："没事吧老纪？"

"怎么会没事？"纪承彦说，"我都给人黑成那样了，还能没事？"

"哟，"志哥说，"那怎么办，我给你买点水军骂回去？"

"买什么水军，我像那种人吗？"纪承彦道，"把钱省下来转账给我就行了。嘘寒问暖，不如打笔巨款。"

志哥立刻给他转了五毛二，然后说："其实这事没什么值得炒的。那时候风尖浪头上，让你人气大受影响。但事隔多年再提，真的就没什么意思了，你当年的态度有目共睹。一次犯错，难道还能压人一辈子啊？就算囚犯都能刑满释放重新做人，他们还想靠这个把你打死？舆论上怎么也占不了优势啊。"

"是的，"纪承彦道，"我也想过。翻这事出来，其实没什么价值，粉丝的反应也证明了这一点。所以有点奇怪。不过你那五毛二也太少了吧？买什么水军？僵尸粉都买不了。"

正说着，显示有电话进来，是黎景桐的。纪承彦跟志哥交代一声便先挂了，这边一接起来，纪承彦就抢先说："我没事，不用担心。"

"嗯，"黎景桐说，"我知道，前辈你是经过大风大浪的人，这种低级的伎俩，你不会放在眼里的。"

"嗯呐……"

"但我还是好生气。"

"……"纪承彦只得把刚才志哥和他聊的，又跟黎景桐说了一遍，道，"对我造不成什么影响的，所以你别气了。就是琢磨起来有点奇怪。"

黎景桐说："不奇怪。"

"啊？"

"你记得当年那个老太太叫什么吗？"

纪承彦立刻回答："记得，叫徐海英。"

老人住院之后的生前身后事都是他一手操办的，他和各种表格上的这个平凡不过的名字打了无数次的交道，以至于它对他而言已经不平凡了。

"《逆鳞》的原著作者余弃，本名叫徐期，是她的孙子。"

"……"

"余弃的个性乖僻是出了名的，这个你多少也有耳闻，就不说了，"黎景桐道，"我去翻了他的资料，以往的采访里，他提过自己和奶奶，虽然说得不多。他幼年父母双亡，是靠奶奶做布鞋摆摊子养大的，感情深厚。"

"……"纪承彦十分愕然，"但我在那段时间里，从来没见过他啊。"

老人那些只知道索赔的各路亲戚里，并没有那个年轻人的身影。

"我查过了，徐海英出事的时候他在国外读书，没有人通知他。"

第七章 Chapter 7

这件事情后来让他非常崩溃,所以……"

纪承彦明白这旧事被人翻出来恶炒的真正目的了,不在于揭他疮疤,而在于揭徐期的疮疤。

他对此原本没什么感觉。然而这种戳失亲者痛处的、赤裸裸的恶意,让他一时有点恶心。

"这事又被提起来,伤口再撒盐,他一定会受不了,前辈你也休想演这部剧了。"

"嗯……"

余弃是个有点"疯"的年轻人,不"疯"也难有那样的才情,难写出那些奇思妙想的东西,业界大家都知道他的个性,他发作起来,投资的金主也是要让他三分。

捅他一刀,让他发狂,后面的事借他之手就够了。

谁干的呢?其实不用多猜,无非就是对手有意为之了。

"做这事的,跑不了就在那几个跟你争这角色的公司里面,我会把他们揪出来。"

纪承彦道:"算了,不用了。"

最有竞争力的刘晨,是映星娱乐力捧的小生。那是贺佑铭的公司。

他不愿意那样去想。

挂断电话,纪承彦又看了下微信,见李苏跟简清晨都给他发来了

消息,都是冲着这事安慰他。

"需要帮忙就告诉我。"

"有什么我可以帮得上忙的一定要跟我说啊。"

纪承彦饶是心情沉重,也忍不住微笑了。

还说这俩没默契?

这晚纪承彦有点睡不着,许多已经淡忘的人,许多已经尘封的事,从记忆里汹涌出来,在他的脑子里横冲直撞。

待得终于勉强入睡,他就做了梦。

他又梦见多年前的那个时候。

救护车很快来了,将老太太抬上担架的医务人员认出了他俩,并毫不掩饰她们的惊讶。

贺佑铭毕竟心虚,在旁人的眼光下就慌了,至此已是脸色苍白,丢三落四。唯有他比较冷静,让贺佑铭先陪同伤者去医院,他独自留在现场等交警来,甚至还记得先拆了行车记录仪。

接下来的程序就那样顺理成章,责任认定,商谈理赔,并未出现任何节外生枝,他理所当然地,成了众矢之的。

和预想中的一样,接到消息的媒体差点把医院大门踏破,日日不得安宁,严重影响医院正常秩序,院方对此也十分不满。

作为当事人,他几乎无时无刻不在道歉。

有人轻手轻脚推开病房的门,他原本靠在床边打瞌睡,因为这点

第七章 Chapter 7

动静而猛然惊醒,忙抬起头。

来的并不是贺佑铭,是他的律师。

前两天过后,贺佑铭就已经不在医院出现了,大概为了避嫌,也大概,可能他因为这事而耽误了的工作需要有人顶上。

他问:"谈得怎么样了?"

李律师一脸复杂,无奈道:"那些人啊,张口闭口都是钱。"

"……"

一开始送老太太入院之后,好不容易为她联系上了一位亲属,对方似乎是她侄子。然而听说老人受伤住院,对方便不大理会,借口繁忙,百般推脱,不想掺和,大有种"没钱治,死就死了吧"的意思。

待到发现不仅治病的钱不用他出,这倒霉事居然还是个可以来钱的差事——诸多索赔、各种费用,肇事的大明星好比个取之不竭的聚宝盆——侄子就态度一百八十度转变,立刻热情高涨,还带了一堆也不知是来嘘寒问暖或是来营造声势的远近亲戚。

媒体报道的视角,自然这些从偏远郊区而来,住院表格都填不利索的村民是弱势方,他这种坐拥千万粉丝的顶级明星是强势方。

实际上他被"弱势"的村民们堵得都出不了医院大门。

穷、弱、老,加上人多,简直无解。

他疲惫道:"你看着处理吧。"

虽然他一向节俭,但这时候被当成肥羊一般吸血,也不是他所放在心上的事了。

医院的夜晚是如此漫长,也因为漫长而显得格外静谧,偶尔有低低的来自梦中的痛呼,走廊上轻微的动静,远处隐约传来的悲泣,都

分外清晰，如在耳畔。他身心俱疲，闭着眼睛，却睡不着。

　　所有的工作自然是都停摆了。媒体更对此事疯狂追踪，极尽挖掘、大肆渲染、添油加醋，加进许多莫须有的揣测和歪曲。
　　有个女明星朋友给他看了一些报道，天真地问他得罪谁了，他心情低落也忍不住为之笑出来。
　　他哪里需要得罪谁啊？他站在这个位置上，本身就已经是招人恨了。只不过往日别人不太找得到下嘴的地方罢了。如今寻到机会，还不赶紧下狠劲吗。

　　而他们和映星的合约也快要到期了，续约的事一直没谈拢。
　　虽然映星难得地，相对而言地慷慨了一把，对他开出了可以算是优渥的条件，甚至明确对他表示，给他的条件比贺佑铭的高得多，他还是一再果断拒绝。

　　毕竟贺佑铭一直想离开映星。这家捧出无数顶尖明星的娱乐公司，新人云集，造星不断，旧人却是很难待得住的。
　　一方面，合约期满的艺人都不愿意继续留在这里被苛刻的条款压榨，另一方面，以映星的运营方式，艺人熬到合约期满，基本上商业价值也已经被压榨得所剩无几了，很多人红不过那几年就已经跳水般陨落，映星也并不想挽留他们，如同对待被榨干的水果渣一般。

　　出道六年，贺佑铭对映星的不满就持续了六年。
　　光为了贺佑铭，他就不可能继续留在这里。

第七章 Chapter 7

其实他也明白，以映星在业界的影响力，离开映星以后，可以选择的余地并不多。

先不说资源能和映星相媲美的实在难找，就连其他公司接收他们的意愿，也不是太乐观。毕竟映星这种一家独大的巨头，是可以调动相当程度的传媒力量的，它愿意的话，可以从很多方面制约，甚至封杀一个背叛者。接收他们之后，运营他们的成本，可以说是相当高的，映星的竞争对手们都需要慎重考虑。

然而他不介意，也无所畏惧。

他的态度多少已经激怒了映星，而在这微妙的时机，又出了这样的事，映星打算放弃他也是正常的。

因而舆论那抹黑式的一边倒，也再无原来公司那强大的公关力量去扭转了。

他对此有心理准备，也不是特别难受。

他只是想，贺佑铭此刻在做什么？

天色亮了。没有贺佑铭消息的一天又过去了，新的一日开始了。

中午时分，有个十三四岁模样的少女，小心翼翼地推开房门。

他转头看她，她也看着他，怯生生的。

"你是？"

少女的声音细若蚊蚋："我、我是来看护的……"

"哦。"纪承彦想起他们要求他赔付的费用里还有一项是护工费。

但这护工的质量看起来也委实可疑了一些。

他看一看床上昏睡中的老人,又看看少女,直接问道:"她是你什么人?"

少女小声说:"是我姑婆……"

这大约是那个侄子的女儿了。

看来并没有打算请专业的护工。肥水不流外人田。

"你叫什么,多大了。"

"我叫晓晓,"她继续蚊子哼哼一般,但老老实实回答,"十七了。"

"十七?"

他又仔细看了两眼,少女的模样比实际年龄小得多,大概因为过于瘦弱苍白的缘故。

他皱起眉,问:"高中了吧?这时间不用上课吗?"

晓晓说:"没……没在读书了。"

"为什么?"

没料到会被问这么多问题,晓晓显然很是不安,但又不敢不答:"两个弟弟要读书……"

"……"

"女孩子读书没什么用,"她嗫嚅道,"我爸说,不如出来打打工……"

"……"

他一时无话可说。

他自己也出身贫苦,却没想到过了数年,即使在T城这样的大城市,周边的郊区,许多劣根性也依旧全无改善。

第七章 Chapter 7

他看她一副忐忑不安的样子,便拿了个橙子给她:"先坐吧,吃个水果。"

晓晓受宠若惊地接过来,依旧有些不安,但小心翼翼地将那橙子在裤子上擦了擦。

晓晓这个所谓的"护工",完全是那些亲戚为了可以合理跟他要护工费而派来的。人瘦力气小,胆子更小,没见过世面,也没任何历练,什么也不敢,让她去找护士填个单子,她都跟受惊的兔子一样,死活不敢前往,实在不是很堪用。

但好在她很听话,踏实,也勤快,不怕脏累,只要别让她去做些需要和外人打交道的活,她就十分乐意和努力。

他也算多了零点五个帮手。

这天老人又失禁了,他只得在护士来之前独力收拾好,见得晓晓买饭回来,他叫她:"帮个手,拿条毛巾来。"

晓晓吃惊地看着他的一手污秽。

他问:"怎么了?"

"没有,"她说,"我以为,你会嫌脏……"

纪承彦笑了一笑:"这有什么脏的。比这个脏的我见得多了去了。"

一通忙碌过后,喂老人吃过东西,两人也分别填饱肚子。晓晓发了会儿呆,突然说:"哥哥,我在电视上见过你。"

"嗯。"这没什么稀奇。

"我觉得你是很厉害的人。"

他笑了一笑："并没有。"

她又说："现在我觉得你是个很好的人。"

"……"

"他们把你说得很坏，但我觉得你真的是很好的。"

他没说话，只伸手摸一下她的头。

"女孩子还是要读书的。"

"啊……"

他说："记得为自己多争取一点，不然以后会受人欺负。"

"哦……"

"你看这些医生护士，救死扶伤，这么能干，不都是读书读出来的？女孩子读书怎么会没用？别人那样骗你，你犯不着骗自己。"

在这种焦头烂额的时候，他还有闲暇操别人的心。他也觉得有些好笑。

晓晓"嗯"了一声，低下头，看着自己细瘦的双手。

到下午，有个助理来看他。

"纪哥对不起啊，"助理说，"我这段时间，都在贺哥那帮忙，所以走不开。"

"嗯，没事。"

公司为了不违约，他的工作都由贺佑铭接手顶替了，包括那部激怒了贺佑铭的戏。

贺佑铭这阵子的确是会忙碌到十分，也需要更多的人手。

他说："辛苦你们了。"

第七章 Chapter 7

"不不,"助理道,"你才辛苦了,真的,纪哥。我们又帮不上什么……"

"没关系,"他想了想,又问,"贺佑铭最近还好吗?"

助理欲言又止地,而后说:"挺好的。"

"那就好。"

"纪哥,"助理居然有些哽咽了,"我们都很想你。你什么时候能回来,我还是想给你当助理……"

他近来凉透了的心,也因为这善意而温暖了起来,他拍拍助理的肩:"谢啦。"

这医院里的时间,也不是全然没有温馨的时刻的,老人在老年痴呆的症状之余,也会有些孩子气的举动。

"甜!真甜!"老人往他手里塞了颗他刚让晓晓买来的草莓,说,"你吃这个,吃吧,可甜。"

他笑道:"我不是刚吃过嘛。"

有时候老人会对他招手,神秘道:"来,来。"而后从枕头底下摸出块压变形了的点心给他:"留给你的。好吃,香!"

老人对于这个让自己受伤的肇事者似乎没有任何怨言和恨意,当然也许也是因为她时常记不住事情。

但在被病痛折磨的时刻之外,她都乐呵、慈爱、关切、唠叨,像任何人的奶奶那样。

所以在那晚,监视器上她的心电波终于变成直线的时候,他忍不住流了眼泪。

得到消息的李律师迅速赶到,脸色有些凝重。

"你这事情,现在没那么简单了。你得有心理准备。"

他拿手背胡乱擦了一下潮湿红肿的眼睛,低声说:"我知道。"

他可以想象这之后的舆论,不免墙倒众人推,破鼓万人捶。

但那依旧不是他最关心的。

贺佑铭依旧没有消息。

他想,他是有多忙碌?在忙碌的时候,他有想起过他吗?

被拘留的时候,李律师来见他。

"已经申请取保候审了。别担心。"

"嗯……"

交代完事情的李律师并没有马上离开,沉默了一阵,他说:"你知道吗?"

"嗯?"

"贺佑铭,和映星续约了。"

"……"

突如其来的钝痛让他的感官有了片刻的空白,以至于那么几秒里他什么也感觉不到。

而后知觉缓缓回复,皮肤底下像是密密麻麻爬满了虫子,一阵一阵骚动的密集的痛。

他咬着牙,以头紧紧顶住墙,这样才能忍耐那噬骨的疼痛。

"贺佑铭!"

他终于用额头撞着墙壁,一次又一次。

第七章 Chapter 7

"贺佑铭!"

尖锐的手机铃声震动耳膜,纪承彦猛地惊醒过来,不由忙一摸额头。

并没有梦中的淋漓鲜血,只有满手的汗。

打来的是经纪人,经纪人在那头小心翼翼地说:"纪哥,那个,想安排你和余弃老师见面谈一谈,余弃老师刚好也有这个意愿,你觉得合适吗?"

"……"纪承彦说,"行,什么时间?"

很快黎景桐也打来了:"什么鬼,他们让你去跟余弃见面?!"

"是的。"

"别去了!"黎景桐说,"去干吗,被他羞辱吗?去他的!不就一个角色而已吗,不值得!"

纪承彦忍不住笑了:"不就是被羞辱一下吗,又不会少块肉。我这种见过大风大浪的人,还怕区区羞辱?太小瞧我了。"

"……"黎景桐说,"我知道前辈你很坚强,不会把这个当回事的。"

"嗯呐。"

"但我还是舍不得啊。"

"……"

纪承彦道:"傻子!这事情总要有个了结的,我不可能一辈子都躲着不面对。"

"嗯……"

"你回头请我吃顿贵的吧,安抚一下我被羞辱的心就行了。"

他能理解公司想努力替他再垂死挣扎那么一下下的做法。经纪人也是一片好意。

虽然在这当口和余弃面对面,肯定是为难的。但这一行,"为难"那不过是家常便饭。

人难做,屎难吃。就算心知人家到时候会怎样对他,他也是需要去的。

接待的助手把纪承彦带到办公室门口的时候,门没关上,纪承彦只见得那巨大转椅的背部,上面的人正面朝落地窗外的无敌海景,背对着他们打电话。

他似乎挺厌弃地笑了一声:"这年头的人都想什么呢,就他们聪明?我是傻子吗?想把我当枪使。"

助手在门上轻敲了一敲:"老师。您的客人来了。"

椅子转了过来,纪承彦第一次近距离直面这个年轻人。

对方称得上相当英俊挺拔,然而眉头深锁,面容阴郁,脸上挂着种与年龄不符的,对周遭一切永远都甚为不满的厌倦之色。

年轻人的头发理得过分地短,显得刺而扎,戴着无框眼镜,一副不好接近又难以看透的模样。

他在桌子后面坐着,双手十指交叉着放于桌面上。助手离开了,纪承彦独自站于他面前,他也不说话,就那么看了一会儿,而后面无表情道:"坐吧。"

第七章 Chapter 7

纪承彦在他对面坐下,就听得他说:"最近的热闹,想必你也看见了。"

"是的。"

"有些人还对我们挺有心的,知道我讨厌你,就闹这么一出。"

"……"

余弃道:"但我也讨厌别人算计我。"

"……"

"不过你千万别误会,别幻想。对你的敌人的厌恶,并不影响我对你的看法,"他面露厌色道,"所以我不知道你经纪人约这次会面,到底是想干什么?"

纪承彦安静了一刻,道:"我很抱歉。"

"哈?所以是来跟我道歉的吗?"余弃尖锐地笑了一声,"这都十年了,会不会晚了点?你这时候道歉,到底是为了我奶奶呢,还是为了我的角色?"

纪承彦说:"我纯粹是对令祖母的事很愧疚。"

余弃收起那点嘲讽的笑容,脸色复又阴沉,缓缓道:"你确实需要愧疚。"

"……"

"她本来可以等我毕业以后回来孝敬她的。"

"……"

"再过三个月,我忙完论文,我就能回来了,"他说,"我机票都买好了,我本来就快回来了。"

室内沉默了一阵,他又说:"我奶奶,只会做布鞋做鞋垫卖。做得慢,卖得又便宜,卖贵了她怕没人买。布鞋一双八块钱,鞋垫两双两块钱。天天做,夜夜做,把眼睛都熬坏了。"

"……"

"你看过她的手吗?"他说着,望着自己的手,目光却散漫,像是要透过它们,看到另一双手似的,"那么粗的一双手,指头上全是口子,天冷了特别特别的疼。"

"……"

"有时候她也会说疼,但手上还是不能停。她没法停啊,小时候我吃的、穿的、用的、花的,全是那双手做布鞋挣出来的,她怕手一停我的嘴也得停了。"

"……"

"有时候鞋子卖不掉,没卖完她就不舍得回家,总想再等等,兴许能有人来,卖一双能有八块呢。我陪着她卖,我在她摊子边上趴着写作业,她把棉袄给我裹着。这儿冬天的晚上多冷哪,风吹在脸上都跟刀子刮着一样,疼得慌,我写字手指都不好使了,她还在那边等着边做鞋垫。"

"……"

他说:"人怎么就那么能忍呢?"

"……"

"再大一点,我能找点赚钱的事做了,可学费也越来越贵了。"

"……"

"我奶奶,没穿过一件好衣服,没吃过一顿好饭。但凡能有一块

第七章 Chapter 7

肉,她也要放到我嘴里,她总说:'我不吃这个,你先吃。我又不急,急什么,等你长大就好了,奶奶就能享福啦。'"

"……"

余弃喃喃道:"我也是那么想的。"

"……"

"我拿了全额奖学金,能出国读大学了,努力打工应该还能攒一点,"他说,"我跟她讲,奶奶,再熬一阵子,等我回来。我一回来,就能让你过上好日子了。"

"……"

"她那时候已经开始老年痴呆,做不动鞋子,记不住事了,有时候也听不懂话了。但我说那话的时候,她一下子就特别开心。"

"……"

余弃牙齿轻微咯咯作响,他低声道:"她拉着我的手,说,'回来……'"

纪承彦半晌才能说:"我很抱歉,真的。我很抱歉。"

面容扭曲的年轻人从牙缝里,慢慢地,一个字一个字地说:"我恨你。"

纪承彦点一点头。他没有什么被怨恨着的情绪,他只觉得无限心酸:"我知道。"

那一场车祸,毁坏的又何止是他一个人的人生。

余弃没再出声了,默然了一阵子,让情绪平息似的。

待得他的面上恢复平常的阴郁，他又说："你知道这个世界上，我最痛恨的人是谁吗？"

纪承彦深深低下了头，又重复了一句："很抱歉。"

"不，"余弃冷笑了一下，"你太抬举自己了。我恨你，但我最恨的不是你。"

"……"

"我最恨的，恨不得他们连骨头也烂光的，是那些人渣亲戚。"

"……"

"四岁那年，我爸妈一过世，我表叔就想方设法住进我家，然后把我奶奶跟我挤到一个小屋子里。一个老人一个小孩，还想独住一套房子？怎么能那么浪费，是吧？他们那么人丁兴旺的才配住着。我爷爷早没了，连爸妈也没了，就剩下我们俩，家里没有主心骨，谁都能欺负，我奶奶跟人说话就没大声过，能跟他们争什么。"

"……"

"我长大以后，他们看出来我不好惹了，多少收敛了点，我在的时候他们场面上还挺客气的。可我得出国念书了。"

"……"

"我跟他们说，帮我照顾好奶奶，我会定期寄钱回来，给足她的生活费，不会让他们吃亏。那时候他们满口答应。"

"……"

"假期我也舍不得回国，机票多贵啊，我想多打点工，多攒点钱，多寄点回来，他们就能把奶奶照顾得好一点。"

"……"

第七章 Chapter 7

他停顿了一会儿，而后面无表情地："我也不知道自己那时候怎么会那么天真。"

"……"

"我居然会觉得他们能把我寄回来的钱花在我奶奶身上。"

"……"

他看着纪承彦："你说，我是不是脑子有问题？！我又不是不知道他们是什么货色，还把奶奶一个人留在他们身边？！"

"……"

过了一会儿，他又笑道："不，其实我不是傻。我是自私。"

"……"

"我放不下那么好的学校给我的全奖，所以就骗自己说只要寄钱回来，他们就能替我善待我奶奶。毕竟不这么自欺欺人的话，我就只能放弃向上爬的机会，"他木然说，"在奶奶和前途之间，是我没有选择前者。我应该恨我自己。"

他的神色让纪承彦有些不忍心："不是那样的……"

余弃置若罔闻，继续道："就算我给了钱，他们也没让她过上一天好日子。晓晓跟我说，他们每顿就给她装一碗吃剩的搁着，爱吃不吃。有时候失禁了，坐在床上也没人理，晓晓晚上打完工回来，看见那床褥子都硬了，赶紧拆了洗，回头还得挨骂。"

"……"

纪承彦想起了那个怯生生的小姑娘。

"奶奶死了，他们吃着人血馒头，赚了一大笔赔偿金。然后还故

意不通知我。知道为什么吗?"余弃笑了一笑,"他们怕我赶回来,会分走一杯羹,他们能拿的钱就少了。"

纪承彦只觉得背上一阵阵地发冷。

他对于人心的恶意,就算能想象,在看着听着的时候,还是觉得难以承受。

"奇怪的是,我一滴眼泪也没流,"余弃笑道,"我不知道是我太无情了呢,还是怎么的。奶奶养了我二十年,就这么没了,我居然哭不出来。"

这不是个能轻易说得出口的故事。余弃在讲述的时候,却没有半滴眼泪。人是要心里哭到没有眼泪了,才能笑着说这些事。

安静了一刻,余弃又低声说:"我不怪晓晓,她生来胆子就小,在家里也说不上话,她做不了太多。"

"……"

"她最大的胆子也就是主动要求去医院照顾我奶奶,她爸同意了,因为可以跟你要一笔护工费。"

余弃又像是笑了一笑:"我真是要谢谢你的大方。"

纪承彦沉默地低了头。

"你不用多想,"余弃淡淡道,"我没有在嘲讽。就是字面的意思。"

纪承彦愣了一愣:"……"

"你真的挺大方的,"他说,"你给她住好的病房,用好的药。她

第七章 Chapter 7

这辈子没睡过那么干净的床。晓晓说,你让她去买的草莓,可贵了,特别大,特别甜,把奶奶高兴得,跟个孩子一样……"

他顿了一下,像是突然说不下去了一般。

"生前在医院的那最后一个月,"过了一会儿,他才能哽咽道,"我想,是我奶奶这辈子,被人照顾得最好的日子。"

纪承彦没出声,他的喉头也有些发涩。

余弃摘下了眼镜,又过了片刻,才低声道:"这么多年了,其实我知道我该放下了,但就是放不下。"

"我太贪心了,总想着赚大钱,赚了大钱再来照顾她,让她享福,"他语调又陡然激烈起来,"结果连最后一面都没见到!她压根就没能等到我回来!"

"所以这一切到底有什么意义?简直全是笑话!"他以一种近乎癫狂的口气说,"人生真的很荒唐!很荒唐!毫无价值,全都毫无价值!"

他学的是工科,最后却当了作家。似乎刻意把年轻时的所学全然抛在身后,作为对那一段求学时光的极度厌弃和悔恨。

纪承彦突然说:"闹闹是谁?"

余弃猛然顿住,愣了一愣,看着他,而后道:"是我小名。"

纪承彦道:"那一天,她对我说,闹闹回来了啊。"

余弃两眼蓦然通红,不由将手握拳在鼻下放了一刻,憋着什么似的。再开口的时候,他声音还是略微发颤:"你怎么回她的?"

纪承彦说:"我说,嗯,我回来了。"

"……"

"那个时候她真的挺开心的,抓着我的手,想给我糖,"纪承彦说,"当时我不知道她把我当成谁,但至少,她应该是觉得见到了想见的人。"

"……"

纪承彦轻声说:"我想,她那时候,应该是没什么遗憾的。"

余弃猛然抱住头,以额头抵着桌面,一动不动。过了数秒,纪承彦听见他终于歇斯底里地,发狂一般地,号啕大哭起来。

第八章

纪承彦出来，经纪人在外面等着他。大约是已听得里面的动静，经纪人正一脸狐疑和茫然，见了他的样子，登时吓一大跳，手里的咖啡都差点扔了。

"什么情况？出什么事了？"

纪承彦低声说："没事。"

听见他的嗓音嘶哑，经纪人更蒙了，呆了数秒，才说："天呐，早知道不叫你来了。这闹得……唉，这事怪我……"

这圈子里甭管和纪承彦熟不熟的，都深知他嬉皮笑脸的个性。别说见他哭了，见他红过眼的估计都没几个。能让他当面流眼泪，那得发生什么事啊。

想象了一番事情的严重性，经纪人心情也瞬间沉重了："怪我，让你受委屈了。"

纪承彦道："我没事，李哥你别多想。我挺好的，我放下了。"

经纪人忙说："放下就放下，不打紧不打紧。你千万别往心里去啊，大不了不演了，放下更好。回去好好歇歇，轻松点。"

"……"

纪承彦微微动了下嘴角，算是给出个微笑，而后摇摇头，又点点头。

李哥想的和他说的完全是两回事，但他确实是轻松了不少。

有些原本以为永远放不下的事，他终于放下了。

从那一晚开始，到今日为止。

去见黎景桐之前，他特意去洗手间洗了把脸，对着镜子仔细收拾了一番，又清清嗓子，确认自己看起来听起来都没什么异常，这才下了楼。

然而一见面，黎景桐还是面露狐疑，打量了他半天。待得坐进车里，青年终于犹豫道："前辈你是……哭过了吗？"

"……"

黎景桐瞬间就变了脸色，猛然推开车门，起身道："他算个什么东西？！敢那么对你？！我这就去教教他怎么说人话！"

纪承彦好不容易才截住这个像被点了火的火箭一般要发射出去的血气方刚的年轻人。

"不不不，不是你想的那样！"

"去他的！觉得你好欺负是吗？给他点面子他还蹬鼻子上脸了！什么玩意儿！"

纪承彦不由感慨，年轻人力气真是大，完全拉不住，简直犹如脱缰野马，又好比即将拉断狗绳的哈士奇。

眼看这要拉不住了，纪承彦只得从背后一把搂住他。

青年一下子刹住了车。

安静了数十秒，纪承彦问："还冲动吗？"

青年老老实实道："有别的冲动。"

第八章 Chapter 8

"……"

纪承彦说:"真不是你想的那样。你觉得我是能被人骂哭那么没出息的吗?"

"那当然不是,"黎景桐道,"但是,不管是什么原因,让你流了眼泪,我都没法接受啊。"

"……"

去往餐厅的路上,他把今日谈起的那段往事简单说了一遍,当然略去了一些不能提及的部分。

当年的事,除了余弃那部分,其他的都广为人知,不过是旧事重提罢了,但黎景桐听着还是沉默了。

待得在餐厅里坐下来,又沉闷了片刻,黎景桐才开口:"我时常想,要是我那时候已经长大了,能为你做点什么,就好了。"

"我那时纯粹自作自受,哪需要别人来替我做什么,"纪承彦翻着菜单,道,"再说你现在已经做这么多。"

"都是一些鸡毛蒜皮,不值一提的小事,"黎景桐道,"我甚至连为你去打一架这么幼稚的事都做不到,算什么呢?"

纪承彦放下菜单,说:"鸡毛蒜皮?你这么讲,是把阿斯顿马丁放哪儿啊?"

黎景桐有点不好意思了:"那个只是举手之劳而已,又不算什么。"

"……"

这家伙是对"举手之劳"这个词有什么误会吗。

纪承彦道:"那就从请我吃顿好的做起吧。比如从这一页,点到这一页。"

正说着话,突然听得头顶有个声音温和地说:"这么巧。"

纪承彦愣了一愣。

过了有那么几秒,他才终于能慢慢抬起头来。

打招呼的男人居高临下地看着他,面容如玉、风姿挺秀、器宇不凡。

是贺佑铭。

过了这么多年,这漫长的时间里,他设想过很多很多次与贺佑铭阔别重逢,再度直面这个人的场景。

却没有想过是在这么毫无防备,无路可退的时刻。

贺佑铭又说:"真的是你,刚从背后看,差点没认出来。"

纪承彦笑了一下,或者说算是笑了一下,道:"是吗?"

"没想到在这里遇见你,"多年不相往来,此刻贺佑铭也并没有半分生疏或者尴尬,只熟络地微笑道,"这是你喜欢来的餐厅吗?不像你以往的品味。"

纪承彦没回答,黎景桐便说:"这是我喜欢的餐厅。"

贺佑铭于是看向他,笑道:"那更巧了,我们喜好挺相近。"

这似乎是故人相逢之后该有的寒暄,但又不见得是叙旧谈心的好时机,毕竟贺佑铭身边还站着那个最近映星力捧,资源一流的新人——《逆鳞》的另一个热门主角人选,刘晨。

第八章 Chapter 8

因此这礼节性的寒暄很快便结束了。

贺佑铭得体地朝他们微笑道:"那不打扰了,有空再联络。"而后带着刘晨施施然走开。

黎景桐看着他,纪承彦说:"干吗?还不赶快从这一页点到那一页?舍不得给你偶像吃好点?"

一顿饭吃得差不多,纪承彦去了趟洗手间,在水龙头下冲着手的时候,听得有脚步声,他一抬眼,从镜子里看见刘晨走过来。

刘晨能被力捧,也不是没道理的。

他确实生得好,天庭饱满、剑眉星目、神采飞扬;又正值青春年少,风华正茂;运势也颇旺,一路过来平步青云,眉宇间都是快要漫溢出来的春风得意。

两人在镜中不可避免地对视了,纪承彦礼貌性点点头,算是个招呼,而后收回视线,关了水龙头。在他抽纸擦手的时候,刘晨突然道:"听说你们今天去见了余弃。"

纪承彦停了手。

对方慢条斯理地洗着手,笑道:"挺不容易啊。"

"……"

"没想到老前辈也这么拼呢,"刘晨说,"不过死抓着不放也不太好看。做人嘛,姿态很重要的,是吧。"

纪承彦说:"那是当然了。"

刘晨又笑道:"祝好运。"

纪承彦说:"谢谢。"

回到餐桌前,他见得黎景桐若有所思地皱着眉。

纪承彦问:"怎么?给我吃垮了?"

"我在想,怎么能把这个角色拿下来,"黎景桐拧紧眉头,道,"不惜一切代价。"

纪承彦说:"什么?一切代价?你可千万别啊,有那个资源那个成本帮我留着搞点其他的不好吗?有什么必要全扔在一个篮子里?这确实是部好戏,可难道全天底下就只有这一部戏啊?"

"我就是咽不下这口气,"黎景桐仿若吃了苍蝇的表情,恶心地回味道,"你瞧瞧他们那样子!"

"他们怎么了,"纪承彦道,"不就打个招呼吗,又没说什么。"

"是没明着说什么,"黎景桐一脸的难受,"可不全写在他们脸上了吗?"

"既然没明说,那不就结了吗?"纪承彦道,"有些话,就算别人当着你面说了都要当没听见。这回人家都没说,我们还自己偏要往心里去,那不是傻嘛。"

青年依旧纠结:"前辈,这事我真的不想认输。"

纪承彦道:"有些事是不能轻易认输,但也要适可而止。"

"可我……"

"该放手的时候就得放手了,吊死在一棵树上有什么意思?"纪承彦道,"别做那些无谓的投入了。做大事的,最要不得的就是赌气。"

"但是……"

纪承彦说:"但是什么啊。我吃得多,听我的。"

吃得没他多的黎景桐不作声了,看起来还是有些委屈和不忿。

第八章 Chapter 8

纪承彦又道:"其实今天和余弃的这一次见面,我觉得很好,没法更好了。能不能拿到这个角色,现在对我来说,真的一点都不重要。因为有比这更重要的东西,已经在我这里了。"

他指了指自己胸口,对青年说:"你明白吗?"

过了良久,青年才点一点头。

不管怎么说,他用偶像的权威把黎景桐的蠢蠢欲动给压了下去,这事也就到此为止了。公司也放弃了《逆鳞》,开始积极为他挑选其他剧本,接洽其他资源。

无奈剧本是多,合适的实在少,黎景桐又铁了心一定得他演男一才行,男二或者双男主的都剔除了,还得是好故事,大制作,他又还没红到那份上,选择范围就更小了。

他在群里吐槽这事:"黎景桐当我是他啊,能各种本子任选?我几斤几两自己还不清楚啊?差不多得了,只要本子够好,别说男二,男三男四我都愿意。"

志哥发了个甜蜜娇羞的娇花表情包:"谁让你在他心中,就是唯一的男主角呢。"

忙到快天亮,才睡了俩小时,纪承彦就被电话吵醒。

"啥,那个校园剧?"纪承彦睡眼蒙眬,奄奄一息道,"哥,别提了吧,我也知道那小说挺火的,可我都多少岁了啊?从高中时代演起,说得过去吗?再怎么样我也不能昧着良心演人家高中生啊,要不我演男主他爹？"

挂了电话，昏昏沉沉又迷糊了没一会儿，电话再次响起。

经纪人在那头大喊："纪哥！"

"怎么了，"纪承彦十分痛苦，头疼欲裂，"真要我演高中生他爹吗？"

"纪哥纪哥，"经纪人歇斯底里道，"不用演高中生他爹了，你演林逆！"

纪承彦瞬间清醒过来。

那是《逆鳞》的男主角。

这走势谁也没想到，论原因也不明就里，但人家是切切实实地朝他伸出了橄榄枝。

直到签约那天，纪承彦都还有点感觉不真实。

他在合同上签下自己的名字，心间万千思绪，五味杂陈。

出来的时候，他看见了余弃。

两人四目相对，纪承彦说："谢谢你。"

"谢我什么，"余弃略带嘲讽道，"这是他们拿的主意。我只不过没投反对票而已。"

"不是，"纪承彦道，"是谢谢你，让我放下了。"

对方蓦然沉默了，过了一刻，他说："不，是你让我放下了。"

"……"

"那天晚上，我梦见奶奶了。"

"……"

第八章 Chapter 8

他说:"这么多年了,这是第一次。"

"……"

又安静了片刻,他说:"我也无法形容对你的想法。"他抬起手,像是略微推了一下眼镜,"人生有时候,就是这么复杂吧。"

人生复杂,黎景桐对此的反应也复杂,他又是替纪承彦高兴,又是自个沮丧道:"我是不是太没本事了?"

"嗯?"

"就算你那天叫我放弃,我也应该在这件事上为你做些什么的。但我什么都还没帮上,事情就已经有结果了,"黎景桐愁云惨淡,面有忧色,"该为前辈出力的时候,却完全没能出到力,我觉得自己好没用啊。"

纪承彦安慰道:"你不如换个思路。也许可能是你的偶像我太有本事了呢?"

黎景桐一副豁然开朗的样子,面上的阴云一扫而空,顿时阳光灿烂地高兴起来:"对啊!"

"……"

"是了,"黎景桐说,"果然是我之前狭隘了!我总幻想着自己能像拯救落难公主的骑士一般,觉得那才是我的工作。但事实上不是那样的,因为前辈你根本不是落难公主啊。"

"……"

他当然不是了,他跟公主能有一毛钱关系啊?

"前辈你自己就是最高贵的骑士,你不需要任何人拯救,"黎景

桐一腔热血地握着拳头说,"前辈不是麻雀,不需要谁去把你捧上枝头,你是凤凰,你自己就可以浴火重生!"

"……"

饶是纪承彦脸皮厚如钢铁,听到这样的吹捧也感觉要羞出一身鸡皮疙瘩了。

像黎景桐这般自带洗脑属性的脑残粉,天知道是怎么培养出来的。

这么一个大好青年,怎么就这么傻呢?

"黎景桐傻?"在群里收到吐槽的志哥对此点评道,"他要是傻,那这圈子里怕是没有几个聪明的了,浩呆大概是个草履虫了吧。"

浩呆:"?"

纪承彦道:"那你摸着良心说,他说的那些话做的那些事,是不是傻?"

志哥说:"那是在你面前嘛。"

"草履虫"浩呆问:"可是,在老纪面前装傻能有什么好处啊?莫非老纪喜欢扶贫助残吗?"

志哥恨铁不成钢:"不是装傻!是一见老纪,他智商就自动归零了呗。"

"……"

自己是不是身带令人智力降低光环,这点纪承彦也并不想去考究了,他要好好准备,打好《逆鳞》这一场硬仗。

《逆鳞》的官方宣传出来之前,已经有小道消息在说男主可能花

第八章 Chapter 8

落纪承彦,而后迅速遭遇各路群嘲,被大批水军黑得关了微博评论。

毕竟之前车祸事件的八卦热度犹在,早已有吃瓜群众将受害人跟《逆鳞》原作者的关系扒出来了,都铁板钉钉地认定,有这层旧恨在,纪承彦是不可能翻得了身的。

待得官方正式宣布将由纪承彦出演林逆,娱乐八卦版面登时炸开了锅,一时间热闹非凡,纷纷感慨华信不愧是大公司,这都能弄到手,可见其背景过硬,手段了得。

于是华信娱乐被莫名地吹捧了一通,夹杂着水军的趁机造势,用词之肉麻浮夸,令经纪人也十分脸红。

"谈点正事,"经纪人说,"薛哲奇这回多半是黄了,你觉得谁会来接棒男二?"

原定出演男二的新晋人气小生薛哲奇,在商议档期的时候,表示拍摄期间还有别的剧约,要轧戏,导演直接就建议他专心去演另一部,果断将他给炒了。

在这流量小生小花们轧戏已成常态的圈子里,这剧组的态度算十分严格了。

"不知道啊,"纪承彦道,"反正他们总能找得到好的,我也不担心这个。"

"听说刘晨那边挺诚恳地表示有这意向。"

"……"纪承彦很是佩服,"倒是能屈能伸啊。"

"他们家不一直是这做派嘛,"经纪人说,"前段时间他经纪人跟我碰面,那架势,傲得啊,只拿鼻孔跟我说话,不知道的还以为他是我爹呢。这阵子又亲热地跟我称兄道弟起来了。"

"……"

"得势的时候就是爷，见势不妙秒当孙子，两种模式随时切换，"经纪人说，"人家就靠这个混得风生水起呢。"

"确实，"纪承彦点头，"变脸也算这圈子的必修课了。"

"学不来学不来，我就是水平不够，差了点火候，不然估计事业能更上一层楼呢，"经纪人说，"我是不太想他上，要是真由他来演男二，对着他你估计会有点尴尬。"

纪承彦笑道："他都不尴尬，我尴尬什么？"

没过多久，便有可靠消息称，男二的人选定下来了。

"不是刘晨？"

经纪人哈哈大笑。

"是李苏。"

黎景桐笑不出来。

纪承彦头皮一紧，说："李苏吗？"

他是十分怀疑李苏对于出演这个男二的意愿的。

从李苏经纪公司角度来说，这当然很值得演。虽说是男二，但戏份也并没有比男一号林逆少太多。《逆鳞》这么一个极大概率会爆的热门剧的男二，远比许多剧的男一都来得有价值。

但李苏自己是怎么想的，那就很难说了。

李苏那么心高气傲的一个人，要知道他出道第一部和纪承彦合作的网络大电影，就是纪承彦给他作配，还演个被他按在地上摩擦的

第八章 Chapter 8

反派。

而后他这一年发展势头生猛,如日中天,结果现在反而要他来给纪承彦抬轿?

这说得过去吗?

纪承彦自己都觉得说不过去啊。

讲真的,倘若是刘晨来演,于纪承彦而言,倒是一点都不尴尬,但李苏来演,他反而有些尴尬了。

他难免担心李苏心里会膈应,觉得不舒服。

至少他自己是已经把李苏当成朋友,他还是挺在意朋友的感受的。

但基于平日里两人并不怎么聊天的习惯,强行找话说显得太奇怪了,突如其来的关心属于没事找事,纪承彦对此事只能心中嘀咕,保持沉默。

而李苏并没有表现出什么异样来,还一如既往地给他的朋友圈点赞,也一如既往地不评论。

直到在剧组碰面,他对李苏前前后后上上下下,小心翼翼地一番暗中观察,察言观色,然而并没得出什么准确结论。

毕竟李苏心情还好或者不太好,看起来都差不多,基本看人都是一副"你们这些愚蠢的凡人"的不太高兴的模样。

晚上剧组全员聚在一起,凑了好几桌,先吃顿饭彼此热络一下,李苏看着他,说:"你明天穿什么?"

纪承彦道:"就这个啊。"

李苏:"你的助理干什么吃的?"

他现在有助理了,但助理要忙的事已经够多了,但凡能不给助理增加工作量的,他就不多折腾人家。在剧组待着摸爬滚打的,又不是走红毯,带的衣物简单方便就行了。

"我这一身挺体面啊。"白衬衫啥时候都不出错,餐桌上别弄脏就行了。

李苏说:"质感差也就算了。明天开机仪式,路导有个小忌讳,开机拜神不喜欢人穿白色。"

纪承彦:"啊?"

被说质感差他很想反驳一下,这件也是打折时候他花了三百多买的,质量挺可以了。不过导演的这习惯他倒是真不知道。尊重一下人家在拜神时候的小小迷信,是必要的。

于是他说:"那我回头找找看其他合适的。"

李苏降尊纡贵地说:"我会帮你参考一下。"

纪承彦带来的衣服并不多,摊开来给时尚界新宠李苏老师点评。

李苏认真地嗤之以鼻道:"丑。"

"……"

"土。"

"……"

"没品位。"

"……"这还能不能好好聊天了啊。

纪承彦说:"行了,就这个吧,这个挺好的。"

第八章 Chapter 8

李苏皱着眉，十分看不上眼："算了，我借一件给你。"

纪承彦挺意外的。

虽然他觉得没这个必要，但难得李苏大大愿意降尊纡贵伸出援手，他不赶紧跪谢隆恩，莫非还敢推辞？闲得慌给自个儿找事吗？

于是他说："谢了啊。"

李苏还真拿了件黑色衬衫给他，纪承彦问："我能穿吗？"

"虽然你比我胖点，"李苏冷静地分析，"但你比我矮。四舍五入，可以吧。"

"……"

纪承彦回去试了一试，还真能穿。他瘦下来以后，严格控制形体，常规尺码都能穿，出席活动的时候跟品牌借衣服也很好借了。虽然别人的定制衬衫他穿着肯定做不到严丝合缝，但也正如李苏说的那样，四舍五入等于差不多。

他在微信上回复李苏："多谢大佬，我还没穿过Charvet（夏维）呢！"后面还带了个抱大腿的猥琐表情。

李苏回了一串省略号。

李苏多半觉得借这个给他是牛嚼牡丹，但他其实是识货的。

上等珍珠贝母，高支数埃及长绒棉，走线严谨，针脚细密，左袖口比右袖口略大——因为男人的左手腕上通常会佩戴手表。这种种讲究的细节堆积出来的，是无与伦比的舒适感。相比之下他那件被评论为"质感差"可以说是客气了。

他不是没见过好东西。虽然他即使在走红的时候，也不怎么花钱在吃穿上，除了品牌赞助的奢侈品之外，用的都是大路货。

但贺佑铭是很讲究的。

贺佑铭有放满一整面墙衣柜的鲜艳而昂贵的定制衬衫，涉猎了几乎所有历史悠久的高端衬衫品牌。只因为他们在甫出道之时，被人嘲笑过着装。

贺佑铭说："要成为高级的人，就得用高级的东西。"

有一度他也曾想过，也许贺佑铭就是觉得他不够高级。

次日开机拜神，剧组工作人员、各大媒体记者、各家热情的粉丝、如临大敌的保全，吵吵嚷嚷，人山人海，热闹非凡。

纪承彦觉得这真是久违的，恍如隔世的热闹了。

之前王文东那穷苦的网络大电影，开机仪式都很寒酸，连乳猪也十分瘦弱。

上一次和简清晨一起参演的那部言情剧，排场挺大，不过他是配角，也就是凑凑热闹，光环都在男女主演身上，没他什么事。

这回不一样了，摄影机对着他一通猛拍，闪光灯闪得他有点睁不开眼，还要强颜欢笑。

他顿时明白了李苏鼻梁上那副墨镜的用意，原来不止是为了装×。他自己毕竟多年没当过主角了，业务不熟练了。

过了一阵，场面有点乱，粉丝们在那疯狂尖叫，保安们差点拦不住。

纪承彦难免还是要想一下那些挥舞着手幅海报，拼命高喊他名字

第八章 Chapter 8

的粉丝，到底是不是黎景桐花钱请来的。

妈呀，居然还有哭了的，加这业务得加多少钱啊？

纵然胡思乱想，这场景还是令纪承彦十分感动，于是他朝她们挥了挥手。

这挥手顿时换来一波潮水般的尖叫，有两个女生被这潮水推动，高高举起了横幅，上面是他和李苏拼在一起的头像。

纪承彦："……"

李苏："……"

仪式完了，采访也结束了，他和李苏坐同一台车离开，车子缓缓经过热烈的粉丝人群的时候，出于礼貌，纪承彦摇下车窗想和她们表示一下谢意。

结果一眼就又看到那个横幅。纪承彦第一反应想赶紧把车窗摇上，而李苏不知是没看清还是怎么的，居然朝她们挥了挥手。

又是一阵丧心病狂的尖叫。

纪承彦依稀听得有人高分贝的嘶吼："情侣装啊啊啊啊，他们穿的情侣装！"

纪承彦："……"

他只能希望李苏今天眼睛不好使，耳朵也不好使。他还挺怕李苏翻脸的。

李苏倒没说什么，自己坐在那玩手机。

怕什么来什么，他一刷微博，就看见有营销号在那说："风水轮

流转？不到一年前纪承彦还在给李苏做配，现在就换李苏给他做配了？"底下洋洋洒洒的一大篇八卦，这条还买了热门，飘在首页，不然他也看不见。

他都能看见，他估摸着李苏也看见了。

纪承彦用眼角余光瞄一瞄李苏，果然李苏也正在翻微博看八卦。

他用自己不差的视力窥见了一点内容："听闻李苏原本属意于林逆这个角色，谁知……"

他正全心全意地努力偷窥，冷不防李苏突然转过头来，纪承彦来不及收回目光，两人四目相对。

纪承彦："……"

李苏挑起眉毛。

纪承彦说："哈……"

李苏问："你觉得我演林逆合适，还是演瞿远熙合适？"

"……"这是道送命题啊。

纪承彦试探着说："林逆……吧？"

李苏说："想什么呢。我一直都演高富帅，什么时候轮到我演平庸之辈了？"

纪承彦："……"

第九章

李苏说得没错，他演的确实是个平庸之辈，虽然林逆这个人逆天改命最终成功逆袭，但改变不了出场时候碌碌无为的格局啊。

与他演的籍籍无名出身贫寒的男主相比，李苏演的则是世家子弟，出身显贵，走的是挥金如土的不差钱路线。

定妆的时候，李苏的衣饰就相当华美精细，色泽鲜艳，女主的也是精致繁复，两人站在一起才是一对璧人，纪承彦倒像是多出来的那个电灯泡。

毕竟他的服装除了后期的造型比较有排面，大部分看起来都朴素简单，甚至粗糙，准确符合他"平庸之辈"的定位。

只能说剧组在这些细节上十分用心，太过还原了。

第一天李苏出外景拍完他鲜衣怒马、众星捧月、霸气侧漏地出场的戏，回来的时候，来这边片场，就看见纪承彦一身灰不溜秋的粗布麻衣，灰头土脸地坐在角落吃盒饭。

李苏说："你在这挣了多少钱了？"

纪承彦的妆容也相当到位，配着这身衣服，宛如一个要饭的。

纪承彦扒拉着盒饭，道："刚开业，大爷你随便给点呗。"

服化组的敬业他是服气的，把他打扮得能多平庸就多平庸，他自己对着镜子的时候都有点哭笑不得。

太写实了啊！各位化妆师服装师同仁们。

时常看到一些剧里贫穷女主浓妆艳抹，睡觉的时候还能顶着一脸的粉和假睫毛，这些让人分分钟出戏的违和元素在这剧组是不会出现的。

李苏说："男主这么潦倒，合适吗？"

纪承彦说："男二穿得没有男主贵，合适吗？"

李苏坦荡荡道："男主是用来跑剧情的，男二才是用来爱的。"

"……"

这话从李苏嘴里说出来，还真是令人无法反驳。

李苏演这个男二确实不吃亏。他生来适合演高富帅，从头到脚都是种过惯好日子的贵气，很有说服力，估计比男主更能吸粉，看看剧组里那些小姑娘们的眼神就知道了。

"Action（开拍）！"

纪承彦走进镜头里，还是那身衣服，那个妆容。

然而镜头前的他，和那个盘腿坐着放松地扒盒饭的他，已经全然不同了。他不是纪承彦，是林逆。

林逆出身低微，衣着贫寒，然而全无穷酸之气。他千里迢迢来到都城，长途跋涉，风尘仆仆，带着去世的父亲遗留给他的信物，照着父亲嘱托的那般，前来寻找父亲当年的挚友、部下，履行多年前的约定，然而人家已经不打算理会他这个故人之子了。

遭遇刁难嘲讽，刻意冷落，他始终面色平和，眼神镇定。谨慎地应对，冷静地等待，身形挺拔，如松如竹。

到最后他也未等来他要的答案，和他想见的人。

第九章 Chapter 9

管家敷衍地送客:"改日再来吧。"

一直克制有礼,谦逊温和的他,原本已经一脚踏出大门了,闻言便收住脚步,回头道:"不会再来了。"

又道:"直到你们求我来。"

镜头特写了他的脸,他面容如水,眼神平静,甚至不存在任何愤怒的情绪,但可令人心头一凛,如芒在背。

拍完这几条,李苏对他说:"你真人其实不怎么起眼,到了镜头前整个人就跟升华了一样。"

"……"纪承彦道,"谢谢你了啊。"

这真是有特别的夸人技巧。

李苏又问:"怎么还不到我们的对手戏?"

"干什么,你很急吗?"纪承彦道,"你翻翻看你这两天的戏,都多么的风光,哪像我摸爬滚打的,你还有跟蒋璐瑶一吻定情的戏份呢,很开心吧?"

蒋璐瑶是饰演女二的小花,十分美艳,身材傲人,虽说不按剧情顺序拍,彼此还不熟,一上来就卿卿我我未免有点尴尬,但有人家那种姿色,这点尴尬就不值一提了。

李苏说:"开心个屁。"

"……"

"和那些烂泥扶不上墙的人演戏真是受罪。"

"……"这戏启用了大量新面孔,蒋璐瑶的演技是谈不上有多纯熟,但也不至于那么差吧。

纪承彦道:"有那么不爽吗?"

李苏说:"超不爽。"

"要求太高了吧,"纪承彦说,"难道跟我演会比较爽?"

李苏没回答。

但居然也没否认。

"……"

被他认可,纪承彦还挺受宠若惊的。

"哎哟,谢谢大佬啊。"

这日下午终于有他们的对手戏了,李苏整个人很兴奋,开始摩拳擦掌。

纪承彦说:"哟,为啥这么高兴呀?"这家伙看起来像是斗兽场上快要被从笼子里放出来的狮子一般,已经在挠栏杆了。

李苏难得地展颜一笑,露出一口像是会发光的白牙:"你给我等着。"

"……"

为李苏所如此期待的两人对手戏,其实分量很不少,只不过林逆和瞿远熙从初次见面开始,便是针尖对麦芒,一言不合了大半部戏。

因而纪承彦觉得这家伙应该纯粹就是享受跟他作对、霸凌他的过程吧。

待得正式开拍,李苏状态极其饱满,还未开口,就已气场逼人。

他长得张扬,光一张脸就已锋芒毕露,演技更是大开大合的外放型,遇上内敛型的演员,画面上难免不协调,气势逊于他的对手,会被他压得死死的,因而导演总要他调整。

李苏自己心里也明白,但被喊停终归是不爽的,何况还是因为别

第九章 Chapter 9

人太弱,他太强。

强者要为弱者弯腰,这说得过去吗?

纪承彦当然接得住他的戏,根本就没这份顾忌,于是李苏就像高手过招一般,肆意张扬,畅快淋漓。

比起少年意气,又酷又呛,连珠炮一般的瞿远熙,林逆的台词就少得多。

他像个孤独的斗士,一身傲骨,不愿多言。没有磅礴的发言,没有激烈的动作。

然而他的回应都在他细微的表情里。

他的皱眉,他的垂睑,他的沉默,他的注视。

他偶尔开口时,更让人觉得字字如枪,能叮叮当当挑开瞿远熙那袭来的刀光剑影。

原著里林逆面瘫,寡言,无权无势亦无钱,甚至不如瞿远熙英俊潇洒,却可跟瞿远熙相抗衡。这种设定,在作者的文笔和读者的脑补之下没什么问题,但真人演绎起来,如此悬殊却要势均力敌,其实是很难有说服力的。

但纪承彦让这一切显得很合理,很自然。

他眼里的睿智、通透、磊落、从容,眉宇之间那种摄人气魄,和恰到好处的疏离感,真是足以令一张长相平凡的脸都光芒四射。

何况他本来长得也并不平凡。

拍完一段，李苏沉默了一会儿，说："为什么林逆比你本人帅那么多？"

纪承彦回敬："嘿嘿，你刚是不是差点忘词了？"

"……"李苏略微尴尬，恼怒道，"才没有。"

"你明明就卡了一下，"纪承彦逗他，"我确认过你的眼神，你眼神飘了！"

李苏立刻说："那不是忘词，那是瞿远熙的正常反应！"

纪承彦饶有兴味道："哦？"

"瞿远熙来兴师问罪，原本预想的是一场碾压式的胜利。但对方根本不如他所想，甚至能牵着他的鼻子走，他一时之间有点失神，是非常合理的。"

"你是说瞿远熙被林逆迷住了吗？哈哈哈。"

李苏道："对手太强的话，为之心折也是正常的啊。"

"有道理有道理，"纪承彦若有所思道，"难怪这俩的剧情那么纠缠不清。你这么一说，我顿时豁然开朗啊。"

让余弃听见他们如此理直气壮地胡乱解读不知道会不会想打人。

正瞎聊着，纪承彦眼角余光突然扫到一个熟悉，却又令人意外的身影。

纪承彦忙站直了身体，小声喊道："冯导！"

李苏说："伯父。"

冯导过来，笑着说："我也在这拍戏呢，顺道过来看看你们。这么多年了，你的台词功力一点都没落下。"

说着又看向李苏："刚才你那演法，换我是不会给你过的。"

第九章 Chapter 9

李苏有点不服气,但还是低下了头。

纪承彦:"……"

他原本不知道他们关系有多亲,现在看起来是挺亲的。

晚上收工以后,他和冯导出来,在附近的消夜摊子上,一起喝着小酒。

这久违了的小酌,让人觉得岁月无痕。

冯导突然说:"你还是挺迁就他的。"

"啊……?"

"你是主角,为什么要迁就他的演技?"冯导说,"你是有绝对舞台控制力的人,你应该让他去追赶你,让他跌跌撞撞,瑕疵百出,让他知道厉害。"

纪承彦说:"这不是我一个人表现的舞台。两人演对手戏,可以理解成较量,也可以理解成共舞,得搭档能步调一致,才是好看的表演。我配合他,比他配合我,要来得容易。"

冯导笑道:"你啊。这么多年了,没长进的地方还是没长进。"

纪承彦立刻说:"那我自罚一杯。"

"小苏的演技还是太外放了,粗糙了点,"冯导叹息,"哎,我总想他再提高提高。"

"他演得挺好的呀。"李苏放在新生代这一批演员里,真心算是可圈可点的了。

"差得远,"冯导说,"他的戏在身上,不像你,你的戏在脸上,在眼里。"

"我觉得挺好的,"纪承彦说,"你要说我成熟点,那也是时间和经历磨出来的。他演的戏还不多,现在有点粗糙是正常的,早期的青涩嘛。但这种青涩吧,又有他独一无二的鲜辣劲儿,你看他今天那又酷又嫩的样子,其实挺可爱的,这在镜头前有他的魅力,也可贵——毕竟往后,人都是越来越圆滑老练,这种不经雕琢的天然味道就不会再有啦。"

冯导笑了:"哎哟,我还是第一次遇到有人在背后说他好话的。"

"……"这李苏人缘是得有多差啊。

"纵然你这么帮他说话了,我还是觉得小苏不太行。"

"啊?"

"你在他这年纪,早就不是这个层次的了。"

"哎,不能这么比,"纪承彦忙摆摆手,"每个人都有自己的节奏,他很有天分啊,只是不像我入行那么早罢了。"

"你那不光是入行早,你悟性高,他没办法那么通透。"冯导说,"我在面对新人的时候,总想能遇到个跟当年的你那样的人,然而一个都没有。"

"?"纪承彦说,"您不能因为我现在是旧人了就嫌弃我呀!"

笑过之后,他又说:"人生是很长的,我年轻时候跑得快一点,那又怎么地,还不是跌个狗吃屎?后边的人们随随便便就跑过我了?"

"……"

"天分李苏他有,机遇他也有,不用急,"他低声说,"水到渠成,

第九章 Chapter 9

时到花开,他迟早会达成您的要求的。"

"你还说得挺好,"冯导笑道,"行,再喝一杯吧。"

一场酒喝到深夜才散,分别的时候,冯导走了几步,突然停住,又转过来看着他。

"越来越好了啊你,"冯导说,"我真替你高兴!"

纪承彦说:"哎!"

这两鬓已有白发的男人说:"找机会,我们有生之年,再合作一次。"

纪承彦半晌才说:"我,会努力的。"

回到酒店,已是深夜,纪承彦十分疲倦,又喝了不少的酒,原以为能沉沉睡去,然而在床上躺了许久,都无法入睡。

翻来覆去了好一阵,他拿过手机,发消息给黎景桐。

"你觉得,我还能演电影吗?"

黎景桐的回复几乎是马上就来了:"能啊,当然能啊!前辈你就是为大屏幕而生的啊!你的格局太大了,小荧屏装不下你!"

"……"纪承彦说,"算了,不该问你的,你不客观。"

"我很客观!"黎景桐激动地发了一大堆表情,"这方面谁都没我有发言权!我比前辈自己都更了解你的表演!"

"……"

"我超想看你演电影啊,李哥一直有在帮你接洽,只是还没有合适的本子,就打算再多挑挑,不想太着急。"

他签约华信以来,公司为他接的工作不多,就两部连续剧。

有些人兴许会犯嘀咕,但他心知华信这是厚道,并没有急着推他出去替公司赚钱，而是在为他耐心地等着好剧本。

接些圈钱的烂片太消耗人气，他复出以来的作品虽少，反响却都很好，名气和口碑稳步上升，贸然中断这个趋势不值得。他们希望他接下来每一步都迈得稳，迈得值。

他的心也并不着急。

只是被唤起了一些情怀。

入组有一阵子了，拍摄进度颇为顺利，就是路导十分严格，或者说对纪承彦特别严格，同样的剧情时常要拍上好几条，让他反复演个好几次。

不是对他的表演不够满意，就是对镜头呈现出来的效果不满意。

和这么一个完美主义者共事，大家吃多了苦头，不免腹诽，尤其对纪承彦充满同情。

"咔，"路导说，"再来一次，机位改一下。"

这一幕林逆手刃仇人的戏，纪承彦一次又一次地酝酿起饱满情绪，在精准的台词之后，将仇人一剑毙命。

围观群众都说不出哪里有问题，但对导演来说，显然没有达到他最想要的效果。

挂了一次又一次，被手刃的那位反派已经生无可恋了，一副"快点给我个痛快"的表情，但求速死了。

又拍完一条，路导皱着眉看着屏幕，若有所思。

李苏小声道："这还不行？到底哪里有问题？"

第九章 Chapter 9

纪承彦说:"可能感觉不是特别对吧。"

路导看了一会儿,还是说:"再来一次看看吧。"

"导演,"纪承彦问,"我想,台词部分我能不能改一改?"

"怎么了?"路导问,"你觉得台词不够好?"

"不不,"纪承彦道,"台词写得很好,非常的狠,但我想过以后觉得,不说话,会不会更狠?"

路导道:"你说。"

"林逆的个性,我认为,那种时候,真的并不会想多言的,他不能说那么多话,杀就对了。"

有人说:"但要把他的狠和恨体现出来……"

路导道:"拍一条试试看。"

纪承彦上前,在对方惊疑困惑的眼光里,淡淡地问:"还认得我是谁吗?"

在对方反应过来之前,他已二话不说,抬手给了这仇人一剑。

毫无预警地一剑穿心。这令人猝不及防的一击,让所有人心头都猛然一跳,如同那被戳了个对穿的男人一般,一时双目圆睁,肌肉紧绷。

他眉眼之间的恨意、无情,令人心惊肉跳,瞬间胆寒。一言不发,然而比那些充满杀气的台词更骇人,更有说服力。

众人半晌都没说话,路导也没说到底要用哪一条,但让大家休息吃饭去了。

吃着便当的时候,李苏说:"我觉得你那个演绎得更好。"

纪承彦有点意外:"是吗?"

"路导应该也是那么觉得的。"

"哦?"

"不过很可能不会用。"

纪承彦笑道:"我也这么想。"

不能有太多留白,看剧的观众还是需要一个更清晰激烈的表述和交代。

"你啊,"李苏看着他,说,"你更适合大屏幕。"

纪承彦刚放进嘴里的萝卜顿时整块滚了出来。

"干吗?"李苏怒道,"我这是在夸你。"

纪承彦赶紧把萝卜捡起来,塞回嘴里:"是,我知道。"

那种话从李苏口中说出来,简直是最高赞誉了。

"那你这是什么表情?"李苏说,"难道你也觉得我只会自以为是,不会夸人吗?"

"不不不,我是觉得我配不上你的夸奖啊,"纪承彦立刻说,"谢谢大佬!我会努力的!"

"……"

上午的戏好不容易拍完,下午一场哭戏又折腾了良久,好在这回只折腾纪承彦一个人,没有哪个倒霉鬼得绝望地坐在那被他来回杀了。

至此林逆的戏份都是无口面瘫,冷漠狠绝,哭戏这还是头一场。但纪承彦的哭戏是手到擒来的,说眼红就眼红,说落泪就落泪,动情

第九章 Chapter 9

之处,让现场的人都觉得心酸了。

然而导演果不其然地不会轻易放过他。

"咔,"导演说,"我觉得这里,情绪还能再调整一下,你琢磨琢磨。"

"这样都不过?他到底想要什么样的?"李苏对纪承彦说,"要什么又不明讲,还让你琢磨?"

纪承彦道:"那我就琢磨吧。"

"估计他要的是五彩斑斓的黑色,放大的时候缩小一点。"

纪承彦:"哈哈哈。"

李苏居然会为他打抱不平了。

"没事没事,以前你冯伯父,要求得比这还多,还抽象,"纪承彦说,"不满意就是演得不到位嘛。"

"你那叫不到位?"李苏说,"那蒋璐瑶叫什么?哭得让人想打她是什么操作?"

纪承彦说:"可能我不该那样流泪吧,我没揣摩到位,林逆不是那样的人。"

林逆是什么样的人呢?

他望着这城墙上的旧迹,那是他生父洒下的热血。

多年的风雨霜雪,令那痕迹显得黯淡,几不可见,也早已为人所忘。一代英雄,忠心耿耿,至此化为黄土,只有洗不去的叛贼骂名,谁也不敢提及,连养父都全心全力瞒着他。

他望着望着,双目赤红,不发一词。

他眼里慢慢有了眼泪。

并没有颤抖着嘴唇或抖动着下巴，没有其他多余的要帮着表达这情绪的面部表情。他只是一声不吭，面容平静地在眼里涌起了难以抑制的痛苦。

他那种复杂纠结，疼痛与麻木，极致的隐忍，和更为极致的悲伤。

林逆低下头来的瞬间，镜头里捕捉到落下的，来不及掩饰的一滴泪。

再抬起头来的时候，他的表情已经归于平静了，只剩平常的冷漠肃然，仿佛那悲痛的一瞬并不存在。

"好好，咔！"路导站起来说，"可以，就是这样。"

只有短暂的失控和澎湃，一瞬即逝，而足以让目睹的人心中波澜久久不息。

李苏一直在边上看着监视器屏幕，见他过来，便抬头望着他。

纪承彦问："怎么了？"

李苏说："没什么。"然后又看看屏幕，又看看他。

"……"

这晚收工之后时间还尚早，李苏买了点饮料，过来他房间找他打游戏。

在组里闲时也没什么娱乐，除了琢磨剧本，就是刷刷手机，看看剧集。李苏现在跟他熟了，在这边也没什么朋友，倒是跟他玩得挺多的，虽然总骂他"菜"，但又乐此不疲地要带他上分。

第九章 Chapter 9

两人坐在沙发上一边打游戏,一边开着电视听个热闹。一局打完,正准备拿茉莉绿茶喝两口,正逢片头曲出来,纪承彦不由一愣。

这是贺佑铭主演的一部热门剧,超级高知名度作品,超级大投资,超级大制作,毕竟以贺佑铭如今的咖位,来演电视剧真是不得了,前期宣传已是铺天盖地,重磅中的重磅,王者中的王者。

他略微犹豫要不要转台,又觉得在外人面前这样太刻意了,就听得李苏说:"怎么还没放完啊这个破剧。"

"……"

纪承彦问:"不好看吗?"他没去看,微博首页常看到营销号在那夸赞,网台同播,数据傲人,神乎其神。

"大烂片,这么点剧情还能剪个六十集,我也是服了,"李苏说,"压成三十集我都嫌它水。"

"……"

"当然啦,不多剪几集多卖几个钱,怎么能回得了本。"

"……"纪承彦不好评价,客套道,"我看网播数据和评价都挺好的。"

"那种数字游戏你也信啊?"李苏说,"几百亿播放量,我国网民才多少人,你以为大家都闲着不工作,天天蹲那点视频啊?"

"……"

纪承彦不是不了解这种虚假繁荣的内幕,但敢说得如此毫不掩饰的也只有李苏了。

"卖得挺贵,"李苏说,"要是不请贺佑铭,兴许还能赚点,可

惜啊。"

纪承彦犹豫了一下，还是纵容了自己对这个话题的参与："多贵？"

"某视频平台花了四亿多买的播出权，现在都快哭了，"李苏说，"反响还没我上一部网剧好，简直是脸着地扑街。"

"……"

"还史诗级巨作，我看是史诗级扑街。"

"……"

于是接下来纪承彦还是硬着头皮观赏了一会儿这部"年度史诗巨作"。

剧情没什么悬念，倒是李苏的全程吐槽让他觉得耳目一新。

镜头特写了贺佑铭意气飞扬的出场，李苏说："这货为什么总要露出这种意味深长又毫无意义的笑容？"

"……"

"你看他那表情，"李苏说，"台词居然是'有什么好看的'，念出来不亏心吗？他表情明明就是'颤抖吧凡人让你见识一下什么叫倾国倾城的绝世大美男'吧！"

"……"

镜头一通疯狂切换，拼命烘托那种美男气氛，李苏发出一声叹息："他真的是时时刻刻要传达一种'老子很帅，老子最帅'的信息。这剧里的第一美人到底还是不是女主啊？"

"……"

手机有消息进来，纪承彦看了一眼，顿时如释重负："黎景桐要和我视频。"

第九章 Chapter 9

总算有正当理由不用心情复杂地继续看那个剧了。

李苏像是愣了一下,而后才说:"哦,好,那,我先走了。"

"唉?"他记得李苏是黎景桐的脑残粉,小迷弟。有机会跟偶像视频,难道不是美滋滋?

纪承彦问:"怎么,你不一起视频吗?大家随便聊聊什么的,都是朋友嘛。"

李苏站起身来:"不了吧。"

"啊?"纪承彦道,"怎么,难道你脱粉了?!"

"不不,"李苏立刻说,"我一直很崇拜和敬重黎老师。"

"……"

"你们好好聊吧,"李苏说,"我走了,不打扰。"

"哦……"

纪承彦心想,也许是,作为粉丝,突然要面对偶像,多少会不自在吧。

第十章

视频接通了,纪承彦猝不及防地看见青年几乎占满屏幕的大半张脸。

"……!"

这脸都快贴到摄像头上了。

被放大成这样居然还是不难看,颜值也确实过硬。也只有长得好看的人才有无视摄像头角度的特权。

青年摆弄两下,像是调整好了,于是往后退了几步。纪承彦看见他坐到沙发上,笑容满面地朝摄像头挥了挥手。

"Hi!"

黎景桐这几天正在巴黎参加时装周活动,这时间在当地大约是下午五六点的光景,而他看起来大概是刚洗过澡,头发湿漉漉的,隔着屏幕似乎都能感觉到他颈间那种小奶狗一般的香气。

纪承彦随口问:"大白天的洗澡呢?"

"啊,"黎景桐有点不好意思地撩了一下垂下来的湿润的额发,"刚从外面赶回来,头发有点脏。要跟前辈视频,就想先洗一洗。"

而后又说:"对了,我这两天看到些新款,觉得特别适合前辈,就买了一点,等我回国带给你。"

"是吗,"纪承彦淡定道,"多谢啦。"

偶像收点粉丝的心意也是常有的,车都已经收了,黎景桐再送两

第十章 Chapter 10

件衣服他也没什么好矫情的，不打算拒绝了。

然而黎景桐一开始一件一件展示他买的衣服、裤子、鞋子、领带、皮带、帽子，纪承彦就觉得他是不是对"一点"有什么误会。

"你买这么多干吗？"

准备搞代购副业吗？

黎景桐兴冲冲地："因为觉得都很适合前辈啊。你看这睡衣，我想象了一下穿在前辈身上的样子，超合适的……"

纪承彦赶紧喝了口饮料压压惊。

"前辈又在喝茉莉绿茶啦，"黎景桐说，"你那边都好晚了，睡前别买这个了吧，影响睡眠质量。"

纪承彦看了一下饮料杯子，道："哦，这个啊，是刚才李苏买的。"

黎景桐问："刚刚李苏在吗？"

"对啊，一起打了会儿游戏。"

黎景桐没说话了，过了一刻又说："你跟他，这次合作得挺好的吧？"

"是的，"纪承彦很感慨，"比起上回一起拍那部网络大电影的时候，这回真的顺利太多了。可能是因为一起录了不少集节目，磨合过，变得比较熟，就开始有默契。他确实也演得好，我合作过的这个资历的新人里，他能排前三吧，挺通透的。外面疯传他自大狂妄，其实我提的意见他都能听进去，对手戏的状态越来越好。所以说啊，一个人究竟是什么样，媒体说的再有鼻子有眼也不准，还是得自己接触了才知道……"

纪承彦心有所感，畅所欲言了半天，黎景桐面带微笑听着，而后

诚恳道:"听起来你们关系挺好的。"

"是啊。"上次他这么说的时候那纯粹是礼节性的,这回就很真诚了。

黎景桐:"……"

纪承彦又说:"对了,他可是你的忠实粉丝呢,我也帮他要个福利吧,你有空寄点礼物给他呗,签名光盘什么的。"

黎景桐说:"好啊。"

过了没几天,他们在剧组真的收到了黎景桐寄来的国际快件。

李苏拿着包裹,有点意外:"这是什么?"

纪承彦笑道:"你偶像给你的礼物啊。"

李苏看起来颇为惊讶,也挺高兴的。拆开一看,确实是一套十分精美的周边。照片、海报、T恤,应有尽有。

每样上面都有黎景桐的特签,不仅有签名,还有不厌其烦的重复的亲笔留言。

斗大的字写着:"要一直支持我和纪前辈哦!"

李苏:"……"

纪承彦说:"签得挺用心的啊。"

李苏:"嗯。"

收到偶像礼物的李苏,对一个死忠粉而言,表现得有点不够高兴。

当然他一贯高冷,跟他认识以来,也没见过他多高兴就是了——纪承彦也只能这么想了。

第十章 Chapter 10

李苏突然面无表情道:"你啊,背后都说我什么了?"

"没啊。"

纪承彦突然有了那么点不安。

若要反省起来,在跟黎景桐对话的时候,他发言确实不会那么深思熟虑,可以说是过于放松了,有时候张嘴都没经过大脑。以至于他现在也想不起来,自己是不是在李苏的本命偶像面前说了什么不合适的。

所以李苏是觉得他做得不妥了吗?

这还挺尴尬的。

李苏说:"什么叫又酷又嫩?你倒是说说看,我哪嫩了?"

"……"冯导嘴巴还挺大!

纪承彦松口气,道:"你哪不嫩了?你看你这脸,嘴上都没毛,你家粉丝一个个叫你'李苏弟弟',你不嫩谁嫩?"

"嘴上没毛怎么了?年龄能说明什么问题?"李苏盯着他,"怎么,你觉得我不够成熟?"

纪承彦选择了秒怂:"不不不,我觉得你又嫩,又成熟。"

李苏说:"哼。"

这日纪承彦在片场吃着饭,就见得袁琳从墙后面探出头,鬼鬼祟祟朝他招手,做贼一般:"纪哥,纪哥!"

袁琳是李苏的助理,纪承彦不知她是有什么事,便放下饭盒站起来,过去问:"怎么了?"

袁琳苦着脸:"纪哥,能不能帮个忙,替我把这饭交给李哥啊?"

"嗯?"

李苏基本吃不惯剧组的盒饭,他食量并不大,然而十分挑食,时常得从外面订,还动不动发脾气。拍王文东那个穷酸网络大电影的时候纪承彦就领教过了。

"我订饭订晚了,送来发现菜还弄错了一个,"袁琳双手合十,"拜托拜托!帮个忙嘛!我送过去的话,他绝对会骂爆我的!"

纪承彦没什么架子,所以大家都跟他没大没小的,此刻也不由哭笑不得:"所以你是想让他骂爆我吗?"

"怎么会!"袁琳立刻说,"是你的话,他一定不会发火啊!这剧组里头,上上下下,他最喜欢的人就是纪哥你了。"

"……"这顶高帽子扣得他猝不及防。

"行行好吧纪哥,拜托了,"袁琳作苦苦哀求状,"我的性命就靠你了!"

纪承彦只得提起那三层饭盒,去找李苏。

果然李苏已经等得快要爆炸了,正面无表情地双手抱胸坐在那里,犹如一座装满火药的炮筒,待得目标出现就要立刻瞄准锁定一通开火。

进入攻击范围的目标成了纪承彦,李苏略微愣了一愣。

纪承彦把饭盒往他面前一摆,打开盖子,往外取饭菜:"你的晚饭来了,还挺热乎,赶紧吃吧。"

李苏皱眉道:"袁琳呢?干吗让你代她拿?她是断了手吗?还是腿?"

"饭来得晚了,又搞错菜了,她吓坏了,小姑娘在那哭呢,"纪承彦半真半假道,"我刚好要找你,就顺手给你带过来了。"

第十章 Chapter 10

李苏翻了个非常完整的大白眼,倒也真的没多说什么。

而后看了眼饭菜,他就把筷子一摔:"这什么玩意儿!不吃了。"

纪承彦道:"这怎么了,看起来都挺好的呀。"

"要的牛肉能买成鸡肉?谁有空啃这些骨头?"

"鸡肉多好啊,蛋白质含量高,富含氨基酸。"

"……"

"或者吃点这个虾仁炒蛋嘛,青菜也炒得挺好啊。"

李苏道:"不吃了,气饱了。"

"不吃你等下哪来的体力拍戏?保守估计你待会儿要摔十次,确定不吃?"纪承彦夹了一块,"来,为了能摔得好看点,吃吧,这块没骨头。"

"……"

李苏于是勉为其难降尊纡贵地吃了。

"味道还可以,是吧?"纪承彦把筷子递给他,宛如自己多了个儿子,"赶紧的,趁热。"

李苏一脸不甘愿地咀嚼着,边单手按着手机,在给什么人回复信息,而后突然扑哧一声,喷了一屏幕的鸡肉碎。

"……"

纪承彦不由问:"什么笑话这么好笑?"

能让李苏笑出声的事,实在是太值得知道了。

李苏说:"水果台在筹备一个新节目,阵容很强,据说会爆。"

"那挺好的呀。"

李苏的内部消息倒是颇灵通。

"是个演技竞赛类的综艺，"李苏说，"你懂的，就是弄一群演员啊，几个导师啊，演员之间切磋，切磋完了导师点评，胜出的再跟导师切磋。"

纪承彦挺纳闷的："听起来很不错呀。"

是他悟性太低了嘛，愣是没找着笑点在哪。

李苏说："贺佑铭是导师。"

纪承彦："……"

李苏吃着饭，一脸嘲讽："他何等何能啊，还能来指导别人演戏了。"

纪承彦咳了一声。

"不过，YY都能拿个野鸡影后，XX都能教人演员的自我修养，贺佑铭当演技导师也是小意思了，"李苏说，"资本的力量嘛，无所不能。"

纪承彦又咳了一声："你跟他挺大仇啊。"

李苏说话十分没遮没拦，直来直往，也不怕隔墙有耳。

李苏看看他，终于了然地"哦"了一声。

"说来，你们以前是队友，"李苏道，"所以我这么说他，你会介意吗？"

纪承彦说："我不介意。"

"真的吗？"

纪承彦道："不管我介不介意，想说你还是一样会说的嘛。"

他那张嘴饶过谁啊？

第十章 Chapter 10

李苏道:"你要是介意,那我就不提了呗。"

"……"

李大公子居然会在意他的感受,这还是有点值得受宠若惊的。

李苏又问:"你们解散这么多年了,现在还有来往吗?"

"没有。"

"哦,我了解了,"李苏说,"那我可以随便吐槽了。"

看样子李苏有相当多关于贺佑铭的黑料可以爆。

纪承彦笑道:"虽然我不介意别人对于他的任何评价,不过我们还是不聊他了吧,聊点别的好了。"

李苏看看他:"哦?连他的坏话都不想听,你俩关系确实不行啊。"

纪承彦笑了一笑。

李苏说:"当初你混成那样他都没拉你一把,看来他人品也不怎么样。"

纪承彦道:"倒不能这么说,混成什么样都是自己选择的,谁也没义务拉谁一把。没来往,没别的原因,纯粹是因为没什么可来往的,道不同不相为谋。"

李苏瞧了他一会儿,说:"坊间都说你对他羡慕嫉妒恨,我实在是没看出来。"

纪承彦道:"我没有羡慕过他。他的生活不是我想要的。"

李苏像是有些惊讶,而后道:"你想要什么样的生活,现在这样的吗?"

纪承彦过了一刻,才回答:"其实人在每个阶段,想要的生活都不一样。现在算是,慢慢在变成我想要的样子吧。"

"那挺好的,"李苏道,"其实冯伯父也这么说过。恭喜你。"

纪承彦道:"谢谢。不过你能赶紧多扒几口饭吗?"

他和贺佑铭一度亲如兄弟,到如今老死不相往来,外人都觉得这很正常——一个高升,一个堕落,春风得意和潦倒不堪之间的距离,足以扯断任何联系。

而人对于比自己混得好的昔日同僚,多半是又羡又妒,诸多不满。因而在大众眼中,他对贺佑铭心存芥蒂,那都是因为嫉恨罢了。

早期有许多这种导向的八卦,后来因为他堕落得太彻底,连上娱乐小报的价值都没有,这话题渐渐地也为人所遗忘了。

近年来他又步入大众视野,事业似乎颇有起色。然而纵使他能东山再起,跟贺佑铭之间的差距还是相当耐人寻味的,媒体不免又把他拖出来,与贺佑铭放在一起横向纵向比较一番,以嘲讽奚落收尾。

他知道这些,但并不在意。

他从来就未想过要跟贺佑铭一较高低,争个输赢。无论是当年那个拳拳之心的他,还是如今这个心如古井的他。

过了一些时日,《逆鳞》顺利地杀青了。

这部戏拍得很舒服,进度好不仅要靠大家的努力与配合,还得老天爷赏脸,风调雨顺。比如有一场雨戏本来是准备了三台消防车喷水,结果突然就下雨了,还下得有模有样,气势磅礴,拍出来效果超出

第十章 Chapter 10

预期的好。

剧组大家相处得也不错，工作人员之间颇为投缘，于是杀青宴上难免都有点依依不舍，

碰杯的时候，有人带着几分醉意道："真舍不得大家！希望能有第二部！"

李苏也举杯："希望能有第二部。"

纪承彦："……"这家伙都会跟着说场面话啦，进步喜人啊。

戏拍完了，纪承彦回到T城，又迎来了新一轮的搬家。

原本住着的公寓安保出了些状况，又考虑到《逆鳞》一播出他多半是要红了，公司干脆给他换到黎景桐住着的那片小区，李哥带的另一个艺人也住那，算起来诸多方便。

上一回搬家搬得比较随意，反正家徒四壁，能带走的破铜烂铁都卷在一起顺手带走。

这阵子在这住着，算是过上人模狗样的正经生活了，零零碎碎地居然添了不少东西，纪承彦就得收拾收拾了。

约了次日的搬家公司，纪承彦晚上在家里打包行李，热心粉丝黎景桐也自告奋勇前来帮忙。

纪承彦自己整理起来比较随意，该收的收，该扔的扔，倒是黎景桐一直在那恋恋不舍地东问西问。

"这个要带吗？"

"扔了吧。"

"扔掉吗？怪可惜的……"

纪承彦道："怎么？不扔的话还想留着换个不锈钢脸盆吗？"

"那这个呢？"

"不要了。"

黎景桐捧在手上左右端详，说："这是前辈用过的烟灰缸呢……"

纪承彦："……"

纪承彦说："丢了吧，都破成这样了，我也戒烟了。"

黎景桐道："那这算绝版周边啊。"

"……"

他不打算带走的琐碎，都收进墙边的一只大纸箱里，黎景桐要是有什么想捡走的，他也睁一只眼闭一只眼了。

黎景桐又从一堆旧日物件里翻出一个东西，有些稀奇："这个？行车记录仪？"

纪承彦回过头去："……"

十年前，他从车上拆下来的那个行车记录仪。

当时他为求稳妥，第一时间把里面的录像资料删了，但没来得及扔掉。

后来历经波澜，他也忘了它的存在。

有一日终于平息下来的时候，他翻找东西，在角落里再看见它，不由发怔了许久，而终究没有将它丢进垃圾桶。

之后的时间里，他兜兜转转，从一个地方搬到另一个地方，它一直跟着他，就像那段抛不开的往事一样。

第十章 Chapter 10

这一刻再对着它,纪承彦终于说:"这个坏掉的,不要了。"

"哦。"

次日搬家,不仅黎景桐早早就来等着帮忙,志哥他们也都来了。

其实作为一个单身男性,纪承彦的行李不算多,又请了搬家公司,他一个人就能搞得定。但来的人多了,楼上楼下一番折腾,吵吵嚷嚷的,也十分热闹。

这坐落于T城繁华地段中心小区的新公寓,虽不能跟黎景桐的住处比奢华,但独居的话已然相当宽敞。格局方方正正,有着偌大的客厅和阳台,南北通透,视野开阔,家具一应俱全,基本上他拎包入住即可,什么心思都不用费。

大伙儿人多势众,七手八脚一拥而上,将势单力薄的封箱行李撕扯开,没两下就收拾好了。

志哥往沙发上一躺:"哎哟,可把我累坏了,这得请我们好好吃一顿。"

纪承彦说:"以工作量来看,我请你吃芭比馒头,管饱。"

浩呆说:"咱就不出去吃了,多见外啊,叫点外卖就行,帮你庆祝乔迁之喜,不用谢了。"

纪承彦道:"行,我来看看沙县小吃多少起送。"

黎景桐已经掏出手机了:"好啊好啊,各位辛苦了,想吃什么在这上面直接点就行了,不要客气。"

志哥边说"哎呀这怎么好意思呢!"边把手机接了过来,浩呆说:"就是,我们帮老纪搬点东西,怎么好让你破费呢……哎呀这个看起来挺好吃！""举手之劳举手之劳……这个鲍鱼怎么这么大！"

纪承彦："……"

等外卖期间，黎景桐还让助理去他家取了几瓶酒过来，待得外卖送到，十分专业的两个大外卖箱，拿出来满满摆了一桌。

避风塘炒蟹、芝士焗波士顿龙虾、椒盐濑尿虾、鲍鱼炒饭、海参排骨饭、香辣新西兰半壳青口、蒜蓉粉丝北极贝、盐焗花螺……

一群人啧啧有声，赞不绝口。

"这龙虾真霸道！"

"个头真大，唔，这个肉好弹牙！"

"可以可以，这濑尿虾快有我小臂长了！"

"天呐，里边还有膏！"

"蟹好肥美啊……"

纪承彦："……"

他觉得这年头外卖手机客户端未免太过分了，卖点汉堡、炸鸡、馒头、包子也就差不多了，为什么还有这些东西卖？合适吗？

黎景桐还在热心地询问："这些够吗？要不要再叫点？"

志哥总算还有点廉耻之心："够了够了，再多万一吃不下浪费了，是吧老纪？"

比起心疼到面无表情的纪承彦，黎景桐俨然一副主人架势，边周到地给大家倒酒边说："不会不会，多少都不浪费，今天辛苦各位了，酒微菜薄，多多担待。"

眼睁睁看着这些家伙在黎景桐的招待下面不改色地大吃大喝，

第十章 Chapter 10

纪承彦正琢磨着回头该怎么连本带利吃回来,手机突然响了。

一看是经纪人的电话,纪承彦便走到阳台上接起。

"有个事跟你说一下,水果台准备出个新节目,是演技竞技类的……"

纪承彦不由想,李苏还真的门儿清啊。

李哥问他:"你怎么想?我觉得你去上这节目的话,效果肯定好,这舞台适合你发挥。"

李哥的性子是很和气的。其实他带出过很多大牌艺人,人脉广,关系硬,这圈子里金牌经纪人的地位实际上远高于艺人自身,但他对纪承彦一直很温和客气。

纪承彦说:"李哥,我今晚再想一想,明天给你答复。"

从李苏到经纪人,可以说只要是为他着想的,都会认为他应该在这节目里争个一席之地。

他心里也清楚,比起嬉笑怒骂的搞笑综艺,这是个他可以更好地展现自我的平台。

但只要上了这个节目,他就要真的和贺佑铭狭路相逢,刀兵相见了。

这些年里,他辗转过,挣扎过。

从疯狂追逐崇拜着贺佑铭,纠缠他,求他回头,要他说清楚,想他再看他一眼;到自己也终于心灰意冷,无法面对,避而不谈,听见那个名字就如万箭穿心而过。

再到现在。

他也问自己,他想好了吗?

他的心准备好了吗?它的伤都已经愈合了吗?

酒足饭饱的一伙人心满意足地告辞了,纪承彦追着骂:"还是人吗?给我把垃圾带下楼去扔了!"

黎景桐忙说:"都放着,我来我来,我收拾就好。"

纪承彦恨铁不成钢:"你干吗对他们那么客气!"

让粉丝知道黎景桐在这给他们端茶倒酒、送菜、抹桌子,还不得上来把他们一个个手撕了。

黎景桐张大眼睛:"嗯?这是应该的吧,他们是前辈的好朋友啊。"

"……"

纪承彦只得跟他一起抹桌子:"刚李哥打电话来,《天生演技派》那个节目,你知道吗?"

"嗯呐,"黎景桐看着他:"前辈打算参加吗?"

纪承彦反问:"你觉得我该参加吗?"

黎景桐想了一下,说:"这个节目,可以预见,一定会让前辈你大爆的。我觉得很难有人会比你更出彩。"

而后又说:"但导师里有贺佑铭。"

纪承彦道:"嗯。"

"我知道的不多,具体你们之间有什么芥蒂我也不清楚,"黎景桐说,"但我明白的是,光是面对他这个人,就会让你很不愉快。"

"……"

他在黎景桐面前,未能掩饰过自己对贺佑铭的逃避之心。

第十章 Chapter 10

黎景桐说:"其实我现在的想法,和以前有点不同。"

"……"

"以前我特别特别希望前辈能站回属于你的舞台上,拿回那些属于你的成就,我恨不得能推着你,逼着你往前走。"

"……"

"现在我当然还是希望前辈成功,希望你能飞得很高很高,高到让所有人都看见,"黎景桐说,"但不太一样,因为现在的你已经很好了,你是真的在做着那些你喜欢的、开心的事。"

"……"

"可能比起重回巅峰,现在的我更希望前辈你开心多一些。"

"……"

"这节目固然是个很好的机会,"黎景桐认真地看着他,"但如果这个事情让你痛苦,那就不要去做了,没关系的。"

纪承彦把抹布拿在手里,过了一阵,望着桌子笑道:"我明白。"
过去的很长一段时间里,他其实是不明白的。
这两年里,他觉得自己活得越来越明白了。

纪承彦挺多年没上水果台的节目了。当年的他一度是水果台的宠儿,上上下下待他简直亲如家人,连一楼保洁大妈都对他关怀备至。如今到了后台,一个熟悉的旧面孔他都没能找得着,这里早已物是人非了。

李苏正在由妆发师傅打理头发,从镜子里看见他,一时脸上像是有丝惊讶,和那么几分高兴。

"你还真来了?"

纪承彦十分诚恳:"大佬叫我来,我能不来吗?"

李苏哼道:"嘴上说得这么听话。"

纪承彦嘴上溜得很,顺口就接道:"哈?实际上我有不听话吗?"

李苏不出声了,只挑了挑眉。

李苏参加了这节目第一期的录制,第二组登台表演的便是他和另一位差不多资历的年轻女演员。

这节目是要从一众新秀小辈,和演了许多年也未能大红的老演员里,挑选出演技拔尖的来。

若是素人的选秀节目也就罢了,这节目的参与者都是圈内混过一阵,多少要点脸面的人。敢于踏上这舞台,让大众直接又毒辣地对自己的专业能力评头论足,还是需要些勇气的。

不过勇气可能是李苏最不缺的东西之一了。

纪承彦在观众席位里坐着,看着李苏上了台。

三位导师来头都够大,资深,并有一堆大奖压身,坐在那里摆出阎王审小鬼的模样来。

在这些上古大神面前,李苏这种资历的新人理应如同那新晋女星一般瑟瑟发抖,但李苏偏毫不在意,腰杆笔挺,镇定自若,一副无所谓且无所畏的模样。面对粉丝他还可能会有点初出茅庐的不自在,但在镜头前,他从来是自傲又从容。

纪承彦一脸慈祥地观赏着他的表演。令人欣慰的是,李苏在短短

第十章 Chapter 10

的时间里,成长得很快,他的演技肉眼可见地成熟了,舞台掌控力也变得更好。

他在这舞台上,完全体现出了他的统治力,全面压制着对方,牵着对方的鼻子走,那可怜的小女生只能手忙脚乱地追逐着他的节奏,慌里慌张,错漏频出,甚至于一度忘了词。

以两人旗鼓相当的年纪、资历而言,李苏简直是在无情地蹂躏他的对手。

这位和他搭档的女星十分年轻貌美,我见犹怜,然而李苏这人是典型的毫无怜香惜玉之心,咄咄逼人,一副恨不得把人家按在地上暴打的样子。

纪承彦不由想,难怪这家伙一点绯闻都没有。

这么不解风情,哪个姑娘能想跟他发展出点什么啊。

在点评环节,三位导师空前一致地给了李苏好评,连一贯毒舌泼辣的女导师常嫣都对他赞赏有加。末了象征性地稍微批评了两句,也是明贬暗褒。

这可不是个走团结友爱温暖人心路线的节目。纪承彦看得出来,李苏属于那种在场各位没什么事的话并不想去得罪的选手。有背景还是不一样的。

中场休息时间,李苏过来找他。

"你觉得我演得怎么样?"

纪承彦笑道:"你很好。"

"真的吗?"李苏说,"我的表现力够吗?"

纪承彦感慨:"那可真是太够了。"没看人家小姑娘事后都落泪了吗。

"是吗,那你觉得还有哪些地方是需要调整的?"

纪承彦奇道:"他们都给了你那么高的评价,你还来问我什么意见有意义么?"

李苏嗤道:"他们的话还能当真?"

"……"经常满嘴跑火车瞎扯淡的纪承彦不由摸了一摸鼻子,发出了心虚的笑声。

李苏说:"你又不一样。"

纪承彦顿时受宠若惊:"哎?我说的你就信啊?"

李苏看了他一眼:"信啊。"

纪承彦一想,虽然自己时常不正经,但在专业的事情上面,他确实从来不胡说八道,所以李苏才会信任他的中肯评价嘛。

李苏又道:"第三期你确定要来?"

纪承彦说:"嗯。"

"早就该来了,"李苏有点不耐,"这节目就得你上,让他们见识见识什么叫演员。"

"哈哈。"

在新生代男演员里,李苏是他觉得最有意思的一个。

现在的明星们都流行给自己立各种各样的人设,毕竟这对吸粉是颇有益处的。

李苏在这当中简直是一股泥石流,他既不是个段子手也不宠粉,绝不自黑更不呆萌,连吃货人设都够不上,耿直得也过了头,遇事就

第十章 Chapter 10

一个"怼"字，严格说起来并不讨喜。

但纪承彦觉得他颇可爱。

这圈子里太多唾手可得的诱惑，很多人待了一段时间，就已目眩神迷，全然忘记自己的本职是什么了。

而李苏在这光怪陆离的花花世界里，对表演这件事，始终怀着单纯的虔诚敬畏之心。

纪承彦拿的赠票位置靠前，不过来捧场的圈内人多的是，他也并不起眼，但因为李苏径自过来找他，便有些人也留意到了他的存在。

包括贺佑铭。

纪承彦看着那个男人像电影里的慢动作一般，站起来，转过身。

隔着人群，像隔着山与海，贺佑铭朝他轻微地点了点头。

纪承彦没有表情。

第十一章

纪承彦参加录制的这一天,黎景桐被困在纽约回不来。

纪承彦安慰道:"有工作也是没办法的事。"

"好想去现场……"

"来不了这一场,还有下一场嘛,"纪承彦说,"难道你觉得我晋不了级吗?"

"我连一场都不想错过啊。"

黎景桐打过来的回复,连标点都透着生无可恋的气息:"真不想干了……"

"……"

"好没意思啊,"黎景桐爆发了属于他这个年龄的小孩子脾气,在那激烈地敲着键盘,"前辈的各种活动总是一而再再而三错过,我这简直比普通素人粉丝还不如。我都不知道我这样拼命工作到底有什么意义?!"

"……"

这是位被繁忙的演艺事业给耽误了的追星族啊。

纪承彦一边争分夺秒地翻剧本,一边安抚他。

"当然有意义啊,想想那些爱你的粉丝,想想你拿到的那些奖……"

显然粉丝和奖项在此刻都无法唤起黎景桐的求生欲,他奄奄一息地说:"唉,我好羡慕小张啊……"

小张是纪承彦的贴身助理。

"羡慕他什么,八千一个月吗?"

第十一章 Chapter 11

"他可以一直在前辈身边啊,天天看着你,陪着你……"黎景桐发了个吐血的柴犬表情,"还能有比这更好的工作吗……"

感觉到对面的那种丧都快漫出屏幕了。

"就这么点出息!"纪承彦一手用马克笔在剧本上做记号,一手按手机,"以后你能跟我一起出现在大屏幕上,他能吗?你能让我抱大腿挑上好本子,他能吗?"

"……"

"我可就指望你了。你要变得更红,才能带我飞,知道不?"

"……"

"好的!"黎景桐像是终于活过来了,充满了斗志,"我会努力的!"

"是吧。加油吧少年。"

把黎景桐安抚好了,纪承彦又抓紧时间琢磨了一会儿剧本。

正常情况下,以他的个性,起码得用一星期以上的时间来好好消化这么一段本子,但从拿到剧本到开始录制,也就不到一天,还得刨去休息的时间,和搭档演员对戏的时间。

以及寒暄会客的时间。

黎景桐来不了,李苏倒是来了。

"你啊,"李苏说,"在这里,待会儿可得改一改你那毛病。"

纪承彦"啊"了一声。

李苏最近在他面前说话,总是老气横秋,强行扮大人,也不想想他比他小了多少岁。

李苏斜着眼睛看他:"你演戏的时候,不是总爱迁就对手吗?"

"……"冯导的嘴巴是真的很大很大。

"这是较劲角力的地方，"李苏说，"你别为了配合对方瞎调整自己的节奏。刘晨那团队多急着洗掉他"演技烂"的名头啊！偏偏心比天高，戏比狗烂，烂泥扶不上墙。"

"……"会不会说得太狠了啊。

刘晨的业务水平固然是入不了李苏的法眼，但也算过得去，就是捧得狠了点。强捧之下未免难以服众，于是冒出不少质疑的声音。

"节目组为了能合理地让他留下，估计脸也是不会要了。只要你有一点点不够强势，他们就会抓住机会把你踩到泥里去。"

纪承彦道："哇，这么可怕的吗……"

"你觉得呢？"

纪承彦摸一摸鼻子。

"所以你没必要让他，一点空子都别给他们留。"李苏严肃道，"你必须完美无瑕，懂吗？"

他当然理解这些套路，也知道李苏不是危言耸听。

他并没有在怕就是了。

纪承彦和刘晨一同站在台上，两人俱是一身警服，满脸正气，潇洒挺拔。

刘晨比他年轻得多，正是生机勃勃青春勃发的年纪，又更高大一些，气势上却莫名像是较他矮了一截，暗淡一些。

当然这也符合戏中两人上下级的定位。

这段戏里，刘晨饰演的年轻警官，发现自己素来敬仰的上司竟然是卧底，他从晴天霹雳、难以置信，到痛下决心，颤抖地掏出枪来，对

第十一章 Chapter 11

准上司的头。

"你知道你在做什么吗?"

刘晨的眼光开始有了些闪烁和动摇。

纪承彦盯住这年轻人,低声道:"你还记得我是谁吗?记得我为你做过什么吗?"

"……"

他的眼神,他的声音,都有股邪性。他让人觉得,明知道他是有毒的、致命的,可在他面前,就是浑身发软,心头发颤。

刘晨退后了一步,失态道:"你别逼我!"

台词和形体都没有问题,但能看得清舞台两人的细致表情和眼神的人,都感觉得出来,刘晨已经有点被压制住了。

前面还客客气气地彼此过了几招,而纪承彦一开始发力,刘晨的状态就明显不太好了。

纪承彦一开口,戏就全在他身上,目光也全在他身上。

这整个过程里,他最初的装腔作势,随之的负隅顽抗,而后的声泪俱下,到最终的翻脸无情。

上一秒还在为他着迷,下一刻已替他心疼,软弱的眼泪还未来得及为他淌下,顷刻之间便突然冰寒彻骨,如坠深渊。

他就像漩涡一般,吸引着、掌控着所有人的情绪。

到最后他那穷途末路般的一击,场下瞬间都安静了。

鼓掌的画面其实在观众刚进棚的时候,趁着众人情绪都处在最高昂,状态最饱满的状态,都已经预先录过了,但这时候爆出的掌声却一点都不比预录的效果来得差。

众人对于他的表现似乎有点意外。

纪承彦当然不算新人了，但他消沉了这么多年，也就这一阵子才有起色，属于不红的老演员系列，以娱乐圈和大众的健忘程度，于新生代观众而言，他是挺陌生的。

虽然近期的那部网络大电影和演配角的连续剧为他赢得了不少关注度，但更多人对他的认识还是停留在综艺节目那些油嘴滑舌的腔调和丑态上。

对于这些人来说，他完全超出预期。

观众投票之后，是接受导师点评的环节。

纪承彦的观众票数胜出，但优势居然也并不碾压性，一七二对一二八，而导师一票顶五十票，三位导师只要有两位投给刘晨，就可以把刘晨留在这台上了。

三位导师，除了贺佑铭之外，还有董琛跟常嫣。

董琛作为资深大腕，看起来挺和气，一副与人为善的模样，纪承彦和他没有过什么接触。

常嫣倒是跟他有点渊源。

然而不是好的那种。

常嫣比他早两年出道，算是同期，但运气不如他，她一开始并不算大红。

他们当年在电影里合作过，那时候片方为了制造话题，故意放出一些风声，想炒炒绯闻，然而他在接受采访的时候一口否认了。

他的态度其实很客气礼貌，但架不住媒体煽风点火，断章取义，

第十一章 Chapter 11

在报道里夹枪带棍地一通冷嘲热讽。

那时他正如日中天,于是多方媒体各种姿势讥讽常嫣不知自己斤两抱他大腿炒作,有些其他粉丝反对常嫣的声浪也十分浩瀚,搞得女方那边公司面子上十分挂不住。

常嫣那时也年轻气盛,个性又泼辣,被骂得气不过,跳出来大骂纪承彦,很是说了一些难听的话,粉丝更是疯狂反击,事态失控,搞得十分难看。

绯闻没炒成也就算了,荧屏情侣还成了冤家,那也成了纪承彦票房最不优秀的一部电影,制片方弄巧成拙,成了最大输家。

此后两人也就再也没有过任何交集了,所有的节目,但凡请了他俩其中一个,就断然不敢请另一个。

可是纪承彦心里对她始终是没什么芥蒂的。

但事情最终变成什么样,跟他到底怎么想,其实是没任何关系的。

董琛是第一位点评的导师,和观众们的欢呼狂热不同,他的表情比较凝重。

他说:"你演得不错,但你的问题呢,就在于,你太过珍视自己了,导致用力过猛。"

"……"

"你不尊重你的对手,"董琛说,"更不懂谦让,刘晨比你年轻那么多,资历浅那么多,你作为一个前辈,只顾着抢戏,而过分去压榨他的演戏空间,这是非常不应该的,甚至缺乏道德的。"

"……"

"我这人说话比较直接,可能惹人不高兴。但你这样自私,真的

是要不得啊，你这么资深了，对着这样一个新人，只想着凸显自己。戏霸可不好。"

纪承彦谦逊地点头称是。他的余光能瞄得到观众席上李苏快要爆炸的表情，但他的内心毫无波动，甚至有点想笑。

接下来轮到常嫣了。常嫣在他们表演的时候，全程没有笑容，这时候更是一脸的"你莫不是在逗我"。

常嫣秀眉一拧，薄薄的红唇一张："这是不是搞错什么了？"

"您是不是忘了，这本来就是个演技比拼类节目，比的是演技，又不是学雷锋做好事，"她看着董琛，笑道，"您是宽厚惯了，容易同情弱者嘛，但质疑他别的也就算了，质疑他演技太好，用力太猛没带好对手？这不合适吧？"

董琛像是压根没想到她会这么怼他，有点不按套路出牌的意思，一时脸上有些僵。

"您说他戏霸，这我不同意，这用词太言重了，我们都知道什么叫戏霸吧，那是强行给自己加戏、耍大牌的人，他是吗？"

"……"

常嫣两手一摊，像开玩笑一般道："真要一团和气，那还比什么，合家欢就好了啊。"

她笑嘻嘻的，说得呛人，又在理，一时谁也不敢接话。

纪承彦这时候真有些意外了。

他万万没料到常嫣会不计前嫌，在这关头替他说话。

不过仔细想想，他也明了了，一来常嫣的个性就是这么辣，二来，

第十一章 Chapter 11

刘晨背后的团队固然不好得罪,但他所在的华信娱乐也不是吃素的,这圈子里谁还没点人脉啊。

虽然这是常态了,纪承彦心中还是有点叹息。如果此刻他依旧单枪匹马,无人为他撑腰,仅仅作为一个会演戏的老演员,这舞台会对他非常残忍。

黎景桐让他至少可以在一个公平的平台上和别人竞争。

两个导师一人一票,接下来关键的一票就在贺佑铭手中了。

贺佑铭轻微地清了一下嗓子,全场的目光都落在他身上。

他依旧是很英俊的,那种养尊处优,位于高处,意气风发的英俊,毕竟权势是男人最好的装饰品。

这节目里,董琛的定位是老好人,贺佑铭和常嫣则会对选手表现有一定的要求,两人有时达成共识,一唱一和,有时意见相左,彼此争执,既有节目效果,也体现了导师们对表演的认真和追求。

"纪承彦的气场确实特别强,刘晨有点被带着走了,"贺佑铭笑道,"大家都知道,反派有时候确实更容易出彩,纪承彦这个角色的发挥空间更大一些,与其说刘晨被他压制住了,不如说是刘晨的角色被他的角色压制住了。"

"纪承彦的表演不必多说了,大家的反应都说明了他的实力,不过刘晨也完成得很好。当然了,单纯从这一场的表现来说,只从这两个角色上选,纪承彦是略胜一筹的。"

贺佑铭顿了一顿,而后道:"所以这一票我投给纪承彦。"

董琛脸上有了一闪而过的难以置信。

刘晨脸色有点难看,但还是跟他握手:"恭喜你。"纪承彦感受了一下对方手上那冷淡的力度,道:"谢谢。"

纪承彦成功晋级,那接下来便是为他选导师了。

常嫣的态度很鲜明:"我就不用再多言了吧,我的喜好再明显不过嘛,就是想你进我的队伍咯。"

贺佑铭笑了一笑:"这么巧,我也很看好他。"

董琛:"……"

两位导师都亲切地向他伸出了橄榄枝,大约是出于节目效果,彼此还小小地争吵了一番,纪承彦对此报以得体的微笑,安静如鸡。

贺佑铭最后对常嫣道:"让给我呗。你看上次,李苏我就让给你了。"

话都说到这份上了,常嫣摊一摊手,望向纪承彦:"那你自己来选吧。"

纪承彦诚恳道:"非常感谢两位老师,我很荣幸。"

常嫣看着他,贺佑铭也看着他。舞台上的灯光过于强烈,反而令人视野不甚清晰,以至于评审席上两人眼里那些微妙的情绪,他似乎都看不见。

略微顿了一顿,而后纪承彦说:"我选择,加入贺佑铭老师的战队。"

节目录完,已经是凌晨了。无论台上台下,都十分疲惫,观众们

第十一章 Chapter 11

有秩序地散去，工作人员也陆续收拾清理，夜色里是种繁华落尽的嘈杂。

纪承彦在休息室看见常嫣进来的时候，不免为之愣了一愣。

当年那次电影合作过后，直到今天，他和她都没有再见过彼此，勿用说像这样私下相对，面面相觑。

常嫣依旧是美艳泼辣的架势，开口就说："你可真行啊。"

"呃……"

"这回还是没选我？"她说，"我都那么力挺你了，你好意思吗？"

"啊，"纪承彦忙说，"不是，我就是考量了一下战队的构成，李苏也在你队伍里，我跟他关系不错，不想太早跟他PK，所以才选了别的组，我这回真的不是针对你……"

当年他就不擅长应付这个女人。

常嫣说："所以上一回你就是针对我咯？"

"……"现在他果然还是一样不擅长。

纪承彦说："也不是，我当时就是纯粹不想让媒体乱写，我对找女朋友完全没想法，你看你对我又那么嫌弃，把我们俩凑一块，这拉郎配，也太不合适了……"

常嫣笑了一笑。

如今她也已年过三十，但面容依旧如十八少女，这一笑嫣然，犹如春花，当真对得起她的名字。

常嫣道："哎，都过去这么久了，说开其实也无所谓了。"

"啊？"

"那时候我倒是真喜欢你的。"

纪承彦差点被呛着："……"

"所以嘛,特别恼羞成怒,"她说,"女孩子脸皮薄啊,哪受得了你那么直接地公开表示对我没兴趣。"

"……对不住,真心的。"想想也是,人家毕竟是女孩子,而他那时年轻毛躁,说话做事都没有那么周全。

或者说,有些事情,本身也没法周全——你想对得起这个,那就必然会对不起那个;要对这人专情,那就必然得对别人无情。在八面玲珑和一往情深之间,他没有选择前者。

"你这人啊,"她拨了拨头发,"一点都不解风情,也该你没这福分,错过了我。"

"……"纪承彦赶紧说,"幸好你是有福分的,所以没栽在我这个坑里。"

常嫣瞥了他一眼:"哎,你这人是真的讨厌。"

"……"

"看你之前变成那样,我也挺庆幸我没栽在你身上的。"

"嗯。"

"不过,你现在又帅回来了。"

纪承彦诚惶诚恐道:"是吗……"

"又唤回了我当年的那点少女心呢。"

"……"

常嫣秀眉一扬,道:"你那么为难的表情是什么意思?你知道现在谁在追我吗?陈景熠,听说过没有?比你年轻,又比你帅,还比你有钱,你怕什么?"

"不不不,"纪承彦忙说,"小的当然没什么好怕的,要怕也是怕

第十一章 Chapter 11

玷污你嘛。你是一轮明月，当照大江大海，要是照着我这臭水沟，那就太可惜了。"

明月正是当年那部电影里她所饰演的角色。听见这名字，常嫣神色微动，从鼻孔里"哼"了一声，说："我爱照哪就照哪。管得着吗你？"

"是是是……"

送走了常嫣导师，纪承彦想起从礼节上来讲，他应该去跟自己的导师再碰个面，象征性谈一下此后的安排。

人都已散得差不多了，他也不确定贺佑铭还在不在，而才走到贺佑铭专属休息室门口，便听得里面的动静。

"之前谈的时候，他们不是说定了让我晋级吗？要不是这样我根本不会来参加这节目！"

这气急败坏的是刘晨的声音。

"人家也就是口头上答应你，又没体现在合同里。你还能告节目组违约不成？"

口气平淡的是贺佑铭。

"就算没写进合同，"刘晨说，"当时你投我一票，不就没事了吗？你为什么非得在那时候变票？"

贺佑铭道："你自己技不如人，有什么好发脾气的。"

刘晨像是气得一时说不出话，而后恨恨道："我看你是不是对他余……"

猝不及防的一声巨响，把在门外的纪承彦都吓了一跳，而后室内安静了。

半晌,贺佑铭才淡淡地:"惯得你,什么毛病。"

这情形之下,无论如何都不适于进去和导师碰面了。纪承彦边十分识趣地不动声色离开,边稍微盘点了一下这其中的关系。

他稍微有一丝惊讶,但说实话也没什么可意外的。

在走道上他迎面碰见了李苏,李苏问:"你上哪去了?是去找……"

纪承彦若无其事道:"我还想问你呢。"

他边带着李苏往外走,边十分诚恳地说:"大佬没有第一时间来对我表示关心,令我十分难过啊。"

李苏略微一愣,忘了之前的话头,说:"我吗?我刚去打了会儿电话。"

"哦?"

"没办法,我这脾气太暴躁,"李苏说,"什么破节目。"

"……"

可能他又找哪个七大姑八大姨吐槽投诉了。

纪承彦不够八卦,没仔细去深入打探。但李苏在背景和人脉上的优势是很明显的,除了冯导,估摸着他还有许多圈内的长辈,是个典型的星二代。

"别当回事嘛,"纪承彦笑道,"有点不顺利不是很常见么。"

"差一点你就晋不了级,"李苏说,"像话吗,你说董琛那人吧……"

纪承彦热情洋溢道:"哟,大佬还是很关心我的嘛。"

李苏略微语塞,而后说:"要是初赛你就跪了,那我以前吹你不

第十一章 Chapter 11

是白吹了？凭白让人怀疑我的专业素养？"

"是有点悬，"纪承彦笑道，"不过常嫣给了我那一票，后边我就没在担心了。"

李苏有些意外："看不出来，你倒挺有信心的啊。"

纪承彦谦虚道："过奖过奖。"

"我不是说对你自己有信心！"李苏不耐烦道，"我是指对贺佑铭。莫非你觉得他会念你们当年队友的旧情，给你一票？"

"这倒不会，"纪承彦摸一摸鼻子，而后笑道，"不过，我了解他。"

"……"

李苏高高挑起了眉，过了一刻，才道："所以，这就是你选择进他战队的原因吗？"

"当然不是，"纪承彦立刻说，"我是为了你啊。"

李苏："……"

"组内对抗有什么意思，我们当然要决赛见嘛。"

李苏说："你很有信心啊。"

"我当然对你有信心啊大佬。"

"不是指对我！"李苏怒道，"是指对你自己！"

"……"

"你真觉得你能顺利进决赛，没人给你使绊子？"

"困难是一定会有的，"纪承彦笑道，"决赛嘛，我也是一定能进的。"

李苏翻出了半个白眼："你这谜一样的自信，天真！这节目啊……"

纪承彦对他的白眼"投桃报李"，还以飞眼，又双手比了个心：

"约好了,我们决赛见。"

李苏一脸僵硬地走了。纪承彦心想早年在志哥的节目上,他的飞眼都是作为大杀器存在,令对手负担满满,不战而败;如今个人形象已经优化了这么多,他的飞眼依旧是这么令人难以消化的吗?不愧是大杀招。

李苏毕竟年轻,入行已不是一天两天了,还是这么气盛冲动,丝毫不避讳隔墙有耳的可能,什么人都敢说,什么话都敢说。
他却不想李苏因为替他抱不平而落人把柄。

在回去的车上,他就接到了黎景桐的电话。
黎景桐的愤懑不平和深刻反省公关工作没做到位,这都是意料之中的,不过……
纪承彦忍不住道:"你怎么不问我,为什么选择贺佑铭的战队?"
毕竟这一晚上太多人问他这个问题了。
黎景桐那边安静了一会儿,而后说:"这个我有想过,无非是两个原因。"
"哦?"
"一方面,虽然常嫣那边很多东西我们都能有保证,但前辈不想进她的队伍,免得和李苏遭遇战,让他提早止步于组内对战,"他说,"毕竟,你跟他关系一直挺好的。"
"嗯。"
"另一方面,贺佑铭这个人,之前你是尽量避免和他有交集,而

第十一章 Chapter 11

现在你主动选择跟他产生交集,只能说,前辈你的心态不一样了,"他顿了一顿,又说,"可能有些曾经让你痛苦的东西,时间已经把它们抹去了吧。"

纪承彦赞许之:"说得挺好啊,不愧是我的24K纯金粉。"

得到偶像表扬认可的黎景桐并没有表现出该有的喜悦,只说:"前辈的感受和想法,我一直是努力去揣摩的。"

挂了电话,纪承彦见微信又有消息提示。

都这么晚了。

他点开一看,是新增的好友申请。

申请栏里,赫然写着"贺佑铭"。

纪承彦看了那名字一会儿,将手机关上。

他没有点"同意",也没有点"拒绝",而选择了安静地无视。

第十二章

回到家都已经凌晨四点多了,家中很安静,但温馨,钟点工阿姨把屋子处处都收拾得井井有条,插花也换了新的,还在冰箱里留了碗甘蔗马蹄汤给他。

纪承彦一口气喝完,粗略冲了个澡,试图洗去一身烦扰的疲惫,而后便把自己扔在床上,困乏让他很快就入睡了。

他又梦到十年前。

那时候的他终于从看守所出来,比此时更疲惫地回到家。

这个"家"是指他和贺佑铭同住的公寓。

虽然处于事业巅峰期的他们完全应该有各自的豪华住所,但作为双人组合中相互依存的两名成员,他们有充足的理由住在同一屋檐下,生活起居都保持密切的关联。

至少对外他们是如此解释这一切,和谈论他们的感情的。

家中有些凌乱,那是仓促地翻箱倒柜和匆忙离去的痕迹。

贺佑铭已经从他们的这个"家"里搬走了。

他在客厅中间静静站着,用了一下午来消化和理解这个事实。

他是成年人了,他足够成熟,所以他必须理解。

第十二章 Chapter 12

他和映星解约,而贺佑铭选择了续签,这就意味着他俩自此殊途。

不再是一路人,又何必在同一屋檐下呢。

接下来的许多事情是意料之中的,不止贺佑铭离他而去,那些原本热情地向他伸出橄榄枝,多方接洽的公司,如今也都选择了沉默。

他们这种1+1>2的组合,单个成员的价值,和二人联手的价值本来就是不同的。没有彼此同休戚,共进退,已经是元气大伤,何况他还陷在舆论风暴中心。

原本有意单签他一个人的公司也是有的,比如映星自己。但现在不一样了,贺佑铭先行一步,他才是被留在原地的那枚弃子。

针对那些网络暴力,媒体造谣,他还是做了一些反击的。没有了公司,他也不是全然没有人脉和可用的团队。

但他无法专心于此,他的心思完全不在舆论公关上。

他只想和贺佑铭谈谈。

从车祸发生,到老人去世,再经历死者家属们纠缠不清的索赔,漫长的谈判,到达成和解,已经过去数个月了,贺佑铭连一次都没在他面前出现过。

好像这事和贺佑铭全然无关。又或者他这个人和贺佑铭全然无关。

经历过这些,他有很多话要跟贺佑铭说,很多事想对贺佑铭问,然而对方却完完全全地从他的世界里消失了。

许多事情汹涌地累积着堆叠着，几近将他的心脏塞得过满，撑之欲爆，却无法找到可以释放的出口，这种感觉快要把他逼疯了。

然而无论他怎么试图联系，接触贺佑铭，对方始终对他避而不见，避而不谈。

不解释，不回应，不拉黑。贺佑铭无动于衷，就好像看不见他，仿佛他只是一缕空气，或者鬼魂一般。

那一阵子，他觉得贺佑铭就是一堵墙，他翻不过这面墙，而无论他怎么冲它大喊、哀号、恳求、得到的都只有自己的回音。

而后某一天，他终于得到了一个关于贺佑铭的，明确的消息。

"XX巨星贺佑铭和XX千金殷婷宣布订婚。"

看到这条新闻的时候，他觉得眼前像是有了一片刺眼的白光，令他什么也看不清。

这不是什么修辞手法。是真真切切的，他在生理上，有了那么一刻的失明。

纪承彦猛然惊醒过来，照在他眼睛上的是过于明亮的阳光——睡前他忘了把窗帘拉上。

他当即坐起身，闭了会儿眼睛，而后起床洗了把脸，打开工作日历，确认一下今天的行程，而后准备出门跑步。

太多年了，漫长的时间令如今的他已经彻底平静了，至少他是这样觉得的。

第十二章 Chapter 12

接下来这段时间,《天生演技派》的节目录制,除了需要补拍的部分和一些零散的互动之外,都和他没什么关系,要等这一季战队成员全都选拔出来以后,才会进入双人对战环节。

换而言之就是他并不需要跟贺佑铭有什么直接接触。

而且黎景桐也快要回来了,他的这位24K纯金粉在地球那头兴高采烈地信誓旦旦:"前辈的对抗赛我一定要去现场看!这回没有什么能阻止我了!"

纪承彦威胁道:"说好了,就靠你撑场面了,不来可是要开除粉籍的。"

在准备讨论对抗赛剧本的前一天晚上,纪承彦录制的那一期节目播出了。

在剪辑没有什么特别引导性,没有太多恶意扭曲丑化的情况下,纪承彦在台上对于角色的呈现,在观众之中大受好评也不是什么意料之外的事。

他猛涨了一波粉丝之余,网络上也冒出了许多对贺佑铭的夸赞。

"贺佑铭真不愧是公正啊,刘晨是他同公司的呢,他还是把票投给了别人。"

"是啊,这真的很难得了。"

"我们佑铭是最棒的!"

"因为纪承彦曾经是他的队友吧。"

"还是很念旧情的啊。"

"佑铭真是很暖的一个人,就是有点委屈刘晨了。"

一片赞扬之声中,也有那么一些不和谐的声音。

"假得要命。"

"他是见势不妙,赶紧爬墙吧。"

"贺巨巨在这时候终于达到了人生演技的巅峰!"

"常嫣把话都说得那么明了,他还能坚持投给刘晨?那可就太难看太明显啦,不符合我们贺巨巨的作风呢。"

"比起刘晨的死活,当然是贺巨巨自己的名声重要啦。"

此外董琛那"戏霸"的点评也激起粉丝们,乃至于大众的不满。

黎景桐就不用说了,在当地的正午时间发了篇长微博,估计是趁着拍摄空隙的摸鱼,从"虽然我已经很了解他的演技了,但他还是给了我惊喜"写到"无论戏品人品,都是我的楷模",洋洋洒洒吹捧了有一千多字,令纪承彦觉得简直不堪入目。

简清晨也发了条微博,怀旧一般地提起自己初次的演艺经历,感谢纪承彦"演技非常的温和,耐心地牵引着我往前走,那么胆小自卑的我才能走到今天这一步,才能至今未言放弃。"

李苏就直接得多了:"那也配叫戏霸?霸得过我?我不服啊。这么说的怕不是没看过我那一期的表现?"

纪承彦在这几家粉丝中的好感度原本就挺高——他和他们的类型差距甚大,相对而言不存在太多竞争。这回正主都出来挺纪承彦了,粉丝岂能不跟上,于是纷纷为他声援。

第十二章 Chapter 12

刘晨的团队自然不会善罢甘休，当晚便开始大肆买热搜，买水军，疯狂反扑。

纪承彦毕竟不是流量小生路线，他的粉丝大部分是跟他一样的佛性咸鱼粉，并没有很高的掐架水平，战斗力不是很足。

然而李苏和简清晨的粉丝那可都是从互相掐架中成长起来的，可谓掐架的一把好手，对掐架领域的套路烂熟于心，黎景桐的粉丝更是不遑多让。

遭遇刘晨那边的冷嘲热讽各式大范围"伤害"之后，几家粉丝怒而一起下场，掐得十分热闹，不仅翻旧账，还把当晚的热搜都给霸屏了。

这场掐架在纪承彦看来真是神仙打架，不明所以。多大点事啊，能闹成这样？还闹这么久？大家是都不用做作业了吗？

在他看来，此次混战最大的贡献，是制造了李苏和简清晨粉丝空前的目标统一，达到了他们出道以来第一次的同仇敌忾，气氛和谐。

而后他们四家粉丝，仗着人多，渐渐变成以众敌寡，胜之不武，顺利地把刘晨那边给"攻击"跑了。

对方撤退之余，还是纷纷到纪承彦微博底下骂两句再跑。

"拉帮结派，算什么本事！"

"老演员了不起吗？"

"倚老卖老，欺负新人！"

纪承彦不由受宠若惊，自己也到了会被骂欺负人的时候了，看来真的是要开始红了。

次日纪承彦所在队伍对抗赛的剧本出来了,从一部老电影中截取了一段,剧情细节做了些许修改,三名成员分别演绎三个角色。

除了纪承彦之外,另外两位,朱逸、杨中南,也都是功底不错、态度也认真的演员,大家坐下来一起探讨了一番,在选角确认上都有些犹豫。

三个角色的发挥空间难免有差异。这是竞技比赛,想赢的人都会希望自己能选到有挑战性的好角色。

朱逸笑道:"那就我演魔头吧。"

杨中南说:"要不还是我演魔头吧。"

纪承彦说:"其实宗主也不错。"

两人都点头表示赞同:"宗主也可以。"

纪承彦又道:"那养子呢?"

两人对视了一眼,没说话。

他们三个年纪都差不多,也不好按年龄来分配角色,但大魔头的养子确实是戏份比较薄弱的一个角色,在两强对峙之时,他就是一个怯懦无用,成事不足败事有余的炮灰,缺乏存在感。

气氛正微妙,贺佑铭推门进来了。

"贺老师。"

朱逸和杨中南都站起来恭敬地朝他打招呼,纪承彦坐着没动,但也并不避开他的眼光。

贺佑铭环视三人,笑道:"还没选好角色吗?"

朱逸说:"大家拿不定主意,那不然干脆抽签好了。"

第十二章 Chapter 12

贺佑铭笑道:"抽签会不会太儿戏了。你们可以说说想演哪个角色,和想争取这角色的理由,看能不能说服我。"

他又逐一看了他们一番,目光落在纪承彦身上,而后微笑道:"谁先来?"

朱逸和杨中南都唯恐落后地争着说:"我!"

而后还是朱逸先发言,杨中南随后,两人长篇大论地慷慨陈词过后,唯有纪承彦依旧默不作声。

贺佑铭甚是温和地望向他:"轮到你了,承彦。"

纪承彦抬起眼睛,贺佑铭看起来温润如玉,面带浅笑,一副准备聆听他的模样。

"你想要哪个?说说看。"

纪承彦面无表情道:"我无所谓的,他们先挑自己喜欢的吧。"

"……"

"剩下那个我来演就行了。"

于是朱逸选择了魔头,杨中南准备挑战宗主,而纪承彦认领了那个养子的角色,皆大欢喜。

众人又花了一些时间挺认真地研究揣摩剧本,而后才准备各自散去。

纪承彦正要先走一步,贺佑铭在背后叫住他:"承彦。"

纪承彦转过头,脸上是无声的问号:"?"

贺佑铭倒也没提好友申请未通过的事,只笑道:"你留个联络方式吧。还有很多细节没讨论到位,大家要碰面商量也不容易。"

纪承彦说:"也对,朱逸,你把我们都拉进群吧,加上工作人员。有什么觉得需要进一步探讨的,大家在群里都说一说,沟通起来比较有效率。"

得知了选角的事,李苏第一个就急了,噼里啪啦发来一串微信消息:"为什么要让啊?凭什么你让?这又不是学雷锋树新风的比赛,还指望别人夸你高风亮节吗?还是你觉得他们会因为你谦让,就手下留情?"

"当然不是啦,"纪承彦娇羞道,"我脸皮薄嘛,怎么好意思和人争。"

"……"李苏似乎被他发过去的羞涩猫咪表情震慑住了,过了一刻才发来消息,"争取一个最有挑战性的角色,既是对自己实力的自信,也是一个好演员的追求,有什么不好意思的?你跟他们有什么好客气的啊,现在白白让自己处于下风,是不是傻?"

纪承彦长叹一声:"大佬你这么说,让我很伤心的啊。"再配上一只委屈巴巴的橘猫。

最近他从简清晨那里收获了许多萌宠表情包,不用白不用。

李苏又语塞了一下,像是调整了一会儿,而后用勉强比较温和的口气说:"我不是骂你,也不是对你没信心,我肯定是希望你能拿到最有优势的角色啊。"

纪承彦回道:"多谢大佬关心,我一定不会让你失望的!说好了决赛见!"

李苏:"……"

第十二章 Chapter 12

除了李苏，其他人也对此表示了不解和担忧。毕竟论资历，他是最资深的一个，要倚老卖老，强硬一点选一个最好的角色，别人也根本不会说什么。

赛场如战场，礼让客套都太多余了，为自己争取最大化的资源才是正常的，除非你根本不想赢。

只有脑残粉黎景桐信心十足："有什么关系，选哪个角色都没差啊，无论怎么样，前辈你都会赢的！而且一个不出彩的角色，能让你胜得更精彩！我已经迫不及待想到现场看了呢！"

纪承彦确实并不担忧。

在他的第一场录制过后，李哥就亡羊补牢地立即一通打点施压。他的经纪人不是省油的灯，他也不是软柿子，就算别人存心想给他难看，如今也不好明目张胆地强行打压他。

而且在这资讯发达、信息开放的时代，观众已经没那么好忽悠了，前几期节目都招来"黑幕"的质疑——演技更胜一筹的选手被淘汰，表现得槽点满满的却可以晋级。

观众纷纷表示他们看的恐怕不是《天生演技派》，而是《演技补习班》。

"留下来的都是需要提升演技的吧，差生留堂嘛，这样就很说得过去咯！"

观众毕竟不傻，也没瞎。技不如人的明星，倘若最后输了，其实倒还好，让群众批评一番其业务水平，事情也就过了；若是演得差还赢了，那真心招黑，不论通稿怎么闭眼吹捧，大众都是嘘声一片，疯狂嘲讽。

赢得比赛的红利不明显，倒是路人好感指数跌幅显著，一来二去，完全没捞着好处。反而是被淘汰的那个能涨一大波粉。

观众吐槽的声浪越来越高，在纪承彦那一期播出后的骂战里，舆论热度达到了高峰。

被全网群嘲，资本的力量也要三思而后行了，毕竟脸面口碑还是要一点的。

免除了那些干扰，这比赛他就没什么可操心了。

并不是说他自大到全然不把朱逸和杨中南放在眼里。而是，单纯、干净的一场比赛，再怎么激烈也不会令他焦虑。

在纯粹的表演艺术上，他迎战的心态是平静而坚定的。

这日没有安排其他工作，排练回来，晚上纪承彦继续待在家看剧本。之前和刘晨的那一场，因为刘晨档期紧张，两人准备的时间就很短；这次三人的时间都比较好协调，就多了几天可供演练切磋。

写完一条备注的时候，门铃声突然响起，纪承彦心中微微一动。

按理这时候并不会有访客，他也没叫外卖。

纪承彦放下本子过去，开门之前，他特意从猫眼往外看了看这个不速之客。

在凹透镜和凸透镜的作用之下黎景桐看起来像个Q版。

"……"

他当然知道黎景桐今天回来。事实上从准备回国，到回国的这一

第十二章 Chapter 12

路，黎景桐已经给他发过无数消息了。

他们隔了颇长的一段日子没能见面。

这圈子是这样的，除非你干脆不事生产，终日无所事事，又或者是艺人和贴身工作人员的关系，不然都是聚少离多。

但从纽约飞回T城，十几个小时的航班，加上时差，这个中滋味他是了解的，头重脚轻、恶心、反胃、胸闷，什么难受劲都有，尤其还会感觉身体和精神不在一个频道上。

所以他叫黎景桐下了飞机无论如何都要先回家睡一觉再说。

然而本该在睡眠中的青年此刻正一脸期待地站在门口，还整了整衣领。

纪承彦打开门，对着青年那张笑脸，大皱其眉："你不是该在家好好睡觉的吗？"

"在飞机上已经先睡过啦，"黎景桐说，"睡不着了。"

"哪能睡不着呢，"纪承彦严正教育道，"路上那么久，不管到没到睡觉的点，现在都会觉得累觉得困。何况这会儿国内九点多，你刚好可以按正常时间休息，对你调时差有好处。"

"不行啊，"黎景桐还是有着那种他特权享有的、理直气壮的天真，"想着要能见到你了，就完全睡不着。"

"……"

纪承彦觉得吧，强颜欢笑固然很艰难，但要强行用脸部肌肉的力量把蠢蠢欲动地冒上来的笑容硬夹回去，其实也不容易。

尤其黎景桐那样阳光明媚的，能融冰消雪的笑脸，让他觉得自己

威严老前辈的形象快要绷不住了。

纪承彦只得说:"不许嬉皮笑脸的。"

黎景桐立刻收敛了表情:"哦。"

他一本正经地望着他,然而用眼睛在微笑。

"……"

"我也不会打扰前辈太久啦,"黎景桐说,"明天下午你要去录节目,也不能睡得太晚,得保持一个好的状态。"

"嗯……"

"所以就一个小时,"青年歪着头,竖起一根手指,"我只在你这里待一个小时,好不好?"

一个小时这么不中用?

两人在沙发上坐下,黎景桐瞧见茶几上的本子,道:"明天用的剧本吗?我看看?"

纪承彦递给他,青年看了一遍,就皱眉道:"不仅你这个角色不太出彩,剧本其实也不合理啊,连作品结构都是分裂的。"

纪承彦给他倒了杯果汁:"时间挺仓促,也不能对编剧要求太多。"

"主要是,韩有仁的性格设置有问题,他的态度转变不太具备说服力,"黎景桐说,"编剧没好好揣摩他这个角色的内心,或者说根本没给他做完整的设定吧,显得他这个人,不仅行为缺乏逻辑,形象还很扁平。"

纪承彦笑道:"是的。"

养子这个角色是原电影里没有的,新加进去的一段故事,显得有些粗糙与违和。

第十二章 Chapter 12

黎景桐还是挺透彻的。

"所以我给他写了个人物小传,"纪承彦道,"把他缺乏的设定补上。"

剧本的缺失,抱怨是没有意义的,只能用他的表演来让它合理化。他自行想象了韩有仁的成长背景,喜怒哀乐,将他空白的过往揣摩着填上,这样他才能在他心中立起更丰满的形象——一个敬业的演员,是该对自己的角色有信念感的。

"是了,"青年又兴奋起来,"我记得前辈以前就会这样!我已经迫不及待想看到明天的现场了!"

"说来,"青年天真可爱地将两个手指放在眼前,比了个"一咪咪"的手势,"我现在可以提前先试看一点吗?"

一个小时飞一样地过去了。

黎景桐满脸大写的舍不得,但还是恋恋不舍地说:"那,我回去了,前辈早点休息。"

"嗯,你也早点睡。"

"晚安。"

纪承彦说:"晚安。"

"拜拜。"

"拜拜。"

"明天见。"

临出门的时候,黎景桐突然问:"这段时间,前辈你在贺佑铭的队

伍里，还好吗？"

纪承彦道："哎？挺好的啊。"

朱逸和杨中南皆属于功底扎实，有着多年的表演经验，不算多红，但演技和心态都很稳定的演员。

他们都是冲着一场好的表演来的，态度认真，也很愿意沟通，因而彼此合作得算愉快，没出过什么幺蛾子。

黎景桐说："嗯，那就好。"

次日纪承彦准时起来，跑了步，洗了澡，收拾准备一番，又吃过午饭，再翻一翻剧本，而后他看了一眼墙上的钟。

黎景桐已经迟到了。

这很不同寻常。

他发了消息过去，青年没有回复，打电话也无人接听。

要不是他俩同在这个安保一流的小区，公寓之间又只有几十米的路程，黎景桐的助理小许也在朋友圈活蹦乱跳，他简直要怀疑是不是出什么事了。

正有些不安的时候，听得门铃声响，纪承彦忙过去开门，顿时放下心来："你上哪去了？差点找不着你。"

"……"

"进来吧，"纪承彦道，"你稍等我一下，马上就能走。"

青年在客厅里站着，不说话，也没有笑容，西下的日光从他的背后过来，让他的表情显得阴暗不清。

纪承彦问："怎么了？"

第十二章 Chapter 12

青年伸出手,慢慢摊开手指,他掌心里是一张小小的记忆卡。

"嗯?"

"你知道吗?"

纪承彦看着他。

他说:"我把那个行车记录仪的资料,恢复了。"

屋子里很安静。时间、空气,还有那日光,似乎都是静止、凝滞的,连同青年和他的手势,定格成一个暗色调的画面。

过了良久,纪承彦伸出手去,想取过那张记忆卡,黎景桐却蓦然攥紧拳头,收了回去。

纪承彦于是站直了身体,将手插进裤袋里,平淡道:"为什么做这么无聊的事?"

黎景桐说:"无聊吗?是有点吧。我只不过是睡不着,拿着你的旧东西,想找些事来做。虽然没什么意义,但想着,如果能看看多年前你曾经过的风景,那也很好。"

黎景桐看着他:"你猜我看到了什么?"

纪承彦道:"你看到了什么,其实都不重要。因为那已经是过去的事了。"

有那么几秒耐人寻味的沉默,而后黎景桐低声说:"我早该料得到你的反应。"

"但我不明白的是,"黎景桐略微拔高了声调,"为什么?"

"为什么你可以为他做到如此地步?!"

他清晰地看见青年白而薄的皮肤之下浮起的青筋。

"就算一开始,在那一刻你心软了,你鬼迷心窍了,替他顶了罪——这我还可以想象,可以理解,"黎景桐喘了口气,"但是后来呢?这么多年来,有的是大把的时机,让你可以站出来谈论这件事,为什么你从不?"

黎景桐轻声问:"是因为他威胁了你吗?"

纪承彦道:"不是。"

黎景桐看着他:"所以你就这么心甘情愿吗?"

"有什么好拿出来谈的?"纪承彦说,"是我自己当时选择那么做的。难道就因为别人没有报答我,就因为我自己日子过得不如别人,就要出尔反尔?"

"我不能理解!"黎景桐说,"他这不只是简单得不知感恩好吗?!他背叛了你啊!他还偷走了你的整个人生!然后反过来弃你如敝屣!"

"……"

"你难道一点都没有后悔过?你难道就没有一刻想过要把这一切抢回来?最起码……"黎景桐气喘吁吁地,"最起码不要眼睁睁看着他这么若无其事地春风得意吧?"

"……"

黎景桐急促地喘着气:"所有能对你做的最恶毒的事,他都做了!"

第十二章 Chapter 12

"……"

"我真的不懂,我不懂!你为什么还可以这么死心塌地?!"

"……"

黎景桐呼吸困难一般:"你就在意他到这种地步吗?这个人就值得你做到这种地步吗?就算他利用了你?就算他踩踏着你得到了现在的一切?就算他无情无义,毫无愧疚之心,连最低微的怜悯也没有给过你?"

"……"

"原本我以为他只是不顾队友情谊,趋利避害的小人。我顶多是厌恶他、看不起他。然而事实完全颠覆了我的认知!"黎景桐像是语无伦次了,"我不知道他是那样!我也不知道你是这样!"

"……"

"他根本不配过现在的生活,叶阑本来是你的角色——当时大家都说他是替你救火,仗义相助,挺身而出,为你补拍,他的获奖是时势造英雄!"黎景桐声调都变了,"太荒唐了不是吗?那本该是你的作品!他何德何能?!"

"他才应该是深陷舆论焦头烂额的那个,所有给过你的侮辱、谩骂,都该是给他的!"

黎景桐说:"想一想这十年!你想一想!这十年里的一切!他是怎么对你的,他是怎么说你的,你怎么能甘心?你怎么可以?"

纪承彦紧绷着嘴唇。

黎景桐喘息了一会儿,又低声说:"我没法想象,我也真的不能理解,你为这样一个人,这么守口如瓶。"

纪承彦终于平静道:"你说完了吗? 我不想谈这些事。现在说这种陈芝麻烂谷子的事,还有什么意义吗?"

"有,"黎景桐说,"意义就在于,就算已经过了这么多年了,你现在还是有可以把他拉下来的筹码。"

纪承彦眉心重重跳了一下,他几乎要浮出一个愤世嫉俗的冷笑,而后说:"你在搞笑吗? 都已经过去这么久了。"

"不,这件事从来都没有真正过去,"黎景桐道,"他还在过着根本不属于他的生活,你也一样。"

"你们一天没有归位,这事就不算过去,"黎景桐将那记忆卡捏着,举到他面前,"我会公布这段视频。"

纪承彦沉声道:"我不准。"

黎景桐看着他,一脸的匪夷所思:"到现在了,你还是不想澄清这件事?"

"自从我认下的那一刻起,我就没有想过要澄清,"纪承彦说,"人要为自己的决定负责。"

"那你对自己负责了吗?"青年略微颤抖,"你对我们这些人负责了吗?!"

"……"

"偶像对粉丝是有责任的,你明白吗? 你想过吗? 那些自始至终维护着你的人,多么努力,多么痛苦,"青年的声音有些哽咽,"那不只是你一个人低谷的十年! 是到最后都不肯放弃你的我们,同样痛苦不堪的十年! 是不是在你眼里,我们这些人毫无价值? 比不过你牺牲

第十二章 Chapter 12

的伟大？比不过随意践踏你的那个人？"

"你留意过你贴吧的吧主吗？"黎景桐说，"是的，那个贴吧早就没人气了，但他一直在勤勤恳恳地删各种垃圾、广告帖，每年他都会自己给你盖一个生日祝福楼，你去看过吗？"

"就算一个粉丝的力量极其微小，就算没有人回应他，就算你放弃自己的那些年，他也一直没放弃你。"

青年轻声说："而你呢，你心里只有贺佑铭。"

"……"

青年的声音拔高了："可他配吗？"

"……"

僵硬的沉默里，青年又说："行吧，我知道你伟大，我不勉强你。你不想发声，我来替你发声。"

纪承彦有些失控地冲着他吼："把记忆卡给我！"

黎景桐看着他。

纪承彦又说："给我。"

黎景桐终于道："不。"

纪承彦加重了口气："给我！"

"……"

黎景桐瞪着他。那极白极薄的皮肤之下的，鲜明的咬牙切齿的动作，令青年看起来像一匹快要发作的狂兽。

"你为什么要这么……"

纪承彦觉得要听到那个呼之欲出的字眼了，而青年最终像是硬拗

过来，从牙缝里说："作践自己？"

"……"

"我第一次，这么看不起你。"

青年转身走开了。窗口进来的阳光没了阻挡，毫无遮拦地进入他眼中，令他瞬间有种刺痛的感觉，以至于他只能眯起眼睛。

纪承彦上前两步，要强行抓住那攥着记忆卡的右手，而黎景桐用力甩开了他。

"这事不用你操心了，我会处理。"

纪承彦咬住牙："你处理什么？你凭什么觉得你可以插手我的人生？是什么让你觉得你可以替我选择？"

"……"

"你以为你是我什么人？"

黎景桐蓦然安静了。

青年的气势汹汹，咄咄逼人，在这一瞬间，似乎都烟消云散。

第十三章

距离预定的出发时间,已经过了挺久,而纪承彦一贯是很准时的人。见他大步过来的时候,助理小张似乎有些惊讶。

上了车,纪承彦简短道:"开车。"

小张从后视镜里看着他,欲言又止,半晌才犹豫道:"纪哥,你……还好吗?"

纪承彦道:"没事。"

他伸手擦了一把脸上的眼泪,风迅速将他脆弱的痕迹吹干了。

黎景桐还是太年轻,也太顺遂了。

像他那样的年轻人,这一生也许都还未有过什么伤口。所以也不能理解伤疤被人硬生生撕开,在血肉深处反复翻搅的感受。

对黎景桐那样的人而言,一切似乎都可以那么简单、直接。

他就那样理直气壮地,一刀一刀地剐着他。

而他并不想翻开过往。

有些事情能逐渐淡去,终于离去,对他而言是好事。

那个匍匐在过去里的自己,那个痛苦的卑微的自己。他不愿意再注视着他了,连回头再多看一眼也不忍。

录制前的一切准备都就位了,该是他上台的时候了。

纪承彦站到台上,他在四面八方而来的灯光里,看了一眼台下。

前排赠票的观众席上，并没有青年的身影。

他深吸了一口气。

有那么一刻他萌生了退意。

他想转身放弃，走下这舞台，不计后果地离开这里，就像多年前那样。

灯光打在他们身上，台下已经立刻有了兴奋的欢呼的浪潮，有人高高举起了写着他名字的灯牌，来回挥动。他隐约能看见他们热烈的、充满期待的表情。

"……"

他突然有了些许迟疑。

青年忍耐的声音在脑海中回荡："偶像对粉丝是有责任的，你明白吗？"

纪承彦呼了口气，又深吸了一口气，他勉强按压住那些蠢蠢欲动的，狂兽一般的混乱情绪。

他尽量不去想那些人，那些事。过去，现在，和以后，都与此刻的他无关。

他闭上眼睛，关上耳朵，所有的一切都隔绝于身外心外，他只有眼前的这个角色。

纪承彦所饰演的韩有仁，确实在表现力上不占优势。一开始朱逸和杨中南在互相飙戏的时候，感觉简直没他什么事，他可以说是透明的、隐形的，毫无存在感。

然而等他一拿起剑，戏就全在他身上了。

第十三章 Chapter 13

魔头抚养韩有仁长大,算有养育之恩,却是素来待他如一条狗一般,呼来喝去,肆意羞辱。

他心有不甘,满腹恨意,却只能唯唯诺诺,笑脸相迎,不敢有半句牢骚。

对他而言,虽然外人面前可以凶神恶煞,作威作福,从童年伴随他至今的恐惧却是挥之不去的,只要养父尚在一日,他的前路就只有忍辱负重、苟且偷生。

而当养父与敌手对峙,落于下风的时候,他的卧薪尝胆似乎突然有了意义。

到这一刻,他终于找到机会,可以报仇雪恨,杀死养父,找回自己的尊严。

他在这喜出望外的期许里,理性却依旧压不住感性上的恐惧。

他拿着剑,弯着腰,靠着墙,谨慎地前行。

不用任何台词,就能感受到他作为小人物的卑微。

要论剧情的重心和激烈程度,还是在那两个人身上,但大家都不由自主地看着纪承彦。

演技的好坏和动作幅度的大小是没有关系的。在伺机出手之前,他只是眼皮抽动,吞了吞口水。而他的情绪却像是潮水一般,已经蔓延到场上的每一个角落里。

而后在观众们的轻呼声中,他一击即中!

得手后的短暂几秒钟,他的表情经历了紧张、惊愕、难以置信,与最后的欣喜若狂。

他顿时有了判若两人的嚣张。他终于扬眉吐气的狂妄,他报仇雪恨的得意,简直是淋漓尽致。

然而很快他发现他那一击并没有真正起作用。

在养父狰狞地望向他的时候,他的恐惧迅速被唤醒了,胆怯卑微又全数回到了他身上。

方才的那股疯狂,已经在那未能成功的刺杀中,消耗殆尽了。

他的台词并不多,动作也不大,然而只那么一抬头,一低眼,就能感受到他的惊惶瑟缩,又有隐隐的求生的执着。

于是全场都屏息静气,紧张地观望着他的命运,直到他蝼蚁一般地瘫软于养父的剑下,场上有了叹息声。

好的演技就在于,哪怕那个角色不起眼,不迷人,没有任何出众之处,他一样能牢牢抓住观众的注意力。

他的角色、戏份,按理远不及那两人有吸引力,然而众人都不由自主地注视着他,关心着他,都看懂了他可恨可笑之余的可怜。

朱逸和杨中南都比他多了几分钟的戏,而这场表演结束之后,观众的投票显示,纪承彦高票胜出。

导师点评环节,常嫣一副心满意足,幸福小女人的样子。

"哎,这场看得真是舒服,三位都演得很好。

第十三章 Chapter 13

"纪承彦尤其让我惊喜,他这真的是小角色演出了大境界。在我看来,他就是个自带磁力的男人。"

她在之前就明白表示了她对纪承彦的欣赏,至此大家便发出了善意的笑声。

"说到他呢,我要多说几句了。他这个人啊,我们都年轻的那个时候,他从没演过反派,全是正面形象。而近期他演绎过三个反面角色,今天这场的韩有仁,初赛时的康警官,还有去年一部网络大电影里的江临。重点是,同为反面角色,他演得完全不一样。

"我不知道在座各位有没有看过,江临是阴冷狡诈里透着疯狂,但又有人性化的部分。康警官阴毒得很内敛,也有贪生怕死的一面。韩有仁心怀恨意,但又深藏着耻辱、反抗和恐惧。

"这样三个负面情绪满溢的角色,我想大家都看到了,他表达得全然不同。甚至于就连习惯性动作都不一样,你们留意到了吗?康警官一紧张是掩饰地摸下巴,韩有仁是眼皮抽动,咽口水,"常嫣说,"我最喜欢的就是这一点。他所演绎出来的角色,哪怕有相近特质,也是不会被模式化的。康警官就是康警官,韩有仁就是韩有仁,完全不会被混淆。"

她又看着纪承彦笑道:"我从未想过你这么擅长于演反派。或者说我也好奇,有你不擅长的吗?"

对于这样几近于过火的赞扬,纪承彦却有些心不在焉,他略微恍惚地又看了一眼观众席。

黎景桐还是不在那里。

"谢谢老师的肯定,"他说,"我所能接触到的角色其实也很有

限，希望以后能多一些机会拓宽戏路。"

常嫣笑道："各位导演都听见了吧？"

之后她又夸了一通朱逸和杨中南："你们俩也是很好的，有张力，有感染力……"

常嫣那一票是稳稳在他身上了，没任何悬念。

之后贺佑铭也给了一些肯定的评价，投他一票，连董琛都是。

他面带礼貌恭敬地微笑，但并没有怎么在听，他们那些褒奖的声音和他之间似乎隔着一道屏障，显得模糊又遥远。

比起上一回的险胜，他这次的对手其实优秀得多，他却以碾压性的票数大获全胜。

这么讽刺的事，在这个世界里，一天都要发生无数次。

回到后台休息，朱逸和杨中南先后都来和他握手，恭喜了他。

纪承彦说："谢谢。"

杨中南看出了他的心不在焉，道："你好像，并不高兴？"

之前有那么一些时候，他以为自己好像看到了黎景桐，但其实又并不是。

"哦，"纪承彦定了定神，说，"有点可惜吧，你们也都演得很好。"

他俩确实也都在那短短的十来分钟里，最大化地释放了自己的演技。风格截然不同，对自己的角色却都诠释得相当到位，可以说是火花四射的表演。

第十三章 Chapter 13

不过他这话其实说得不妥当,在这种他自己获胜的场合,"你们也不错"在一些人听来会是变相的奚落。

好在杨中南倒不觉得被得罪,笑道:"真的吗?我其实也觉得自己今天表现得挺好呢,但跟你还是有差距的。"

"我是真的想来学一点东西,"杨中南说,"和好的演员交手,可以让我吸收到营养。跟你搭戏我觉得很过瘾。"

纪承彦道:"谢谢,你也让我受益匪浅。"

得到同行,或者说对手的肯定,是最令人欣慰的。

只是他在此时,并无法有喜悦之情。

那种能令人快乐的情绪,在黎景桐的背影消失于他眼前的时候,就好像脱水一般,从他身上被完全抽去了。

"今天超水平发挥,我已经很开心了。虽然梦想肯定是有的,但说真的也没觉得自己会赢,"杨中南笑道,"还是有自知之明的,我要是真有那么好,也早该拿个像样的奖了。"

杨中南长得帅,但又没有帅到出类拔萃;演技好,但不足以令他在这复杂的圈子之中杀出一条血路。

这圈子里,多得是他这样颇优秀,但又不算特别优秀的演员,想来也令人有些惆怅。

纪承彦说:"加油,我觉得你很好。"

杨中南道:"能多个舞台展示自己,就很好了。下面还有复活赛。我会加油的。"

因为赛制的缘故,他继续露脸的机会未必比纪承彦少。

这战队内部的对抗赛,败者还是有下一轮竞争的机会,而胜出的那位,可以直接和导师对战,能击败导师的话,可以直接晋级到决赛。

当然这胜的几率是微乎其微的。选手基本不可能赢得过导师,无论在实力还是人情票数上。

杨中南走了,纪承彦又看了一眼手机。断断续续地有了不少未读的新消息,但依旧没有来自黎景桐的。

他又吸了一口气,而后听见有人在门上轻轻扣了扣。

他忙抬起头来。

站在门口的是贺佑铭。

"还没走?"贺佑铭微笑道,"在等人吗?"

纪承彦不置可否。

贺佑铭看着他,突然说:"要一起去喝一杯吗。"

纪承彦立刻道:"不了,我最近禁酒。"

贺佑铭像是几不可闻地叹了口气,而后说:"你果然还在生我的气。"

纪承彦笑了:"不,我没有。"

贺佑铭注视着他,他也毫不避让地看着眼前这个男人。

两人目光相对,一时无言。贺佑铭像是在不动声色地端详探究着他,想从他脸上找出些什么隐藏的情绪来。

第十三章 Chapter 13

过了那么一刻,纪承彦道:"到底还有事吗?没事的话,我就先走一步了啊。"

贺佑铭伸手拦了他:"有。"

"……"

"我们需要谈一谈。"

纪承彦猛地一抬眼,仿佛抹去了脸上的所有表情,瞬间沉下脸来。

未待贺佑铭开口,突然听得有人说:"哎,就猜到你还没走。"

李苏站在门口,高挑着眉,他径自进来,以他那种独有的年轻气盛对着纪承彦说:"还在等我哪?"

贺佑铭看了他一眼。

李苏却对贺佑铭视若无睹,只过来十分熟络地将胳膊往纪承彦肩上一搭,一副哥俩好的模样,道:"不好意思我来晚了。"

纪承彦说:"不是说有工作来不了吗?"

"是啊,我那边拍完就这个点了,"李苏说,"不过还是想来瞧一眼,看你在不在。走吧,带你去吃宵夜。小龙虾配啤酒咯。"

纪承彦转头对贺佑铭道:"先告辞了。"

出了门,两人沉默一阵,纪承彦道:"谢谢。"

李苏松开手,说:"你等一会儿,我让司机开车过来。"

"哎?"纪承彦问,"去哪?"

李苏瞪着他:"带你吃小龙虾呀。"

"……"纪承彦有点蒙,"还真吃啊?"

"这有什么好假的?"李苏没好气,"你要纠结,回头发个定位,你叫小张也过来,跟袁琳他们一起吃。"

李苏真的带着他到了一家生意火爆的小龙虾店,未停好车便已见得门口坐满了排队等号的人。

纪承彦不太确定地问:"这,我去拿号?"

李苏说:"傻啊你。"而后丢给他一个口罩,一行人轻车熟路地从后门进去,上了楼。

司机和助理们在外间坐了一桌,李苏和他单独要了个包厢。

老板似乎是熟人,不仅给了他们难能可贵的包厢,还飞快地上了一桌新鲜热腾的小龙虾。麻辣、香辣、蒜蓉、油焖、十三香,满眼的红亮诱人,热辣鲜香。

李苏戴上一次性手套,开始熟练地剥得飞起,纪承彦对着这一桌的流香溢辣,却没怎么动筷子。

李苏道:"怎么,想我给你剥啊?"

纪承彦忙说:"不敢不敢。就是今天不是很有胃口。"

"你都赢成那样了,还没胃口?"

纪承彦笑一笑。

"莫非被贺佑铭给恶心得吃不下?"

纪承彦让他逗乐了:"还好还好。我毕竟是见过大风大浪的人嘛。"

第十三章 Chapter 13

李苏又剥了一会儿，突然说："那是跟黎老师吵架了？"

"……"

李苏说："他今晚没更新微博。"

"……"

李苏熟练地拉出一条完整的虾尾："照理说，今晚你录节目，不管他来没来得成，准会兴奋地发条微博吹一吹你。"

"……"

"发生什么事了？"

纪承彦沉默了一下，说："也没什么。"

李苏说："哦，那就是吵架了。"

"……"

"好端端吵什么架啊。"

纪承彦道："想法不同吧，难免有争执的。"

李苏用手背支着下巴，看着他："吵到什么程度？"

"问这干吗？"

"就问问啊，"李苏似笑非笑地，"看你们是不是感情破裂了。"

纪承彦被他问得有些啼笑皆非："想什么呢你，这么八卦。"

"干吗，我能有什么想法？难道我会是那种人吗？"李苏说，"还不是怕你心情不好。"

纪承彦："啊？哪种人？"

李苏："……"

"说来你不是黎景桐的死忠粉吗？不去关心他，倒来关心我，不合适吧。"

李苏说："关心黎老师的人可太多了，哪像你啊，身边都没几个

人,我还不是看你可怜,偶像都不管了,专程来扶贫助困。"

"那我可谢谢你了啊。"

"是该谢谢我,"李苏嗤道,"要不是我,这会儿估计你还被贺佑铭堵着呢,还能吃上这家T城最火的小龙虾?也不看看外边多少人排队等着都吃不上。"

"……"

李苏一脸的恨铁不成钢:"你可得清醒一点,别那么傻白甜。接下来你要跟他对战,就他这个人的心眼,能容得下你?"

"……"

纪承彦惊呆了,傻白甜这三个字跟他有什么关系?李苏到底是对他有什么误会?

他只得说:"大佬不用担心,他能把我怎样?威胁我?不可能的,我并不吃那一套。"

"来硬的肯定是不会啊,他也知道你现在不是没靠山的小角色,"李苏说,"但你这个人,就是架不住别人对你来软的啊。"

"……"

"他要是装装可怜,卖卖惨,保不准你这么傻的,就放水了呢。"

纪承彦闻言,当即笑道:"不会的。这我心里有数。"

他原本神情阴郁,这么一笑,如光风霁月,彩云尽散。

李苏说:"心里有数还不赶紧吃?冷了糟蹋东西。难道要我喂你?"

第十三章 Chapter 13

纪承彦立刻抓起一只，扯开头尾，囫囵往嘴里一塞。

"等着瞧吧，他一定会再找你的，"李苏撕下一只小龙虾的头，"不从你这里得到点保证，他能放心？真让你赢了，他脸上哪挂得住啊。"

纪承彦吃了一嘴的花椒，顿时说不出话来："啊……"

李苏说话之间手上已经飞快地剥了一只又一只："说真的，我都不知道他哪来的勇气把你拉到他战队里，大概是想更好地掌控形势吧？只不过你的表现比他预计的要出彩得多，照这情况，他又没有一手遮天的本事，现在骑虎难下，估计是慌得很了。你反正记住一点，别管他说什么，你都别心软。"

纪承彦总算把花椒都吐干净了，嘶了一会儿，才说："哎！麻！其实我不这么想。"

"嗯？"

"我了解他。贺佑铭对自己，一直很有自信。"

"……"

纪承彦笑道："所以他并不会认为自己赢不了我。他从前就不觉得自己演技不如我，何况现在。"

"……"

"他之所以邀请我进他的队伍，那只是为了证实一下他的某些设想，"纪承彦说，"然而之后的事情又不那么符合他的预期，所以他困惑了。也正因为他那么自信，所以对于稍微可能动摇到他的自我认知的事，他就会坐立不安，会急于要一个答案。"

李苏看着他："所以是什么设想？什么答案。"

纪承彦歪一歪头："怎么地，好奇了吗？"

李苏一脸的认真："……"

纪承彦促狭道："想知道就求我啊！"

李苏一脸受不了地把面前装满虾肉的碗端到他身前："吃你的吧！"

小龙虾配啤酒毕竟是十分鲜美过瘾的，逗李苏也甚是有趣，纪承彦带着点微醺回到家，哼着歌推开门。

屋里很安静，他裤兜里的手机也很安静，而后他意识到自己在哼的是那首《花随流水》。

在消夜桌上略微轻松了些许的心情，复又沉重下来。

手机蓦然响起，突兀的铃声令他一震，忙掏出来一看，来电的却是一个陌生号码。

纪承彦沉吟了片刻，而后接起来。

他没有说话，对面先开了口："承彦。"

是贺佑铭的声音。

"我不明白你在躲什么。"

"……"

"是你自己主动走到我面前的，不是吗？"

"……"

"到这样了，你没必要，也不可能一直回避我。"

第十三章 Chapter 13

"……"

"我们迟早都需要好好谈一谈。"

"……"

"地址时间我发给你,"贺佑铭说,"我会等你来。"

纪承彦挂了电话,连澡也未洗,就仰天在床上躺下。

他太累了,没有多少思考的空间,便安静地沉没在睡眠里了。

而后他又做梦了。

过了这么多年了,他依旧会偶尔梦见当年的事。断断续续,反反复复。

就好像梦里的他还停留在那段时光里,还未能度过那个漫长的阶段。

在他出事之后,映星一边力捧贺佑铭接手了所有他的工作,一边就毫不留情地将他踢了出去。

这不意外,相比之下他确实是比较不听话的那个,并且频有反意。

养不熟的狗既然留不住了,那就彻底踩死,不能为我所用,也休想为他人所用——这应该是大老板殷瑞的授意。封杀解约艺人是映星一贯的传统。

然而贺佑铭也认可,或者,至少是默许了这一切。

而在后来的时间里,那些过火的咄咄逼人的打压,究竟出自谁之手,就不好说了。

　　看起来就像是有人心虚,生怕他有朝一日会反咬一口,因而本着先下手为强的精神,把他压到烂泥里,压到一个即使他敢于站出来说贺佑铭坏话,也不会有人信的位置。

　　工作机会变得很少,没什么选择余地,但他仍然不愿意太将就,不在于薪酬,而在于品质,这时候的他尚且是有一些坚持的,因而也显得有些可笑。
　　映星的公然封杀,捕风捉影的丑闻,这种情势之下,综艺节目他全线上不了,没人愿意顶着风头请他,敢于用他的剧组也不多。
　　他迅速地陷入了一个超出预想的困境里——四面楚歌,难以翻身。

　　好在还是有赏识他,又有胆量的导演朋友,力排众议在新剧里启用了他。
　　乐观地想,等剧集拍摄完毕,制作周期不会太短,一年半载过去,形势可能已经有所好转了。

　　那段日子他虽然魂不守舍,但还是很尽力于剧组内的工作,毕竟他不能让力挺他的朋友失望,让人家对制片方没法交代。
　　虽然有些人对于揽了这么一个烫手山芋难免略有微词,但大家对他在片场的表现都是一致满意的。一切都还算顺利地在往前推进。

　　然而拍了一大半,又出了事。
　　这回的新闻横空出世,把众人都震住了。

第十三章 Chapter 13

"你的负面新闻也太多了吧……"

制片人一副快要炸了的样子:"都快拍完了出了这种丑闻,你知道你这给剧组造成多少损失吗?"

"……"

"出点幺蛾子我们也不是不能忍,都不是小气的人,反正敢用你,就得有心理准备不是?可是你这也太过了吧?让女粉丝怀孕?你是不是想逼死我们啊?"

"……"

"亏得路聪顶着那么多压力让你来拍这个戏,真是好心遭雷劈。"

"……"

他对那个女生有印象,她是他们的忠实粉丝,能来的活动她都会来,往往挤在第一排,声嘶力竭热泪盈眶地为他们尖叫,满满的赤诚和热爱。

他一度对她甜美稚嫩的笑脸十分眼熟。

然而她怯懦地站出来指控他的面孔令他非常陌生。

其实何必如此呢。

某些人真的多虑了。

他自始至终,都没有想过要对公众说什么。

他没必要说什么——毕竟对他而言,那只是他们两个人之间的私事。

虽然贺佑铭把这变成了一场剑拔弩张的预备战争,但沦为众矢之的的他也并不想对贺佑铭宣战。

在这段时间里，在单方面碾压的战争里，他依旧是在痛苦而无助地珍惜着那个人的。

只可惜对方并没有和他相同的想法。

真相在这时候已经不重要了，剧组上下乱成一锅粥，到处都是对他的指责、埋怨，甚至漫骂，他的耳朵几乎听不到其他的声音。

"必须换人，他的部分全部得重拍。"

"临时找人哪是那么好找的啊，本来符合的就不多……"

"肯赶紧来救火的就行了，没别的要求了。"

"就是啊，我们还有挑选的余地吗？"

"托某人的福，这真的是我们选演员最不挑的一次了。"

"呵呵。"

"进度完全赶不上了。"

"每天都在烧钱。"

"这预算真是头疼！"

在低声下气的再三道歉之后，他很快便离开了剧组。

目前兼任了经纪人工作的助理毕竟年轻，资历尚浅，至此已经六神无主，愁云惨淡："现在可怎么办啊纪哥？"

"帮我算一算吧，我账上还有多少钱？"

两人坐下来一项项核对了一遍又一遍，余额都不足以令人乐观。

"说实话，这样一直接不到工作，坐吃山空，也不是办法啊。那边还要你赔一大笔钱…"

他终于抬起头，说："把我那房子卖了吧，反正我也不需要这么

第十三章 Chapter 13

大的。"

  买家付完尾款,他交出公寓钥匙的那一天,一直在下雨,从早到晚,就没停止过。

  他在公寓楼下站着,撑着伞,抬头看着这个不再属于他的地方。

  他还记得刚搬进来的那一天,满室的阳光,彼此的笑脸,热烈的憧憬,空气里有夏日的香气,一切都是最好,且能更好的模样。

  在这里度过的漫长时光还历历在目,印在他心里,然而都已一去不返。

  就好像自己的满腔热血被人硬生生拦腰截断一般。

  已将世界等微尘,空里浮花梦里身。

第十四章

纪承彦这一觉,直睡到日落西沉。

醒来的时候,他甚是疲乏地翻了个身,看了眼床头的闹钟,六点二十。

贺佑铭约了他七点钟见面。

他起来洗漱,冲凉,仔细吹干头发,打理整齐,再换上一身体面正经的衣服。

贺佑铭约的地点是家格调相当之高的餐厅,若不配合地穿得高级一点,被拦在门口就尴尬了。他的人生已经不需要更多这种自寻烦恼的闹剧了。

待得收拾妥当,他打开房门,眼前却赫然立着个高大的人影,纪承彦猝不及防,差点倒退一步。

青年还举着手,维持着一个准备按门铃的僵硬姿势,两人四目相对,都在原地愣了一刻。

"啊……"

他没有心理准备在此刻面对青年,一时有点不知说什么好,而黎景桐则是满脸大写着"这门开得太突然了我的台词都忘光了"的尴尬。

过了一阵,青年像是鼓起勇气,朝他低下头,说:"对不起,前辈。"

第十四章 Chapter 14

"……"

"我当时,不该说那些话的。"

"……"

"虽然我很不甘心,但你说得对。已经认下来的事,哪怕是吃亏的、受委屈的,你也不会出尔反尔,"青年说,"这就是你啊。你从来都是守信的人。至于对方值不值得你守信,那并动摇不了你的原则。"

"……"

"我不该试图去破坏你的原则。"

"……"

"那天我说你对我们有责任,其实,虽然我们都想让你得到最好的,但你并没有义务照着我们希望的方式去活着,"青年低声说,"'为你好',这作为一个强逼你的理由,本身就太牵强了。毕竟我们想给你的,也许根本不是你想要的。这是你的人生,无论别人多么想用力,终究也只有你自己才拥有选择权啊。"

"……"

"而且我们本来就是心甘情愿的,至少我是心甘情愿。就算得不到回报,就算你没法活成我希望的样子,我也还是一样地热爱你,永远也不会改变。"

纪承彦看着他乌黑柔软的发顶。

青年又沉默了一会儿,而后道:"但我还是不能容忍贺佑铭。"

"……"

"我比任何人都更憎恶他。"

"……"

"自己放在心尖上供着的东西,却被人胡乱糟践,你能理解这种感觉吗?"青年说,"珍爱的东西被人践踏,比自己被践踏要来得可怕得多,你明白吗?"

"……"

"而最可怕的是,你还不愿意伤害他,"青年深吸了口气,而后几不可闻地喃喃道,"是啊,我能明白,我对你心甘情愿,而你对他心甘情愿。"

"……"

青年垂下眼睛,低声说:"我嫉妒他。"

"……"

"为什么这样的人能得到你的情谊?"

"……"

"可能揣测你的感情,对我来说,实在太复杂了,所以我真的很迷惘。"

"……"

"我第一次觉得这么没有信心,"青年的声音听起来有些不确定的沮丧,"好像根本猜不到答案。"

纪承彦问:"答案?"

青年慢慢抬起头来,重新直视着他,仿佛抛却了所有的盔甲一般,认真又脆弱,忐忑而赤诚。

"我呢,我还能等得到你的心吗?"

纪承彦还未开口,手机却在他口袋里响了,他取出来看了一眼。

黎景桐像是意识到了什么,又重新看清了他的衣着装扮,而后略

第十四章 Chapter 14

微犹豫道:"你这是要,准备出门吗?"

纪承彦果断把来电摁掉:"嗯。"

黎景桐看着他,又静默了一刻,才说:"你是,去见贺佑铭吗?"

几乎是立刻地,就有了短信进来的提示音。

纪承彦坦白地:"嗯。"

"……"

"我去吃个饭。快要迟到了。"

"……"

"我去去就回来,很快。"

青年像是被什么东西兜胸击中了一般,就那么笔直地站着,面上一时全是空白,过了半晌,才渐渐有了表情,显出些不知所措来。

他说:"哦。"

这家餐厅位于某地标建筑的顶层,有着号称T城最好的夜景,一个时段只接待一桌客人,提供绝对的私隐、高尚的格调,和据说最高水平以及价格令人晕厥的优雅法国美食。

一直没倒闭也只能说T城的有钱人实在是太多了。

纪承彦在服务生的引领之下,到了顶楼,电梯门打开,便是十分高贵典雅又带几分神秘的设计风格。

贺佑铭坐在一堆艺术品和绿植之间,看起来芝兰玉树,风度翩翩。

纪承彦径自过去,在他对面落座,说:"久等了。"

这倒不是客套话,加上堵车的因素,他迟到了一个多小时。

贺佑铭好涵养地微笑道："不会。"

而后他优雅地移开了面前的爱马仕骨瓷咖啡杯，说："可以让他们上菜了吗？"

"好。"

纪承彦看着眼前的这个男人。

贺佑铭确实还是很英俊：优越的身份，良好的保养，令他的样貌依旧如同二十出头的年轻人，容光焕发神采飞扬，又有着成熟男人的世故和气派。

岁月对于人生赢家总是比较宽容的。

然而这种英俊、成功，就好比墙上的油画一般，无论多么美轮美奂，逼真细致，但画面上的微风、花香，全是假的，他都感受不到。

两人安静了一会儿，等着服务生很有架势地为他们倒香槟，顺道上菜。

服务生还是法国人，一口嘟儿嘟儿的法语在跟贺佑铭沟通，纪承彦觉得这种不懂几门外语连饭都不能好好吃的饭局实在是费劲，好在他也没打算开口说什么，专心吃就是了。

餐前面包还算不错，起码挺香脆，这是他今天的第一顿，他现在也很需要补充一些能量，于是纪承彦也毫不客气地在面包上涂着黄油，嘎叽嘎叽地埋头吃了两盘。

开胃小菜就有点无聊了，冰凉凉的蔬菜汁多喝两口他就觉得有点恶心，肠胃开始渴望一些能将它们熨得妥帖的热腾腾的食物。

而后上来一个视觉冲击力极强的硕大盘子，而中间仅小心地摆放

第十四章 Chapter 14

了一坨装点得十分高级的螃蟹肉,犹如汪洋大海中的渺小孤岛。

纪承彦一口吞下去,只觉淡而无味。接着又吃了两份长得不太一样但都是性冷淡风的鱼肉,焯水后的萝卜、青豆、芹菜、芦笋。

一直吃到一道猪肋骨,纪承彦才精神为之一振,总算找回点灵魂,可惜只有那么一小块。

后面就开始上甜点了,巧克力和可丽露的品质还是不错的,但于他而言,吃完这些,感觉真是十分寡淡,完全没有吃完一顿饭该有的满足感。

只能说过了这么多年,他自己依然是个粗人,培养不出高级食客的底蕴,品不出米其林的好,名牌镀白金餐碟和银制餐具也无法帮助他提升对食物风味的领略。

一顿饭稀里哗啦地吃完了,以分量来说,每道都少得可怜,但好在道数多,也算积少成多地大约吃饱了。其实就算全吃光也是性价比极低,而贺佑铭则吃得比他少得多,只象征性地尝一两口,几乎不怎么动刀叉。

见他开始擦嘴了,贺佑铭笑道:"很久没看到别人吃得这么自在了,你还是一样率性。我还以为你会控制饮食。"

"哦,不需要那么严格,"纪承彦平淡道,"现在身材管理走上正轨了,保持适当运动就可以,不必太刻意节食。"

"也对,"贺佑铭说,"你体质比较好,维持身材不用那么辛苦。"

他确实是不易胖的体质,虽然这么说的话,那些叫他"纪胖"的

吃瓜群众估计要笑得打跌。但想想他这些年放纵的胡吃海喝,十年加起来只胖个二十公斤其实是很客气的了,换成其他人,吨位恐怕得往百公斤级别直奔而去。

在这个被镜头严苛相待的世界里,他是相对幸运的,而有的人就没这么幸运了。这样一想他又觉得可以同情贺佑铭了。

贺佑铭又喝了一口黑咖啡,突然说:"这些年,你还好吗?"

纪承彦笑了:"挺好的啊,你看不出来吗?"

贺佑铭看着他,道:"那你呢,你想知道我过得好不好吗?"

"……"

纪承彦慢慢收起了嘴角嘲讽的笑容。

他放下餐巾,面无表情地往椅背上一靠,说:"我需要知道吗?"

贺佑铭说:"我知道你恨我。但有些事不是你想的那样。"

"哦?"纪承彦问,"比如说?"

"比如刘晨这个人,"贺佑铭道,"我知道因为他的缘故,你承受了一些不太公正的对待,像是舆论恶炒当年旧事。"

"但那不是我的意思,"贺佑铭说,"是老头子想捧刘晨。他太宠爱这孩子了,又得知余弃和当年那人的渊源,就让人这么干。你也明白,他这个人是不择手段的。"

纪承彦说:"哦,这个事吗?没什么,我也觉得那不是你安排的。"

贺佑铭望着他,轻轻地笑了。

第十四章 Chapter 14

"别的也就罢了,车祸那事你是不会有勇气再提的,"纪承彦说,"毕竟做贼心虚。"

贺佑铭的脸色变了一变,而后又恢复平静,继而淡淡道:"你要这样说的话,也没什么问题。终究是我错在先,又抛下你一个人,不怪你记恨。"

"只是我们相识这么多年,除了那些,就没有别的了吗?"贺佑铭说,"你我之间,就没有别的是值得你记着的吗?"

"……"

"从小你就特别黏我,那帮孩子打架,你总是躲在我背后……"贺佑铭轻声道,"十三岁那年,我带你去报名选拔赛,一开始你怎么都不愿意去,那时候的你那么胆小……"

"……"

是的,他确实也清楚记得。

当年的他们,一起在老街巷子里游荡,一起找零工赚些跑腿钱,一起参加选拔,一起被录取,一起受训,一起出道,一起演了第一部戏,一起出了第一张唱片,一起拿到第一个奖……

那么多的"一起",和那么多的"第一次"。

他们曾经那么契合、融洽、不可分割,无论是台上还是台下。

他觉得这是命中注定的,是上天送了这样一个人到他面前来。最幸运的是,贺佑铭也是这么想的。

如此厚待,何其有幸。

那时候的他还很年轻，对未来设想得很多、很远。

他努力存钱，帮贺佑铭投资，盘算着合约到期以后，或者换公司，或者自立门户，或者如果厌倦了这个圈子，那就跟贺佑铭一起退出娱乐圈，到时候要移民去哪里，该买个什么样的院子，种些什么样的花。

但贺佑铭续约了映星，娶了殷婷。

从T.O.U单飞的偶像男神和殷家的小公主在各大媒体的漫天祝福里结婚了。

从那再往后的时间里发生的事情，其实和现在离得很近，但奇怪的是，他反而不太记得了。

仿佛梦一场。

浑浑噩噩的时间是过得飞快的，一眨眼已然十年，而他还没从梦里彻底醒来。

他在略微的走神里，又听得贺佑铭说："承彦，我不会请你原谅我，但希望你理解我。"

纪承彦不由笑了："我理解啊。"

他当然理解了。

那时候贺佑铭曾经跟他说过："我真的怕了，我不想回到进映星之前的日子了。"

是的，贫穷太可怕了，它简直剥夺了人的一切。

第十四章 Chapter 14

他和贺佑铭都出身低微,那确实是一段他们谁都不愿意回望的童年。

当一个人面临人生道路分岔之时,一边是大好前程,一边是前路崎岖,其实真的不难做出选择。

贺佑铭望着他,纪承彦又道:"应该说,我现在理解了。以前的我其实是误解了。"

"……"

"你当时那样厌恶映星,唾骂演艺圈,我以为你是真的厌弃了,想逃离这个圈子,其实不是的,"纪承彦说,"你只是气恨它们没有给你更好的,没有给你最好的。"

"……"

"所以我想为你摆脱映星,另寻出路,甚至归隐养老,这本来就是想错了,可以说是一厢情愿。其实你那些心思,就跟后宫妃嫔之怨一样,无论怎么怨皇帝薄情,骂这深宫冷院,要她出宫她肯定是不干的,对吧?只可惜我当时没能明白。年轻时候想事情还是太浅薄了。"

"……"

"只是你为什么不明说呢?"纪承彦道,"我又不会笑你。"

贺佑铭沉默了一会儿,说:"你介意我去露台上抽根烟吗?"

餐厅带了个视野绝佳的露台,在这里俯瞰夜晚的T城,只觉高处不胜寒。贺佑铭望着茫茫夜色,在唇间点了根烟。

"其实这些年,我过得并不好。"

纪承彦保持沉默。

"表面风光而已,老头子的为人你也是了解的,喜新厌旧、出尔反尔、生性多疑、反复无常,"贺佑铭说,"天知道我需要付出多少努力,才能在他面前站稳,才能从他手里争得一点资源。"

"幸运的是,在我们之后,映星并没有任何成绩能超越T.O.U的男团,"贺佑铭略微嘲讽道,"只能说,感谢这些不成器的师弟们,让我还有价值,还能保得住地位。"

"但老头子还是不信任我,处处防着我,"贺佑铭叹了一声,"我这真是,前有狼后有虎,进退维谷。"

纪承彦一声不吭地听着他这般倾诉,心里居然一片平静。

既没有同情,也没有欣喜。

"你已经这么成功了,这些都只是小小的烦恼,"纪承彦说,"再说了,你也不是没有退路,你如今的位置不似当年,不在风尖浪头上了,不会有人硬推着逼着你往前走,真那么难受,退一步不就好了?海阔天空,一身自在。"

贺佑铭吐了一口烟,看着那烟圈在夜空中消逝,而后说:"你不懂,我必须要成功。哪怕不择手段。"

贺佑铭转头看着他:"只有成功,才不枉我放弃你。"

纪承彦和他对视了一刻,慢吞吞道:"听起来好像放弃我是件大事?我还以为根本不算什么呢。"

第十四章 Chapter 14

贺佑铭说:"你不会理解,离开你,我究竟牺牲了什么。"

纪承彦沉默了一会儿,笑了:"不,你那不是牺牲,是赌博。放弃我对你而言其实没什么难的,只是如果得不到你想要的补偿,你会觉得吃亏了。"

"……"

纪承彦抬起手腕看了看时间:"不早了,饭也吃完了,聊也聊过了,我先告辞了。"

他这般油盐不进,让贺佑铭似乎有些焦躁起来,在他转身之际,贺佑铭突然抓住了他的手,把他拉回来:"我忘不了你,承彦。"

"……"

贺佑铭望着他,像是要看进他的眼睛深处。

"不管你信不信。十年了,已经十年了,可我现在还是会梦到你。"

纪承彦呆怔了一刻。

这太奇怪了。

面对这番言语,他丝毫没有想象中的狂喜、激动。

他竟然那么平静。

他突然如释重负。

"是吗?"他说,"真可惜,我已经不会了。我早就把你忘得一干二净了。"

"不,"贺佑铭说,"你撒谎!"

"我没有。"

"真是这样的话,你上一次就可以直接拒绝我,"贺佑铭说,"你可以不用加入我的战队的。"

"你想多了。"

"……"

"我选择你的战队,"纪承彦把手抽回来,一字一字道,"就是为了,到时候,能让所有人都亲眼看着我打败你。"

贺佑铭那温文尔雅深情有礼的表情终于起了波澜,就像是光滑的平面上有了一个小疙瘩。

"你变了,"贺佑铭冷声说,"你不是当年的那个你了。"

纪承彦笑了:"没错啊。我已经不是以前的我了。"

"……"

他的声音平静,缓慢,而有力:"我今天来,也正是想告知你这一点。"

纪承彦下楼的时候,给助理小张打电话:"在哪儿呢,可以过来接我了。"

小张在那边吸溜了一口饮料:"好的纪哥,稍等我一下哈,过去要几分钟,你那一带吃的都太贵了!我跑来这边找了家麦当劳……"

纪承彦说:"等等!帮我带个巨无霸,再来杯可乐,加冰,大的。"

"……"

小张从后视镜里看他靠在椅背上美滋滋地就着冰可乐咬着汉

第十四章 Chapter 14

堡，表示了不解："纪哥你这趟不就是来吃饭的吗？谁这么抠门，都没让你吃上啊？"

纪承彦咬着吸管嘶嘶一阵猛吸："啊，舒服！不，吃倒是吃了，不过我今天胃口好。"

他一身轻松，心情坦荡，感觉还能再吃下一盒鸡翅。

"早知道让你再给我带几对辣翅了。"

"少吃点垃圾食品嘛纪哥。"

"你不懂，"纪承彦一本正经道，"垃圾食品才是快乐食品，乃快乐之源。"

喝完手里的肥宅快乐水，他又看了一眼手机，茫茫多的新消息之中依旧没有来自黎景桐的。他发了条消息过去，过了一刻也仍没有得到回复。

他想起当时黎景桐沉默地跟他一起下了楼，他还问黎景桐是不是要回家，对方面无表情地说："明天有个通告，我去工作室准备一下。"

他也不是很确定黎景桐现在在忙什么，或者说，是否在意他这顿饭吃完了没有。

不知为何，他变得略微有些瞻前顾后，患得患失起来。

虽然一路催小张把车开得飞快，但回到公寓楼下，时间还是已比预计的晚得多。

纪承彦上了楼，踏出电梯的时候，楼道的声控感应灯亮了起来。

眼前光明大作之时，他不由吃了一惊。他没想到家门口会有人。

黎景桐在那背靠住墙，安静地坐着，头埋在膝盖之间，竟像是睡着了。

　　听见动静，黎景桐睡眼蒙眬地抬起头。待得眼光对准他的脸，青年似乎立刻清醒过来，意外之余又显出些欣喜，忙要站起身。

　　然而才站起来他就"哎"地扶住墙，面露狼狈之色。

　　"腿都麻了吧，"纪承彦伸出援手，扶了他一把，"你看你，在这傻蹲着干吗呢，去楼下找个地方坐也好啊。"

　　"啊，"黎景桐立刻说，"我没别的意思，就是想把这个给你送来。"

　　纪承彦低头看一看，他手里是盒不知哪来的，保鲜盒装着的红艳欲滴的荔枝。

　　黎景桐说："放到明天就不新鲜了，所以……"

　　"我不知道你会不会回来，"话音刚落他又迅速改口，"不是，是不知道你什么时候回来。"

　　"就想着等一等你就会回来了，结果睡着了，"黎景桐略微尴尬，"这两天有点太困了……"

　　纪承彦看着他，说："这玩意儿才几个钱，不新鲜就不新鲜了，有什么好值得你在这等半天的。"

　　青年像是有些不知所措了："……"

　　"就不能说点真话吗。"

　　青年有点蒙地"啊"了一声。

第十四章 Chapter 14

纪承彦上前一步，粗鲁地扯住对方的领子，猛然把他的头拉下来。

分开之后，青年惊讶地看着他。

纪承彦说："我赶回来，不是为了吃荔枝的。"

"……"

纪承彦打开门，把还有些呆滞的青年拉进去，青年温顺而怔忪地跟跄了两步，像最忠诚的大型犬。

纪承彦伸出手，拉了拉他的衬衫的时候，青年才像被解除了封印一般，终于恢复了元气。

纪承彦这一晚上什么梦也没做，直接就睡到天亮。

醒来不知是因为窗外的鸟鸣，还是因为身边人灼灼的目光。

纪承彦勉强睁开眼，对上青年注视着他的眼光。

纪承彦睡眼蒙眬地含糊道："早啊。"

"早……"

黎景桐看起来有些害羞，两人视线对到一起的时候，便露出点不知所措的窘迫来。

纪承彦心道，害羞个屁啊！

虽然内心疯狂吐槽，但对着黎景桐，对方又实在是长得很好看，而且是那种青春勃发，从骨子里透出来的，连头发丝都闪闪发亮的好看。

纪承彦靠着床头爬起身来，想去取他的电子烟。

黎景桐立刻一脸郑重地按住他，说："你需要什么？"

纪承彦答："电子烟，在那边柜子里。"

黎景桐道："好，我去拿就行了，你不用动。"

"……"

而后他歪在那里抽着那假烟，黎景桐目不转睛地盯着他，纪承彦觉得自己看起来一定特别傻帽。

就那么看了他一阵，青年有一点羞涩，又有些惆怅，道："前辈，我有通告，得先走了……"

纪承彦靠在床头，深沉地"嗯"了一声。

他不是在装，是实在没什么力气应酬。

青年都走到门口了，突然又折回来，狠狠地拥抱了一下，这才匆匆离开。

又缓缓吸上两口的纪承彦表示有点心塞，实在不好受啊，别人是占粉丝便宜，他是被粉丝占便宜。这真的合适吗？

下午钟点工阿姨来收拾，纪承彦已经起床了，歪在沙发上不务正业地看电视。

阿姨拖着地："脚抬起来一下！"

纪承彦配合地抬脚。

"水果要吃不？我都给你洗好了，你去厨房拿几个吃吃，"阿姨说，"年轻人多动动，别老这么瘫着。"

关爱他身体健康的阿姨还热心地给他榨了一整扎的苦瓜汁，熬了锅蔬菜粥，还凉拌了份马齿苋、鱼腥草。

第十四章 Chapter 14

纪承彦在她关切的眼光里咬着牙含泪吃了这些草,心想他这把真的是血亏!

到了晚上,纪承彦听得门口有动静,是黎景桐来了——他把门锁的密码告诉他了,也省得要起来给他开门。

黎景桐一进门就特别有精神地喊:"前辈,我回来啦!"

"……"回什么啊这是你家吗?

瘫在沙发上一脸菜色生无可恋的纪承彦显然令他紧张了,黎景桐把手里东西一丢,就忙过来问:"怎么了,肚子不舒服吗?"

纪承彦呻吟道:"你来干了这扎苦瓜汁试试?"

"?"

虽然不明所以,黎景桐还是坐下来,很认真地给他按摩肚子。

纪承彦玩着IPAD,感受着青年的手掌在肚子上温柔而谨慎的动作。

打了会儿游戏,又打开微博刷了一阵各种内涵段子、萌宠视频、娱乐八卦,而后不小心就刷出了贺佑铭的消息。

贺佑铭成为某奢侈品牌的首位亚洲代言人,这新闻买了热门,配上九张硬照,并夸赞道:"再也找不出比贺佑铭更合适的人选了,他那种与生俱来的矜持又优雅的贵族气质,引人入胜的华丽气息,和品牌的风格相得益彰……"

纪承彦:"……"

黎景桐:"……"

两人都陷入了谜之沉默。过了一刻,纪承彦问:"你在想什么呢?"

黎景桐毫不避讳,直截了当道:"我在想报复贺佑铭的事。"

"……"

"你呢？"

纪承彦道："哦，我没在想这个。我在想你那个代言的含金量好像更高些？"

黎景桐又安静了一刻，说："我知道前辈你不是睚眦必报的人，也没那么多戾气。但你真的，就不打算为自己讨回公道吗？"

"对了，我讲个故事给你听，"纪承彦置若罔闻，兴致勃勃道，"我在网上看过的一篇漫画，听起来可能有点重口味哈。"

"说吧。"

"有个女婴一出生，就是人头花瓶身，没有躯干，瓶里只有内脏。父母惊吓之余将她抛进河里，她顺流而下的时候，恰好被个杂技团老板救了起来了，从此就在杂技团里长大。长大以后，她情窦初开，又因为十分貌美，虽然是人头瓶身，团里耍猴的青年还是跟她两情相悦了。耍猴人驯养的母猴十分嫉妒，要抓烂她的脸，不过我们这位花瓶女也不是吃素的，虽然没有躯体四肢，搏斗之中她还是靠着张嘴咬死了母猴。"

"……"那重口味的画面令黎景桐一脸蒙，但也松了口气，说，"还好……"

纪承彦道："好什么呀，她这等于砸了她那位情郎的饭碗。断人财路，如同杀人父母啊！"

"……"

"于是她的那位情郎为了泄愤，就将她的躯体，应该说是那个花瓶，给砸碎了，然后将她的头带着那堆肠肠肚肚扔进了一口枯井。"

第十四章 Chapter 14

"……"

"也该她命不该绝,这井里恰好有一具枯骨,也是为人所害的少女。她的五脏六腑在寻找寄居之地,而枯骨也在苦求血肉。于是它们一拍即合,她的内脏寄生于枯骨之上,慢慢地长出了一副完整的肉身,终于成了一个正常少女的模样。"

"她当时发誓,要是有朝一日,能出得了这口枯井,重见天日,她一定要找到那个负心汉,让他血债血偿。"

"有天恰好有个年轻人,迷路到了这里,想来这枯井之中取水,结果发现了她,于是将她救了出来。"

"年轻人对她一见钟情,便将她带回家中。这年轻人虽然不是什么富贵人家,但家境也颇殷实,又青年才俊,对她一往情深,她也对这年轻人芳心暗许,于是两人生儿育女,过上了神仙眷侣的生活。"

说到这里,他便停下了。

黎景桐问:"然后呢?"

"你是想问她的血海深仇什么时候报是吧?"

"嗯呐……"

"报啥仇啊,故事结束了啊。她早没那打算了。"

"?"

"她现在过得那么逍遥快活,又养了孩子,忙得飞起,哪还有工夫惦记那档子破事啊。"

"……"

黎景桐一脸的天雷滚滚,喃喃道:"这也算结局吗?这故事好雷啊……"

纪承彦说:"你什么品味?我觉得超精彩的好吗。紧着今日事,惜

取眼前人!多么有智慧!"

　　黎景桐笑了。

　　有什么前尘旧事能比活在当下更要紧的?

　　过好自己的生活,才是第一位。此外的那些破事,一律该排在这后面。

　　真要计较的话,待日子过好了,闲下来了,倘若还有放不下的,再细算也不迟。

　　两人无声地对视了一会儿,黎景桐问:"说来,前辈你对挑战导师这件事,有信心吗?"

　　纪承彦笑道:"你看着就好了。"他比了个打电话的手势,很时髦地说:"等着为我打Call吧。"

　　黎景桐说:"那什么,前辈,其实现在流行的这个'打Call(加油)',并不是打电话的意思。"

　　"……"

第十五章

过几日,纪承彦便拿到了挑战导师的剧本。

这回是从一部前几年拿过奖的大热电影当中选取了一段剧情,删去了若干支节和无关人等,剩下一正一邪两位主角之间的对峙。

黎景桐削着苹果:"前辈打算演哪个?"

纪承彦道:"贺佑铭已经选好角色了,他要演夏钊成。"

黎景桐有点意外:"哦?夏钊成是个最后死于赵玟昊剑下的奸角啊,贺佑铭一直以来不是都只演伟光正、高大全的正义化身吗?"

纪承彦笑道:"你忘么,上次他自己亲口说过的,反派的发挥空间更大。"

"确实如此啊,"黎景桐刀上使劲,连皮带肉削下一大块,道,"杨晗那家伙,不就是靠夏钊成这个角色拿了奖吗?"

"……"

杨晗是另一位一线男演员,也是外形过硬又天赋过人,祖师爷赏饭吃的类型。

他的风格跟黎景桐稍微有那么点撞,不过相较于黎景桐而言,他更老成一些,更热衷于拿奖的文艺路线,基本只演电影。论人气和市场号召力,他不及黎景桐,论格调,似乎又比黎景桐更高一筹,和黎景桐颇有点王不见王的意思。

偏偏他俩曾经是邻居,又是世交,不提什么拿奖不拿奖的话,关系其实还挺好,平常也会相约打打球钓钓鱼飙飙车,然而一旦冲着同一个奖站到同一个台上,两人就一脸假笑,一副恨不得把对方鼻子咬下来的

样子。

只能说男人之间的友谊也是很塑料的。

那一年黎景桐和杨晗都获得了最佳男主角的提名，然而最后花落杨晗。高手过招，胜负难免有点运气成分，何况专注于电影事业的杨晗原本就更得评委欢心，而且那部《风雷引》确实优秀，当年包揽了数项大奖，杨晗的表现也相当可圈可点。

纪承彦点点头："他拿得也算实至名归。"

黎景桐说："……哼，他演的要是赵玟昊，估计也没他什么事了。"

"……"

黎景桐又说："我还是觉得，前辈你争取一下会不会比较好？毕竟这一段戏里，夏钊成的情绪变化太精彩了，爆发力十足，细节也丰富。能在舞台上诠释这样的多段情绪的人，显然是占便宜的那个啊。"

"占便宜就占便宜咯，"纪承彦嚼着苹果，道，"我是那么小家子气的人么？他喜欢就让他先挑呗。"

"……"

连遭杨晗和贺佑铭两个暴击，黎景桐的脸色有些蔫巴巴的黯然，但手上还是默默削着皮。

纪承彦又一本正经道："再说了，演员的水准，也不全是依仗于角色啊。比如说吧，演赵玟昊的是郭凌风，所以他没拿奖；如果演赵玟昊的是你，那一届的影帝恐怕就不是杨晗了。"

第十五章 Chapter 15

黎景桐猝不及防地被这么一吹捧,一时握着水果刀僵住不动了,面上的表情十分之丰富。蒙、意外、窃喜、羞赧、得意、甜蜜,都仿佛大写黑体似的混杂着,争先恐后地从他脸上接连跑过。

纪承彦看他一脸难以言述的复杂,又笑着说:"而且,也不是我大方,是贺佑铭他这个人看准了的东西,咬死了也不会松口的。想换角色,他一定不会让步,争不过的事我又何必浪费力气去争呢。"

黎景桐待要再说些什么,纪承彦又道:"挑角色方面,我要是非得争赢了的话,那接下来再有什么争执,我可就不好意思不让步了,是吧?"

"贺佑铭不仅霸,而且很独,"纪承彦说,"等着看吧,他一定会要求改剧本,从各方面凸显自己,掣肘对方。"

"改戏动词是他素来的做派了,毕竟一直以来,人人都会由着他的性子,他才是舞台中心,他习惯了这一点,"纪承彦叹了口气,"只可惜这回我可能得让他失望了。"

"嗯?"

纪承彦咔嚓咔嚓咬着苹果:"我也想当舞台中心,我也想台词戏码都围着我转啊,谁还不是个小公举呢!"

"……"

这日约好了时间探讨剧本,纪承彦准时到达,见得贺佑铭居然已经提前到了,正于桌子后面坐着,手持剧本,作认真专注状。

他的样貌依旧面如冠玉,一脸正气,配上铺垫已久的知性人设,令旁边的工作人员小女生们不由捧着脸窃窃私语:"好帅哟~"

"贺老师真的很用心！"

纪承彦过来，隔着桌子在他对面坐。贺佑铭这才注意到他的到来，放下手中剧本，朝他微微一笑。

"剧本有了一些改动，你先看看。"

"好的。"

贺佑铭高级而优雅，气定神闲，笑容得体，似乎那一晚结束得不甚愉快的对话并未发生过。

纪承彦仔细看了一回新剧本，点点头，道："这改得，有意思啊。"

贺佑铭双手交握着置于桌上，闻言便笑了一笑。

纪承彦又说："不过我不同意用这个版本。"

贺佑铭有些意外，看了他一会儿，而后微笑道："为什么？你有什么意见的话，愿闻其详。"

"也不知道这是谁改的，"纪承彦看向旁边的编剧，"小芒，是你干的好事吗？啥玩意儿啊这是，太糟蹋原作了吧你，这么瞎改。亏得贺老师好脾气好涵养，他没说你，我脾气躁，我可是要骂你了啊。"

编剧小芒一脸疑惑。

贺佑铭面色微变，笑道："哦，是吗？你是觉得哪里有问题呢？"

贺佑铭还能保持得住他的风度翩翩，也实属不易了。

"改过之后赵玟昊的个性简直莫名其妙，这逻辑根本不成立嘛，"纪承彦说，"怎么，夏钊成都有那么多苦衷，难道他就只能是个傻×吗？"

"……"

第十五章 Chapter 15

纪承彦叹了口气,面色凝重:"小芒啊,不合理的地方太多了,我一条条说给你听啊。"

小芒瑟瑟发抖道:"……哦。"

纪承彦也不客套,从剧本第一页开始,照着改动的地方,逐一批了一通。

"总之这样的改动我无法赞成,"纪承彦语重心长地,"小芒,别怪哥说话直,脾气冲啊。演戏这事我是很上心的,什么我都能将就,唯独戏是不能将就的。"

小芒一脸被甩了个大锅的蒙,点了点头。

纪承彦又看向贺佑铭,诚恳道:"改动之后,这两个角色和逻辑就都存在问题了,破坏了平衡感,也降低了剧本的水准。我们要呈现的是一场高水平的表演,对吧?我知道贺老师比较宽容,但也相信贺老师您的专业,您的审美那么高,要求自然也很高的,不是吗?一个足够好的剧本才能配得上您的表演。现在这个,实在不行。"

贺佑铭脸色不定了一阵,最终还是微笑道:"你也十分用心啊。"

纪承彦热情洋溢地说:"那是当然的啊,难得有机会跟贺老师一起表演,谁能不重视呢。"

两人敬业又诚恳的对话着实令旁观的众人感动,于是趁热打铁,小芒被按着把剧本又重新改了一遍。

纪承彦啧啧夸赞:"贺老师真的是深明大义!"

他这边还在装模作样地磨合排练,假笑"尬吹",李苏挑战导师常嫣的对决表演已经要开始真刀实枪地录制了。

这晚他去探李苏的班,李苏正在化妆间里一脸紧绷地休息待命,准备稍后的出场。

见他进来，李苏还是面无表情："来得挺早啊。"

"哎？不早了吧？"

李苏说："哟，你还知道不早啊？"

纪承彦顿时讪讪地："这不路上堵车嘛。我可是很早就出发了，不信你问小张。"

"是的呀，"助理小张立刻接话，"纪哥下午录的节目在城东，一录完就立刻赶来城西，高峰期的路况，别说他今天到现在一口正经饭都还没吃上了，光憋尿就憋了两个小时，差点我就想给他找个宝特瓶……"

纪承彦说："你这就不用太详细了吧！！"

李苏皱眉看着他："都几点了，还没吃饭？多少岁的人了，还这么不牢靠。要吃什么？让袁琳现在去给你买。"

"不用不用，"纪承彦连自己的助理都不爱差遣，何况别人的，"你这不是有多的便当嘛，我随便吃点就行了。"

李苏安静了一下，而后说："这我动过了，不过就吃了一筷子花椰菜，其他都是干净的，你介意吗？"

"不介意啊。"这菜色相当好，看包装是某知名餐厅出品，样子也很完整，他没那么多讲究。

他在那呼啦啦地扒饭吃，李苏道："我听说了。"

"嗯？"

"那个令人笑掉大牙的改剧本的事。"

第十五章 Chapter 15

"哈哈哈。"

化妆间里除了他俩,就剩彼此的助理了,都是自己人,但也还是隔墙有耳的公共场合。

经他提醒许多次以后,李苏虽说依旧不以为然,但多少也算有所收敛——体现在不再用真名来直呼想吐槽的对象。

然而似乎也并没有比较好的样子啊。

"最后你让他吃瘪了?"

纪承彦弱小无助又可怜地道:"还好吧,我这么柔弱,怎么会让别人吃瘪呢?顶多是没让他而已。"

"……"李苏看了看他,"没让着他就行了。他一直是这个套路,跟他合作过的没一个不吐槽的,不过一般也只有闷声吃亏的份。毕竟他那么戏霸,别人能不让吗?"

"所以他的路走不宽咯,不是演员来适应角色,而是角色来适应演员,这能行吗?"

李苏望着他,脸上像是有些意外。

"怎么?"

李苏说:"我还是第一次听你这么吐他的槽。"

纪承彦谦虚道:"初次吐槽,业务不熟,还请多多包涵。"

"……"李苏说,"可以了,起码你没被他占便宜,已经比很多人强了。"

纪承彦道:"没有啦,是大家脸皮都薄,也就我脸皮比寻常人要厚点,顶住了。"

李苏斜眼瞥一瞥他的脸:"哦?你皮是有多厚?"

纪承彦努力咀嚼着牛肉丸:"要试试吗?"

"……"

李苏略微迟疑了一下,而后像是下定决心一般,突然朝他伸出手。

脸颊冷不防被温热有力的手指捏了一下,纪承彦反而吓了一大跳,半颗没嚼完的肉丸瞬间从他嘴里慌不择路地滚了出来。

两人面面相觑,纪承彦说:"……那什么,我其实不是这个意思。"

李苏怒道:"你明明就是这个意思!"

纪承彦忙说:"好好好行行行,我就是那个意思。"

李苏沉下脸:"算了,我不该失礼。"

"不不不,大佬捏得好,捏得妙,大佬再捏我一次吧!"

李苏面无表情道:"……我才不要。"

虽然略尴尬,纪承彦心想,闹上这么一出,也挺好的。至少缓解了一点李苏赛前的紧张,让他不至于为即将到来的表演所困,在登上舞台的时候,能有一个最为放松自然的状态。

李苏要上台了,纪承彦也趁着录制的休息时间坐到观众席上。

常嫣在这场戏里,演的皇帝年少时的妃子。这角色按理只有她一半不到的年纪,然而年龄完全没有带来违和感。

卸下评审席上的泼辣刻薄,台上的她有着满满的少女感,天真烂漫得恰到好处,一颦一笑春光明媚,明艳照人。

以常嫣的资历,这段表演自是十分纯熟自然。

皇帝在她一派天真的热烈之下,露出了一点烦扰之色,和那么一丝不易觉察的,符合他年纪的羞怯。

她年纪尚小,因而不了解那其中的利害关系,浑然不觉于自己的不

第十五章 Chapter 15

受宠,在少年皇帝身边俏皮又喜人地跟前跟后,媚而不俗,娇憨可爱。

若说一再遭遇冷落,也不会有损于她的乐观的话,当皇帝大发雷霆,责令她跪下的时候,她终于惊慌失措地褪去了脸上的血色。

她匍匐于地,抬起头来,又是惊惧,又是茫然,又是惶惑,又是委屈,怯怯如受伤的鸟雀。

少年皇帝阴沉地注视着她,她楚楚可怜地仰望着他,终于睫毛微颤,颤抖着流下泪来。

常嫣这种长年历练养成的细腻而老练的表演,让她在情绪外放的时候,基本都令对手难以招架。

李苏的眉头动了一动,他做了一个几欲抬手的姿势,而后又生生止住了。

接下来的时间里,纪承彦不再看常嫣,而只紧盯住李苏的脸。

李苏并没有相形见绌,他接得住她的戏。只用些细微的表情,就演绎出了几乎可以与之抗衡的情绪。

他的冷漠,他的骄傲,他的青涩,他的为难。

他那份勉力掩饰的挣扎和不安,他那一点点不可流露,不着痕迹的动心。

纪承彦几乎有些惊讶于他的成长。

一直以来纪承彦都认为他在感情戏上是相对薄弱的。可能和这家伙不解风情导致没什么感情生活有关系。

而现在他已经能把这种种复杂交织的情绪诠释得甚是到位,准

确真实。

在常嫣这样的对手面前,他也一样能大放异彩。

不知道他是如何揣摩出来的,这肉眼可见的进步,令纪承彦表演结束的时候,以一种老父亲的心态,很真心也很欣慰地鼓掌了。

最终结果,胜出的固然是常嫣,但纪承彦觉得,于李苏而言,这没什么可遗憾的,毕竟他的表现同样相当出色——观众的票数,和专业评审的意见,都清楚体现了这一点,可谓虽败犹荣。

这一期播出之后,势必会为这位年轻气傲的新人带来良好的口碑。

李苏却似乎情绪并不高昂,依旧面无表情。

纪承彦问:"你好像不高兴?"

"傻不傻呢,"李苏看了他一眼,"有什么可高兴的,我输了啊。"

"……"

纪承彦竟无言以对,常嫣那毕竟是双料影后,她入行的时候李苏只怕还在吃奶呢。他这就像是越级打怪一样,能扛得住不被秒,已经很棒了,还想怎么地啊。

"想什么呢,你要是赢了,那还像话吗?"纪承彦试图敲打他,"人家要资历有资历,要实力有实力,你这种小年轻,拿头跟人家比啊?"

"这我知道,"李苏看着他,慢吞吞地说,"但输了,总是不甘心的。"

纪承彦只得说:"好嘛,不服输是好品质。人生是很长的,以后的事都未可知,加油吧。"

李苏看了看他,说:"嗯。"

第十五章 Chapter 15

回去纪承彦翻看了一下这段时间以来网上对这档节目的评论,不由有些意外。

一开始在三位导师当中,常嫣是路人好感度最低的那个。

毕竟她性格泼辣直爽,易爆易燃,作风开放,和主流审美的温婉柔弱扯不上一毛钱关系,三天两头换男友,怼同行怼粉丝怼天怼地,都是家常便饭,年轻时候亲自下场粉丝之间掐得惊天动地那些中二事迹就不用说了,一路过来上上下下得罪的人很是不少。

相比之下董琛和贺佑铭都是老好人的人设,一派和气,未语先笑。董琛还有着超级资深的招牌,大家对于老前辈总是多点敬重的。

然而几期节目播下来,常嫣的口碑却一路走高。

骂她的声音永远是不会少的,但她实力过硬,眼光毒辣,点评精准。

拿过的奖项和扛过的票房给了她充足的底气,多年的怼人经验更为她积累下深厚的功力。怼起人来妙语如珠,刀刀见血,坐在那里又美艳不可方物,以至于吃瓜群众看这个节目就眼巴巴盼着常嫣骂人。

"艾玛,被常嫣女王骂一骂真是浑身舒爽……"

"哈哈哈哈,我真是笑死了怎么骂都不会腻呢。"

"她怎么那么敢讲啊!"

"人家确实有资格啊,你看她那个气场,跟她比起来那冯悠悠简直就是个柴火丫头。"

"吹爆我女王!"

虽然饱受争议,但常嫣的敬业认真和那股从未消失的拼劲是大家都看在眼里的。抛去那些浮于表面的价值取向,于表演这一行,她完全配得上身上的那些光环。

而另外两位的风评变化就不那么乐观了。

董琛浸淫娱乐圈多年，属于他的年代已经过去了，近年来又没有什么作品，其实已淡出年轻观众的视野，然而借这个节目又刷了一把存在感，只不过好感度没拉到多少，倒招来了许许多多的黑。

"董琛除了资历够老之外，有什么地方是适合担任导师的呢？"

"其实他年轻时候还行，老了是糊涂了吗。"

"真糊涂还不至于，就是倚老卖老呗。"

"没水平，没素养，不客观，不公正。"

"看看他对刘晨和方兴的偏袒就知道了啊。"

"方兴那么烂都能被他一路捧上去，我真是服。"

"毕竟爱徒嘛，自己选的徒弟，哭着也要扶到底啊。"

"简直晚节不保。"

比起董琛的悲惨遭遇，贺佑铭要好一点，网民对他的态度属于中规中矩，褒贬不一。

"我家佑铭真是美颜盛世！"

"神仙一样的人呢。"

"又暖又温柔！"

这样的夸赞下面，一大堆吐槽纷纷赶来。

"暖啥啊，要当中央空调，别在评审席上当啊。他这不就是在划水吗，尽说些不咸不淡没营养的废话。"

"你行你上啊，不行别光在那里动嘴皮子。"

"你别说，就他那些车轱辘话，还真的是换我上我也行。"

第十五章 Chapter 15

"你们为什么要对他那么苛刻呢？"

"就是啊，别太严格了，毕竟他本身的演技就不过硬嘛~"

"喷子们这么乱喷就过分了吧，我们佑铭那些奖是白拿的吗？"

"嘻嘻，他的奖就是白拿的呀(#^.^#)"

"也不看有几个是真正有含金量的。"

"天啦噜，那些分猪肉的奖项粉丝也好意思拿出来吹，我都替他脸红。"

"连冯悠悠都能拿到最佳女主的金果奖，贺佑铭拿了有什么稀奇吗？"

"哈哈哈，那一届的影帝影后真是幽默。"

"资本的力量咯。"

"也不能这么说啊，叶阑是我心中永远的白月光，就算他后来的作品都没什么突破，但凭一个叶阑，我就永远不会黑他。"

"叶阑确实是巅峰，但他除了叶阑还有什么？"

"嘿嘿，叶阑也是纪承彦出事以后他才演上的啊。"

"讲真，纪承彦要是顺风顺水的话，现在还有贺巨巨什么事吗？"

"唯有踩在队友的身上，才能成就贺巨巨啊。"

纪承彦关上网页，不由有些感慨，今时往日大为不同，这个资讯高度发达的年代，观众已经没那么好糊弄、好控制了，真的很难料到他们会喜欢谁，和不喜欢谁。

节目虽然都是有一定剧本安排的，但效果还真不以资本的意志为转移。有些东西原本是想制造滤镜，结果却成了照妖镜。

他和贺佑铭在台上一较高低的这一日，终于到来了。

因为种种原因，到正式录制之前，贺佑铭都没有再出面亲自同他对戏练习过。

贺佑铭这种大人物的档期自然是相当紧张的，连拍上亿投资的大制作高知名度的剧，都需要一堆文替武替，后期特效，来弥补他的无法到场，何况一个小小的舞台表演呢。

抽不出时间来练习这很正常，纪承彦表示十分理解，欣然接受。

实际录制的时候他能有贺佑铭本尊对着演，已经很荣幸了，总比那些只能对着空气演，靠后期把他们和贺佑铭"修"到一起的演员要强得多嘛。

纪承彦正襟危坐着让化妆师为他打理头脸，黎景桐从镜子里端详着他："前辈，你紧张吗？"

纪承彦一直配合地闭着眼，让化妆师在眼皮上刷阴影，边笑道："怎么会。"

黎景桐的声音微露担忧之意："但你的脸色，比平时红一点。"

纪承彦笑了，他说："我这是兴奋。"

化妆刷移开了，他抬起眼，微微挑眉，从镜中看着青年："怎么？难道你不兴奋，不期待吗？"

大概是因为妆容的关系，他的眼睛犹如深潭，清澈又深沉，眼睛深邃，睫毛极长，令他看人的时候像是带点似笑非笑的慵懒，漫不经心的挑逗。

他在镜中和黎景桐对视了数秒，又看了一眼化妆师。

第十五章 Chapter 15

化妆师妹子突然脸红了:"干吗乱睁眼啦!好烦哦,我睫毛都还没帮你弄好!"

纪承彦忙重新闭上眼:"哦……"

妹子又说:"哼,算了,你睫毛已经够长了,不用刷了。"

"……"

纪承彦顺利化完妆,换上厚重繁杂的戏服,戴好头套、发冠。

他的头发至此完全束起,愈发突出额头眉眼,显得天庭饱满,眉目清朗,一派贵气。

"老师稍等,帮你调整一下。"

纪承彦站在那里,张开双手,腰直背挺地立着,让人帮忙整理细节。

这次借来打个酱油的戏服和配饰其实并不讲究,一开始那套戏服甚至还不合身,在他的明确要求之下,又换来了一套,这回尺寸是合适了,然而做工明显比较粗糙。

不过对于质感,纪承彦也不强求。能跟之前李苏演皇帝穿的不是同一件,服化组就算够敬业了。

他是在各种穷团队待过的人,什么敷衍的破道具没见过啊。

王文东那个剧组当时已经很努力了,然而穷是硬伤,只能从淘宝上搞来一堆几十上百块的衣服,五十一块的假表,让他尬演富可敌国的黑道大佬,他还不是一样强行卖弄了。

他穿戴着这些东西,垂着眼睛,神色淡然,仿若入睡,或者待机一般。

待得打理完毕,他抬起眼皮,露出一个沉静的微笑,一时间里就

像启动了开关似的,附着于他身上的一切都活了过来。

质地不高级,工艺不讲究,刺绣不精致,都无所谓了,这些出自小商品批发市场的廉价合金、塑料玉石、仿造珍珠,此刻在他身上仿佛显出真品的珠光宝气来。

而真正流光溢彩的是他的脸。自带的美人尖发际线的人,古装扮相是很占便宜的,他骨骼的轮廓又好,眉高目深,鼻梁挺直,略有唇珠,儒雅又贵气,带着浑然天成的说服力。

黎景桐说:"等等!"

而后不等其他人反应,他便一个箭步冲上来,拿着手机前后左右上上下下三百六十度一通狂拍。

"……"

"啊啊啊啊,超帅的!"

黎景桐边拍边滔滔不绝地赞美:"我没见过你演皇帝!你简直就是天生的帝王!太适合了!不,前辈你不论演什么都很适合!"

纪承彦笑道:"别瞎说,我这只是个皇子,你这么大逆不道的话是要砍头的。"

黎景桐举着手机,静如处子,动如脱兔,时而下蹲,时而后退,浑然忘我地尝试各种各样的构图、取景。

化妆师妹子在旁边一脸蒙。

从刚见到黎景桐的时候捂着嘴各种尖叫,到眼睁睁看着黎景桐围着他团团转的时候的天雷滚滚,纪承彦觉得,她离最后的麻木不仁,心如止水,已经不远了。

第十五章 Chapter 15

一旦接受了黎景桐是他这个半红不黑过气艺人的资深小迷弟的古怪设定，内心便会十分平静，看到什么都不觉得奇怪了。

有人轻轻敲了敲门，望去却是李苏。

纪承彦有些意外："哎？你不是有事不能来吗？"

连着两次他录节目李苏都有事。作为新晋流量小生，李苏的行程确实很满，并没什么可奇怪的。

李苏说："本来有点安排，临时取消了，又没别的事，就过来看一看。"

这家伙说得冷淡疏离，纪承彦还是很感动，能来的人都是有心的，像浩呆那种没人性的货色就不会舍得为他取消跟新女友去度假的机票酒店。

"两个月前订的特价套餐，取消订单的话一毛钱都不会退给我的！"浩呆穷酸的辩解犹在耳边。

和他对完话，李苏便看向一边的黎景桐，十分尊敬道："黎老师。"

黎景桐也微笑着朝他点点头。

李苏说："见到您太高兴了，我有幸提前看到您最新的那部电影的一些片花，非常精彩。我很期待它能尽快上映。"

黎景桐微笑道："谢谢。首映式请你务必要来。"

李苏有点受宠若惊，道："一定的。"

纪承彦心想，瞧瞧人家李苏，同样是对着自己的爱豆，李苏从初次见面时紧张得话都说不利索的新人粉，到现在已经成长为镇定礼貌，热情中带着稳重，毫不失态的成熟粉。就得这样才对的嘛。

黎景桐就一点进步都没有!

真该跟人家李苏好好学学。

向爱豆表达完作为粉丝的忠心,李苏又转头看看纪承彦,打量一刻,半晌道:"这扮相很衬你。"

前一期李苏扮演的是少年皇帝,朝代身份固然有所不同,两人气场也大相径庭。

若以他今日的样子为标杆,相比之下李苏就稚嫩得多了。

他英气勃勃又成熟冷静的脸,眉如剑,眼如星。光那么站着,不用开口,不需要动作,已有一国储君,睥睨天下的气势。

纪承彦笑道:"多谢。"

上台之前,他在后台的阴暗里与贺佑铭一起站着。

两人虽然依旧无话可说,但这回他主动冲着贺佑铭微微一笑。

贺佑铭没有笑容,也不看他。

他的眼睛异常明亮,犹如黑暗里蠢蠢欲动的野兽:"怎么,你怕了?"

贺佑铭瞬间沉下脸:"我会怕?我怕什么?我从来就没怕过你。"

纪承彦笑道:"开玩笑的,贺老师不要介意。"

过了一刻,他又突然说:"不过,你要是不怕我,这些年又何必如此呢?"

不待贺佑铭回应,导播的提醒来了,他们要上台了。

两人甫一登场,台下已经有了热烈的掌声。纪承彦作为这档节目

第十五章 Chapter 15

开播以来话题度最高的选手,贺佑铭作为经典偶像代表,他俩的同台自然赢得众多"吃瓜"群众的关注,据说这一场的赠票一票难求。

虽然大多数人并不把这作为一场比赛来看,毕竟没有过导师被选手挑战成功的先例,"比赛"结果可以说是毫无悬念的。

观众们的表情或许不够清晰,但前排评审眼中的赞许之色表明,纪承彦顶着这一身做工敷衍的戏服的亮相至少没让大家失望。

赵玟昊在此情形之下虽然气怒攻心,几近失态,但依旧尊贵逼人,不失霸气,确实有浑然天成的帝王气场。

"为什么?"他略微颤抖道,"我自小待你情同手足,亲如兄弟!而你竟这般对我?"

夏钊成脸上有伤,显出几分狼狈和阴沉,他冷笑道:"你莫非忘了你们又是怎么对我爹娘的?"

赵玟昊愣了一愣,他脸上的茫然和无奈十分真实,他低声说:"夏将军之死,实乃误伤,但他与敌国公主私通之罪……"

夏钊成又冷笑道:"当然了,你们没有错,怎么会错呢?要错也只错在那时候没有干脆将我这个罪人之子一并扼死。"

赵玟昊又是愤怒,又是失望:"若父皇视你为罪人之子,又何必将你养大成人?何必送你进天机宫,将所有学识倾囊相授?"

夏钊成一脸怒容:"别跟我提天机宫那个假仁假义的地方!我与你们赵家,与天机宫,不共戴天!"

赵玟昊忍无可忍道:"纵然你有血海深仇,那又与这天下百姓何干?"

夏钊成怒笑:"我只要快意恩仇,天下百姓又与我何干?"

赵玟昊喃喃道："侠之大者，为国为民……"

夏钊成再次冷笑道："没有人是生来就要做大侠的，谁爱当谁当去。我无牵无挂，不过是浪子一名，不像你还要守着皇位，顾着这荣华富贵。"

"你可以不做大侠，可以不为国为民，但你不能没有大是大非之心！"赵玟昊面露苦痛之色，说，"你可想过刀兵再起，铁骑侵入中原，将有多少平民惨遭战祸，死于非命？我只为保土安民，不是为了一己的荣华富贵！"

"……"

赵玟昊望着他，缓缓道："那日阿怜拼死救你，为你流尽了最后一滴血……她若知道你如此……"

话及此人，堂堂七尺男儿如他，突然哽咽难言。

即使没看过这部电影，并不知道赵玟昊对阿怜一片深情不得回应的人，也感受得到他那深埋于心的悲恸和不甘。

夏钊成回应了什么，渐渐地似乎不再那么重要了，大家眼里、耳里，慢慢变得像是只有赵玟昊一人。他一身正气，天生威仪，他将夏钊成逼问得无路可退。

在他面前，夏钊成那些原本悲壮的说辞，似乎都成了拙劣的借口。

这种国仇家恨之事，放在谁身上都是个难解之题，原本就不是三言两语辩得清的，是非对错，难以评说。在这不大的舞台之上，短短时间之中，观众的心态倾向于谁，无非就看谁更能带动情绪。

赵玟昊的真情流露，句句锥心。他的迟疑，坚定，悲悯，切肤之

第十五章 Chapter 15

痛,让人不免觉得:"是啊,纵然夏钊成你有再多委屈愤恨,你怎么对得起那些无辜之人?他们又做错过什么,亏欠过你什么?"

在夏钊成出手的时候,赵玟昊明显为之一震,然而他的退却没有过于明显,他那份短暂的畏惧是小心翼翼的,勉力自制的。

虽然不免心惊,但他心里清楚,夏钊成未必会真的伤害他,因而恐惧之余,他还是有着一定的底气。

他的面部表情,细节把控,精准细腻到能经得起镜头最严苛的考验。

纪承彦的表演细致入微,不着痕迹,相比之下贺佑铭就显得非常的模式化。

夏钊成的身世比赵玟昊复杂得多,因而个人感情也是。夏钊成面对仇人之子,却又是自己多年挚友,他原本可为他而死,此刻却要取他性命,亡国之恨,弑亲之仇,这些年来的种种恩怨情仇,泉涌而至,纠结于心。

然而即便是只懂看热闹的门外汉观众,这种时候也感受到了,那股饱满的沸腾的纠缠得无法纾解的情绪,贺佑铭表现不出来。

他不只是不够好,不之是演绎不出那些层次。他像是完全被压制住一般,丢了节奏,乱了阵脚,反而比平日更僵硬。纪承彦有多自然,他就有多做作。

直到这一段戏演至尾声,赵玟昊一剑刺入夏钊成胸口,贺佑铭的状态都未能起得来。

屏幕上是纪承彦被放大了的表情,他脸上有着杀之而后快的决绝。

这一刻理应痛快轻松之至，眼泪却终于无声地顺着他的脸颊淌下来。

这两行泪在此犹如平地惊雷一般，他心中的五味杂陈，爱恨交织，全在他泪湿的眼眶里。

表演结束，等待专业评审点评的时刻，纪承彦看见了除去常嫣之外，其他评审们眼中的复杂与尴尬之色。

"你那两行泪，简直四两拨千斤，画龙点睛，真心把我圈粉了，"常嫣已经放飞自我了，眼波流转道，"作为观众，可以说我的整颗心都是你的了。"

纪承彦："……"不了吧姐姐。

"至于佑铭，"常嫣还是选择了客气的说法，开玩笑一般道，"我只能说，你今天不在状态呀，这个角色不适合你发挥吧，哎呀，我就是看不得你演坏人！所以这一票，我给纪承彦。"

纪承彦礼貌地笑道："谢谢常老师。"

她的态度说明了一切。

倘若两人旗鼓相当，她反而是会毒舌有加，好好调侃一番。

而这少有的委婉迂回，避重就轻，只因为贺佑铭的脸色之差，连她也不忍心了。

评审们陆陆续续犹犹豫豫地表完态，专业票数加上观众投票，纪承彦险胜。

这结果让他不由微笑了。

都在意料之中，但他还是觉得很有趣。

"总有网民说我们有黑幕，这次就是告诉大家，没有黑幕，这是

第十五章 Chapter 15

很公平的比赛,"董琛说,"你看连导师都放下身段,被挑战成功了,还能有什么黑幕?"

专业评审团里的一位影视大佬也打趣道:"这是贺老师为节目做出的牺牲啊。"

"说来学员能战胜导师,学员的成绩也有一半是导师的功劳,青出于蓝胜于蓝啊。"

场上一片和气的笑声,大家都十分给贺佑铭面子。

纪承彦笑了:"我挑战成功,其实不代表我演技比贺老师好。不好说谁优谁劣,只能说我遇到了更适合自己的角色。"

贺佑铭脸色铁青,在众人的纷纷捧场挽尊之下,终于稍缓:"胜负乃兵家常事,输给自己的学员,我也与有荣焉,纪承彦确实是很好的演员。"

两人礼貌性地拥抱了一下,以庆祝他的成功。

拥抱的瞬间,贺佑铭一副中国好导师的样子,拍一拍他的背,在他耳边说:"恭喜你,梦想成真了。"

纪承彦笑道:"谢谢,不过这并不是我的梦想。"

在回去的车上,纪承彦收到了李苏的消息。

"很不错啊,还以为你演了太久的穷小子,演不好人上人了。"

"过奖过奖,"纪承彦羞涩道,"偶尔装一装还是可以的。"

"我们决赛见。"后面难得地加了一张十分高冷的美短银虎斑。

李苏居然会用表情包,这个认知令纪承彦大吃一惊。

"可怕,他居然用了表情包!还是只猫!"

"好想重温一遍啊，现场不能录拍真是扎心了，这一期播的时候我得录下来，"黎景桐在旁边生无可恋地翻着手机相册，又兴奋道，"幸好先拍了不少照片！"

纪承彦说："怎么，照片想好洗多少张了吗？"

黎景桐对方才化妆间里得来的战利品细细分类："这些可以打印小卡，比较方便携带，这些我想要8寸的，这些可以做本26P杂志册，全书覆膜的那种……"

"……=_=不用这么认真吧。"

"说来，前辈你也太客气了，"黎景桐边清点照片边说，"'不好说谁优谁劣'，这还用说哦？现场的大家脸上那对眼睛是摆设吗？"

"实际便宜已经占过了，嘴上那点便宜我就不占了吧。"

"也对，虽然我很想羞辱他，不过前辈你是很有风度的人，我也喜欢你在台上的风度，"黎景桐说，"没风度的事以后就交给我吧。"

"……不不不，你的风度也很重要，"纪承彦道，"小小比赛而已嘛，输赢在其次，姿态比较要紧。"

黎景桐突然正色道："前辈你这话说得也对也不对。"

"这不是比赛啊，"黎景桐挺认真的，"贺佑铭根本没有还手之力。这完全是单方面的屠杀。"

"……"纪承彦说，"你这样吹得我好怕怕啊，我这么弱小无助可怜又能吃，我们还是想想消夜叫什么吧。"

纪承彦打开外卖手机客户端，开始悉心钻研消夜："艾玛，可算完事了，回去得吃顿好的才行。"

为了保持舞台上镜头前的最佳状态，他这几日可是严格控制了饮食，天天吃"草"，还得喝些破壁机整出来的不明所以的黏稠物，人生

第十五章 Chapter 15

甚是无趣，一度黯淡无光，此刻必须放飞一下自我了。

而后阔别宵夜多时的纪承彦，被T城这日新月异的与国际接轨的物价震惊了。

"这小龙虾也太贵了吧！头大身子小，一斤也没几两肉，这算下来比我都值钱啊！"纪承彦说，"这价格我干吗不干脆吃大龙虾？"

黎景桐立刻说："什么龙虾都好啊，来来来用我的手机点，我微信零钱里还有好多钱没用完。"

黎景桐边滑手机，边兴致勃勃地："希望这次能剪得精彩一点。"

纪承彦笑了。

比起青年的充满期待，他反而十分平静。

确实不知道最后会被怎么剪，毕竟剪辑师可以逆天改命，不过他对此不是很在意。

比赛结束之后，他就进入完全超脱的贤者模式了。和贺佑铭对视的时候，他的眼光甚至穿过贺佑铭，飘去了一个不知名的地方。

接下来的决赛会如何，他也完全不放在心上。

对他而言，这一切已经提前结束了。

番外之不懂

李苏要发飙了。

这是纪承彦从那张面无表情的脸上解读出来的第一个信号。

未等他出言阻止，李苏已经"豁"地站起身来，冲着助理袁琳劈头盖脸骂道："你脑袋是不是有问题？你低能儿吗？"

袁琳脸色当即惨白，但还是强忍着，嗫嚅道："对不起……"

"不对，这么简单的一件事，能搞成死局，你不是低能，你是天才，你简直是艺术家！"李苏简直气极反笑，"我都想不出这是怎么办到的？你到底凭什么本事能把事情搞得这么糟？"

袁琳有些哽咽了："对不起……"

在助理界，袁琳算是很出众的小美女了，紧咬嘴唇双眼微红泪光盈盈的模样能让剧组的那些糙老爷们对她说话的音量都低上几分。然而李苏毫无怜惜之情："你本质是复读机吗？我付你钱是为了听这个？！"

李苏深吸了一口气："我告诉你啊，别跟我来这一套，你给我记着……"

纪承彦说："咦？那边是不是开始发盒饭了？袁琳你去帮我们拿两个过来，再晚点抢不到有鸡腿的了！"

袁琳低下头，几乎是哭着跑开了。

刚酝酿好了大招，却失去了可施放技能的目标，李苏转头瞪着纪承彦，纪承彦说："嗯？你难道不想吃鸡腿吗？"

李苏面无表情道："不，我不想。"

"我这不是给你制造点冷静的空间嘛，"纪承彦道，"说出口的话泼出去的水，是收不回来的，所以冲动的时候你就少说两句嘛。"

李苏冷漠道："怎么？我还得考虑她的感受？承受不了压力她就别做这份工作。没有那个金刚钻就别揽瓷器活。"

"这话说得，"纪承彦道，"你摸着良心说，袁琳算不算优秀？我也不要求你说好话，少骂她两句总行吧？"

李苏安静一刻，冷笑着说："你还真是，关心她啊。"

纪承彦一本正经："我这是关心你。"

李苏一脸的猝不及防："……"

"受得了你的助理，不对，你受得了的助理，难道很好找吗？"纪承彦语重心长，"袁琳已经是坚持最久没辞职的人了，这是多么可贵的品质，好好珍惜吧。三天两头换助理不是个事啊，换个不合用的，体验差的人还是你，对吧？"

番外之 不懂

也不知道是哪句话成功起到了安抚作用，李苏居然算是勉强冷静下来了，并沉默地吃起袁琳拿回来的鸡腿盒饭。

这边吃过午饭，李苏去打电话不知道骂谁去了，纪承彦看见袁琳一个人在角落的桌子坐着，背朝外，一副垂头专心吃饭的样子，但脊背一抽一抽的，显然在忍耐地啜泣。

纪承彦过去，默不作声地给她推过去一包纸巾。

袁琳僵了一僵，发现是他，才松下肩膀，抽泣道："谢谢纪哥。"

纪承彦道："这事你别放在心上啊。"

袁琳没作声。"当然了，李苏是脾气太臭了，怎么都不该那么骂你，"纪承彦道，"他那张嘴啊，别说是你，我都想喷他。"

"再说了，你是女孩子，又这么漂亮，卖手抓饼的大爷都知道每次多送你一份培根呢，他还这么急眉赤眼的，不懂怜香惜玉。我以前总纳闷，他长成这样怎么会一直交不上女朋友，现在明白了，他真是凭实力单的这么多年的身。"

袁琳"噗"地笑出声，但还是抹着眼泪。

"你知道他有多可怕吗，上次跟个女明星同台，我恭维她'你今天真漂亮'，她傲娇了一把说我哪天不漂亮了，李苏居然答，'昨天啊。'"

袁琳冒出一个大大的鼻涕泡。

"还有个女明星，跟他走一块儿，撒娇说'我手好冷哦'，他一脸奇怪：'那你不会揣兜里吗？'"

袁琳立刻说："这个女的我知道！她后来有一次还撩李苏，'我们聊点深夜话题好不好？'然后李苏说'你要听鬼故事？'我在旁边装睡差点没笑醒！"

"哈哈哈……"

吐槽了一番李苏的钢铁直男属性，纪承彦说："你也知道的，他就这个性，他眼里没有性别之分的，所以他把你当小张他们那些人一样看待，没有额外的温柔这种东西。但他其实是很认可你的能力的，也是因为对你有期许，你犯了错，他的反应才这么炸裂。"袁琳低头不语，眼泪倒是止住了。

"而且这一行的情况，你也明白，明星很多脾气都不好，不是个性问题，是压力问题。当然了，人人都有压力，但他们既要长期压抑自己的欲望，又要超负荷运转，可以说他们都没有足够的热量可以用来承受压力，所以对很多琐事的容忍度都会变得很低很低。你看他那次，发高烧，打着吊针，该上的节目还是得上，一天下来除了生理盐水什么都没摄入，还要被狗仔围追截堵，被话筒都怼到脸上来。我们不能要求一个工作繁多睡眠不足又连顿饱饭都不能随便吃的人脾气好，对吧？"

袁琳叹了口气："我知道。但是，纪哥你脾气就很好啊。"

纪承彦说："我？我年轻时候脾气比他还炸呢。起手就是素质三连。现在这不是被时间磨平的嘛。所以你要耐心地跟着李苏混下去，等过个十年，他到了我这年纪，你就能拥有一个温柔可亲的艺人了。"

袁琳笑了，而后说："纪哥，你对我们苏哥是真的好。"

"啊？？"

"背后跟我说他好话的人，你还是第一个。"

"……"怎么人人都这么说啊。李苏也忒惨了吧。

纪承彦说："总之呢,遇上不愉快的时候,你就像这样。"他用左手举起一枚不知道从哪来的银色硬币,当着她的面,放入右手,轻轻吹了口气,而后在她的注视里,修长的手指相当优美地逐渐打开,硬币已然从他手中消失无踪。

袁琳不由"哇"了一声。

"善于抛却烦恼的话,"他徒手在空中一抓,略带蛊惑地微微一笑道,"就容易收获快乐。"

他摊开在袁琳面前的手心里,凭空多了一枚金光闪闪的硬币。

袁琳双手捧脸:"哇!"

纪承彦笑着把金色硬币递给她:"来,快乐送给你。"

"好帅啊啊啊啊!"袁琳彻底忘却烦恼,化身尖叫鸡,"谢谢纪哥!"

安抚好了袁琳,纪承彦双手插兜,哼着歌往回走,刚转过墙角就迎面撞上李苏,吓得他歌都变了调。

差点撞歪鼻子的纪承彦忙往后一步,李苏已然沉着脸:"你这个人,就是到处撩人而不自知。"

"我不是,我没有啊!"纪承彦不由回头朝袁琳的方向看了看,"不至于吧,我没撩她啊,再说,她也不会误会吧。而且她也不可能对我有兴趣,我完全不是她的菜。"

李苏说:"说得好像你知道你是谁的菜一样。"

"……"纪承彦一脸的莫名其妙,"我不知道啊。"

李苏说:"不知道就好。"

"?"

下午继续录节目,这次的任务是用尽量少的钱,买到清单上各种需要的东西。

纪承彦和李苏,志哥,袁一骁还有常悠一组,原本队长是志哥,纪承彦说:"我觉得这回该轮到我来当当队长了吧。"

"为啥啊?是什么给了你可以爬到我头上的错觉?"

纪承彦自信满满:"不是我说,穷这件事,你怎么可能比我更有心得?"

"……"志哥说,"我竟无法反驳呢。"

纪承彦带着大家,先去服装批发市场买衣服,找着了一件符合要求的风衣外套。

"老板,这外套多少钱?"

"三百八。"

"一百五吧?"

老板看了他一眼:"这价钱我可没法卖啊小兄弟。"

"可以卖的老板,"纪承彦笑道,"我还价很实在的。再说了,这是给这位小哥买的。"

纪承彦拿着外套往李苏身上一披,一阵夸:"您看他穿上这个,多帅!多显好!人人都得问我这是在哪买的,简直就是活体广告,您不亏啊!"

拿到装好衣服的纸袋,李苏一脸的难以置信。

纪承彦道:"你没砍过价吧?也对,你怎么可能砍过。等下要不你来试试?"

番外之 不懂

李苏略微犹疑："怎么砍？"

纪承彦大致传授了一番砍价入门技巧，而后鼓励他："这些店家开价都是有还价空间的，你别怕，大胆说个自己的心理价位，谈不成也没事，他总不能打你吧？实在磨不下来，你还可以说，你身上就这么点钱了，看能不能这个价给你。"

于是李苏在另一家店里牛刀初试。

"这裤子多少钱？"

老板说："一百六。"

李苏发出坚定不移的声音："一百五。"

纪承彦一脸不解。

"好吧，我懂了，"纪承彦走出店门，沉痛地总结教训："都怪有钱限制了你的想象力。"

"……"

李苏换了家店继续挑战。

"这T恤多少钱？"

老板娘说："这款断码了，最后一件，算你五十成本价吧，质量可好了！"

李苏看着纪承彦，纪承彦看着李苏。

李苏小声说："才五十还需要砍？"

"……"

在纪承彦老师的视线压力之下，李苏只能说："我身上一共就只有三十块钱了，能卖吗？"

老板娘甚是不甘愿地打包，边唠唠絮絮的："换成别人我真不卖，这个一点都没赚你钱！"

纪承彦对此表示满意。

结账的时候，李苏从口袋里掏出一张五十块的节目组经费。

纪承彦："……"

老板娘："……"

待得拎着采买齐全的东西回去，已经是晚上了。

常悠可怜兮兮地问："纪哥，晚饭我们吃啥啊？有肉吗？"

纪承彦慷慨道："晚餐的选择很丰富哦，有香菇炖鸡口味的，也有五香牛肉口味的，还有芙蓉鲜虾口味的。"

志哥说："就是八毛钱一包的泡面，都这价钱了，什么口味有差吗？"

"不要这么没信心嘛，我跟你们说，"纪承彦烧上了热水，一边拆包装袋，一边说，"这牌子的泡面，调料包里还真的有一点点肉末，是泡面界的性价比之王，业界良心呢。"

虽然大家一脸嫌弃，但毕竟饿了，看着热水在锅子里咕噜咕噜冒泡，又看纪承彦把菜市场一块钱买来的几个西红柿切成碎丁，扔下去煮一会儿，再加入调料包，不知不觉也看得聚精会神，津津有味。

而后纪承彦将面饼放下锅，娴熟地用筷子挑散，盖上锅盖，煮了大约一分多钟，便关了火。

袁一骁问："哎？这么快关火吗？不是该煮个三五分钟？"

"要看的,"纪承彦道,"各家品牌的面饼配料不一样,煮的方式和时间也各不相同。这家的差不多只需要煮一分半钟,关火闷三十秒,出来的面条是最有弹性的,煮三分钟就会太软烂了。今天一块钱一包的那个牌子,就需要煮久一点,不然口感会太硬。"

常悠托着下巴:"哇,原来还有这么多讲究啊,我以为只要煮熟就可以了。"

志哥说:"看吧,没有吃过大量泡面的人,是煮不出一锅好泡面的。这可都是我们纪前辈的血泪经验啊!"

大家纷纷叹息:"真是有故事的男人。"

"熟练得让人心疼。"

"……"

李苏默不作声,只看着他。

录完这期节目,大家准备回程的时候,纪承彦发现袁琳变得美滋滋的。

"怎么了?捡钱了啊?"

袁琳把手里的米色翻盖包拎到他眼前,相当嘚瑟地转了一圈。

纪承彦说:"哟,Chanel(香奈尔),新款啊。"

"三万八呢!"

"你们女人可真舍得花钱。"

袁琳说:"嘿嘿,我们苏哥给买的。"

"什么?"纪承彦说,"一顿骂就有三万八?你问问你们苏哥那还缺挨骂的人不?我挨骂可专业了!量大还能便宜点!我能挨骂挨到他破产!"

"想得美,他哪能有这么好,"袁琳撅嘴道,"骂还不是随便骂?他买这包,是来跟我换那枚硬币的。他看见了说觉得好看,非跟我要。"

"……"纪承彦说,"有钱人的世界我真的无法理解!那你更该让他来找我啊,那种纪念币我这还有啊,别说三万八,三千八一个就行了,我能给他批发一卡车!"

"我也跟他说了,直接找你拿就好了,你那肯定还有。结果他偏不,他就硬要那一枚。"

"……这我不懂。"

"我也不懂。"

两人一起露出了"有钱人的快乐我们不懂"的表情。

说话间,当事人走过来,闻言便问:"不懂什么?"

纪承彦说:"不懂你啊。"

李苏哼了一声:"你当然不懂。"

"哦……"

"不懂最好。"

"?"